KB124784

낙원은 창백한 손으로

낙원은 창백한 손으로

박영
장편소설

은행나무

어렸을 땐 모든 문제가 저기 멀리 있는 줄 알았어.

— 비틀스, 〈예스터데이〉

차·례

프롤로그

남자는 쪼그려 앉아서 시체를 내려다봤다. 삽으로 찍은 뒷머리가 파여 희끗한 뼈가 드러나 있다. 새삼 인간의 뼈가 이렇게 단단했나 싶다. 그토록 여러 번 온 힘을 다해 내리찍었는데도 아직 견고하게 형태가 유지되고 있다. 급소를 정확히 공격했으니 고통은 적었을 것이다. 깔끔한 마무리다. 그런데 갑자기 시체가 꿈틀거렸다. 남자의 입가에 경련이 일었다. 단번에 끝내는 것이 예의인데, 무례한 살인이 되고 말았다. 의식이 돌아오면 고통을 느낄 것이다. 남자는 다급한 마음으로 삽을 다시 들어올렸다. 그리고 고통을 끝내주겠단 선한 마음으로 머리를 다시 한번 내리찍었다. 쩍. 잘 익은 수박이 갈라지는 소리가 적막한 산을 울렸다.

이제 시체는 꿈틀대지 않았다. 더 이상 아무것도 보지 못하고 듣지 못하며 고통도 쾌락도 더위도 느끼지 못하는 상태가 된 것이다. 이제 이 시체는 나무토막과 다르지 않다. 남자는 시체의 두 다리를 자신의 허리춤에 끼운 뒤 방향을 잡았다. '시신은 이렇게 옮기는 것이 효율적'이라고 적힌 문장에 밑줄을 그었던 기억이 났다. 남자는 산 높은 데까지 시체를 끌고 오르기 시작했다. 혼자 오를 때보다 훨씬 거추장스럽다. 시간이 흐르며 무더위에 온몸이 땀에 젖었다. 그러나 곧 나뭇잎 사이로 비쳐든 햇살이 남자의 길을 비춰준다. 오늘따라 세상의 모든 것이 친절함을 베푸는 느낌이다. 이제 완전히 불태우기만 하면 끝이다.

아니, 새로운 시작이다. 여기서부터 모든 이야기는 시작된다.

1부

정연우

전화벨 소리에 연우는 끙 소리를 내며 겨우 눈을 떴다. 여기가 어디지? 눈앞엔 박스들이 널려 있고, 바닥에는 찌그러진 맥주 캔들과 씹다 만 오징어 다리가 보였다. 그제야 밤새 술을 마시다 잠든 기억이 났다.

이게 다 그놈의 결혼식 때문이다. 연우가 8년 전부터 짝사랑해왔던 강력계 선배 한상훈 경감. 분명히 술자리에서 이상형이 어떻게 되느냐고 물었을 때 여전사 같은 스타일이라고 했는데 순 거짓말이었다. 어제 마지못해 갔던 결혼식에서 연우는 한상훈 선배의 옆에 나란히 선 신부가 시종일관 손으로 입을 가리며 웃는 모습을 넋 놓고 바라봤다. 환하게 웃는 얼굴은 여자인 자기가 봐도 예뻤다. 게다가 초등학교 교사라 그런지 부케를 쥔 손도 희고 고왔다. 권총이나 수갑을 다루는 자신의 손과는 비교조차 되지 않았다.

연우는 자신의 마음을 끝까지 숨겨야만 했다. 그래도 부케까지 받는 것은 정말 아니었던 것 같다. 게다가 부케가 엉뚱한 방향으로 날아가는 바람에 연우는 마치 도망치는 강도라도 때려잡는 것처럼 공중으로 날렵하게 뛰어올라 부케를 잡았다. 본능적인 움직임이었다. 그 바람에 식장에서는 연우를 향한 감탄사와 카메라 플래시가 연방 터졌다. 한상훈 선배는 연우를 향해 엄지손가락을 치켜들었다. 억장이 무너졌지만 연우는 신부 옆에 서서 단체 사진 촬영까지 마쳤다.

사람들 틈새에 끼어 식당으로 이동하던 연우는 참지 못하고 다급히 결혼식장에서 뛰쳐나왔다. 집으로 오는 길에 들른 포차에서 혼자 우동에 소주를 마시자 비로소 눈물이 흘러내렸다. 그리고 보니 계산을 하고 나오며 포차 주인 할머니에게 반강제로 부케를 떠안기고 도망친 기억이 났다.

씁쓸한 기억에 사로잡혀 있던 연우는 또다시 울리는 전화벨소리에 가까스로 휴대폰을 집어들었다. 새벽 5시가 조금 넘은 시각이었다. 무슨 일이 생겼나 싶어 서둘러 전화를 받았다.

"네, 과장님, 정연우 경위입니다."

"새해가 밝았군. 한 살 더 먹은 것 축하하네."

수화기를 통해 건너오는 걸걸한 목소리에 취기가 확 달아나는 기분이었다.

"감사합니다. 그런데 이 시간에 새해 인사 하시려고 전화하신 건 아닐 테고, 혹시 무슨 일 터졌습니까?" 연우는 바닥에서 겨우 몸을 일으켜 침대에 걸터앉으며 대답했다. 새벽부터 황우식 수사과장에게 직접 걸려온 전화였다. 예삿일은 아닐 것이다.

"선배가 먼저 새해 인사를 건넸는데 답변이 그게 뭔가?" 황 과장은 능청맞은 목소리로 타박했다. 연우는 황우식이 너스레를 떠는 목소리를 듣고 있자니 옛날로 돌아간 기분이었다.

연우가 처음 강력반에 들어왔을 당시 그는 강력반 반장이었다. 프로파일러들이 조언을 구하러 올 정도로 수사 능력이 뛰어난 형사였고, 미제 사건을 수없이 해결해서 귀신을 본다는 소문이 돌 정도였다. 이제 경찰청 강력범죄수사과장으로 진급한 황우식은 경찰들에겐 쉽게 다가가기 어려운 영웅이었다. 그렇지만 연우에게는 여전히 인간적인 선배였다. 강력반 선후배로 무려 8년간이나 동고동락한 기억 때문일 것이다.

"과장님도 새해 복 많이 받으십시오. 그런데 진짜 무슨 일 때문입니까?"

"선양에서 살인 사건 하나가 접수됐어. 살해 추정 시간은 새벽 3시 전후. 피해자는 에덴 종합병원 원장이야."

"설마 강원도 선양 말씀하시는 겁니까? 거긴 서울에서 족히 네 시간은 달려야 도착하는 곳인데요?"

"그래. 자네가 좀 가줘야겠어." 황 과장은 앞뒤 자르고 단호하게 말했다.

"특별한 이유라도 있는 겁니까?" 연우는 이 사건에 뭔가 복잡한 내막이 얽혀 있음을 직감했다.

"물론 있지. 그렇지만 내가 항상 뭐라고 했나? 현장에 가보기도 전에 정보가 너무 많으면 오히려 담당 수사관에게 편견이 생길 수 있어."

"그렇지만 이번 경우는……." 연우는 그만 입을 다물었다. 경험상 이럴 땐 거듭 물어봐야 시간 낭비란 것을 알고 있었기 때문이다. 황 과장은 어떤 경우에도 원칙을 어기지 않았다.

"네, 알겠습니다." 연우는 마지못해 답하고 전화를 끊으려 했다.

"잠시만." 황 과장이 아직 할 말이 남은 듯 뜸을 들였는데, 그게 왠지 모르게 불안했다.

"아직 하실 말씀이 남은 겁니까?"

"자네 부사수는 김상혁으로 결정했어." 황 과장은 연우의 반발을 예상한 듯 단호히 말했다.

"그건 안 됩니다." 연우는 자기도 모르게 말부터 튀어나갔다.

"명령이야."

"잘 아시지 않습니까. 전 상혁이가 불편합니다."

"굳이 따지자면 더 불편한 쪽은 김 경사겠지. 그때 잘못은 분명 자네가 했으니까."

"……." 그 말에 연우는 꼼짝없이 입을 다물었다. 황 과장은 사람들의 마음을 쥐락펴락하는 데 선수였다. 연우는 때때로 황 과장이 범인들에게 사용하는 취조술을 후배들에게도 써먹는 것 같다는 느낌이 들 때가 있었다. 바로 지금이 그랬다.

"상혁이도 절대 제 밑에서 일하려 하지 않을 겁니다. 한번 말씀해보시죠. 고집이 엄청 센 녀석이라서 아무리 과장님 말씀이라도 소용없을 겁니다. 두고 보시죠. 제 말이 맞을 겁니다."

"방금 보고받았어."

"뭘 말입니까?"

"상혁이. 이미 도착했다고 하던데. 아마 자네 집 앞일 거야."
어쩐지 황 과장은 연우가 곤란해하는 이 상황을 은근히 즐기고 있는 듯 느껴졌다.

"저희 집 앞이요?" 연우는 믿기지 않는 듯한 표정으로 어슴푸레 밝아오는 창문을 향해 다가갔다. 경찰청 본청과 멀지 않은 다세대주택가 빌라로 이사 온 지 2개월째였다. 그런데도 아직 연우의 방에는 이삿짐들이 박스째 널브러져 있었다. 유리창엔 커튼조차 달려 있지 않았다. 연우에게 집이란 씻고 잠들 수만 있으면 되는 곳이었다. 창문에 이마를 대고 아래를 내려다보자 상혁의 정수리가 보였다. 상혁은 3층 빌라 밑 경사지에 차를 대놓고 가로등 아래 쭈그려 앉아 지나가던 길고양이의 머리통을 쓰다듬는 중이었다.

"내가 충고 하나 해줄까?" 황 과장이 이쪽을 훤히 내다보고 있는 듯 말했다.

"아니요, 괜찮습니다." 연우가 낭패감이 밴 목소리로 대꾸했다. 그러나 황 과장은 아랑곳하지 않고 제 할 말을 끝까지 했다.

"우리 일은 동료가 없으면 할 수 없는 일이야. 그리고 그땐 어디까지나 자네가 잘못한 거야. 그러니까 이번 기회에 먼저 사과해. 나도 예전에 널 끌고 다녀봐서 알지만…… 넌 뭐랄까, 그저 맹목적이고, 또라이에…… 아무튼 별로야."

"그건 과장님이 하실 말씀은 아닌 것 같은데요."

"이 자식이. 그리고…… 아마 자네가 89년생이지?"

"설마 새해가 되었다고 그 신년 운센가 뭔가 보려 하시는 거라면 그만하십쇼. 저는 미신을 믿지 않습니다."

"어디 보자…… 역시 그랬군. 어쩐지 꼭 말해줘야 할 것 같지만, 자네가 정 원하지 않는다면 어쩔 수 없지."

"……어떻길래 그렇습니까?" 연우는 이번에도 황 과장에게 말리고 있었다.

"말해줄까?"

"네. 이왕 말씀 꺼내셨으면 끝까지 하셔야죠."

"한마디로 나빠. 아주 별로야."

"나쁜 건 이미 알고 있었습니다." 연우는 어제 결혼식장에서 부케를 받기 위해 공중으로 날아올랐던 기억을 되짚으며 중얼거렸다.

"뭐라고?"

"아닙니다. 어떻길래 그렇습니까? 칼이라도 맞는답니까?"

"잘못하면…… 아주 안 좋은 꼴이 날 수도 있겠어." 황 과장
이 불길하게 한숨을 푹 내쉬었다.

"아니, 하필이면 살인 사건 해결하러 출동하는 길에 꼭 그런
말씀을 하셔야겠습니까?"

"해결책이 없는 건 아니야. 그것도 말해줄까? 참, 자네는 미
신 안 믿는다고 했지?"

"말씀해주시죠."

"상혁이를 잘 데리고 다녀."

"네? 그게 해결책입니까? 참 안심이 되는군요."

"상혁이가 91년생 양띠라 액막이가 되어줄 거야."

"그런 말도 안 되는 미신은 이제 그만 좀 말씀하시죠."

"어쨌든 이번엔 다치지 마. 이것도 명령이야."

그 말에 연우는 왠지 모르게 지난번 칼을 맞았던 왼쪽 옆구
리가 욱신대는 것 같았다.

"그럼 범인 꼭 잡아와."

전화는 일방적으로 끊어졌다. 연우는 잠시 동안 유리창으로
상혁을 내려다보았다. 길고양이는 추위에 온기가 그리웠는지
이제 아예 상혁의 몸에 제 몸을 비비는 중이었다. 그때 자신을

바라보고 있는 시선을 느꼈는지 상혁이 불쑥 고개를 들었다. 연우는 깜짝 놀라 뒷걸음질쳤다. 상자에 발이 걸려 하마터면 넘어질 뻔했지만 간신히 균형을 잡았다. 아무리 황 과장의 명령이라지만, 상혁이 정말로 돌아왔단 사실이 놀라웠다.

"절대 안 보겠다면서 떠날 때는 언제고……." 연우가 혼잣말을 중얼거렸다.

6개월 전, 연우는 응급실에서 의식을 잃고 잠들어 있다가 눈을 떴다. 죽을 고비를 넘기고 돌아온 세상에서 가장 먼저 마주친 것은 상혁의 얼굴이었다.

"병원이 왜 이렇게 추워. 칼 맞은 것 때문이 아니라 여기 에어컨 바람이 너무 세서 얼어 죽겠다." 연우는 범인 잡다가 기절해버렸다는 사실이 왠지 모르게 머쓱해서 농담을 건넸다.

연우는 방금 제 입에서 튀어나간 말이 제법 멋졌다고 생각하며 흘끗 상혁의 눈치를 살폈다. 그런데 상혁은 농담으로 받아치기는커녕 침묵하고 있었다. 평소 같으면 농담으로 응수했을 상혁은 그저 싸늘했다. 연우는 상혁에게 그런 얼굴이 있단 사실을 그때 처음 알았다.

"앞으로 다시는 선배님을 뵐 일이 없기를 바랍니다."

그러곤 병실을 박차고 나가버렸다. 그때까지만 해도 상혁이 동료가 다친 것을 처음 봐서 당황한 나머지 그러는 거라고 여겼다. 시간이 지나면 풀릴 거라고. 그런데 웬걸. 퇴원하고 보니 상혁은 정말로 강력반 사무실을 떠난 뒤였다. 상혁이 앉아 있던 자리엔 낯선 경사가 앉아 있었다. 팀원들 역시 상혁에 대한 말은 피하는 눈치였다. 그날 이후 연우는 한 번도 상혁에게 먼저 연락하지 않았다. 처음엔 상혁을 이해해보려 했다. 그렇지만 시간이 지나면서 점점 상혁의 반응이 지나치단 생각이 들었다. 야속할 지경이었다. 그렇게까지 잘못한 일이란 말인가? 어떻게든 범인을 잡고자 한 행동이었고, 범인도 검거했다. 그때 연우가 범인을 체포하지 못했다면 다른 무고한 희생자들이 나타났을 것이다.

그렇게 훌쩍 떠났던 상혁이 이번엔 말 한마디 없이 돌아와 있었다. 그것도 자신의 집 앞에.

'아무튼 속을 모르겠는 녀석이군.'

새해 첫날부터 돌아온 김상혁과 낯선 선양으로의 수사 파견 이라니……. 어쩌면 황 과장의 말대로 올해 운수가 대차게 꼬였는지도 모르겠다는 생각이 들었다. 연우는 고개를 세차게 흔들고 마른세수를 했다. 더 이상 시간을 지체할 순 없었다.

살인 사건이다. 물론 과학수사대가 현장 감식을 시작했겠지만, 그럼에도 현장이 훼손되기 전에 한시라도 빨리 도착해야만한다. 연우는 지난번 원정 파견 때 챙겨 갔던 가방이 어딨는지 방 안을 둘러봤다. 방구석에서 축 늘어진 배낭이 눈에 띄었다.

연우는 그것을 주워들어 지퍼를 열어봤다. 간단한 세면도구와 수건 몇 장, 노트와 필기구 등 웬만한 것은 지난번 파견 이후 빼지 않은 그대로 들어 있었다. 거기에 속옷과 양말 몇 켤레를 더 챙긴 뒤 배낭을 한쪽 어깨에 멘 연우는 집을 떠나기 전 마지막으로 방 안을 돌아봤다. 이사 온 지 얼마 되지 않았는데 또다시 밤도망이라도 떠나는 사람 같았다. 언제 다시 돌아오게 될지는 범인이 언제 검거되느냐에 달려 있었다.

이번엔 다치지 마. 이것도 명령이야.

황 과장의 목소리에선 진심이 느껴졌다. 지난번 범인에게 목숨을 잃을 뻔한 기억이 스멀대며 떠오르려 했다. 이 집으로 다시 돌아올 수 있겠지? 연우는 잡념을 끊어내려는 듯 미련 없이 돌아섰다.

집 밖으로 나온 연우의 기세에 놀랐는지 상혁에게 어리광 피우고 있던 고양이가 후닥닥 도망쳤다. 상혁이 쭈그려 앉아 있던 몸을 펴며 일어났다. 키가 180센티미터는 족히 넘는 상혁은 강력반을 떠나 경제팀으로 가더니 신수가 더 훤해진 듯 보였다. 반듯한 이마, 흰 얼굴에 높은 콧대. 길쭉한 목과 팔다리. 게다가 눈웃음도 상냥한 편이라 상혁은 탐문 수사를 할 때 유리한 편이었다. 여성들뿐 아니라 남성들도 친절하고 예의 바른 상혁에게 자신이 목격한 바나 알짜 정보를 순순히 털어놓았다. 남녀노소 불문, 자신 앞에서 입을 꾹 다물고 있던 사람들이

상혁 앞에서 술술 말을 늘어놓는 것을 볼 때면 연우는 그저 마법을 보는 듯한 기분이 들곤 했다. 그러나 그건 상혁, 저 자식의 민낯을 모르는 자들에게나 통하는 것이다. 연우는 이제 상혁의 상냥한 미소 띤 얼굴 뒤에 감춰진 매몰찬 얼굴을 똑똑히 알고 있었다.

"어째, 싫다고 떠난 놈이 웬일이냐? 경제팀 일이 좋은가보다? 신수가 좀 훤해진 것 같네." 연우가 무심한 척 툭 말을 건넸다.

"선배는 얼굴이 왜 그 모양입니까? 설마 밤새 울기라도 한 겁니까?"

"뭐? 내가 애야? 울긴 왜 울어?" 연우가 뜨끔해서 되받아쳤다.

"그러니까요. 어제 부케 받으실 때 보니 체력은 여전하시더라고요."

"너도 왔었냐?"

"당연하죠."

"살인 사건이야! 쓸데없는 이야기 그만하고 출발해!"

연우는 자신의 부은 눈을 자꾸 쳐다보는 상혁의 시선을 피해 서둘러 차 문을 열고 조수석에 앉았다. 이 자식, 설마 내가 한상훈 선배를 좋아한다는 사실을 눈치채고 있었던 건 아니겠지? 워낙 눈치가 빠른 놈이라 찝찝했다. 그런데 이 자식은 어제 결혼식장에서 나를 보고도 인사 한마디 안 한 거네. 그런 생각을 하는 사이 운전석에 올라탄 상혁이 차를 출발시켰다. 그 바람에 연우의 상체가 젖혀졌다.

"경제팀에선 운전을 거칠게 하라고 가르치는 모양이다." 연우가 괜히 트집을 잡자, 상혁이 지지 않고 답했다.

"아니요. 예전에 어떤 선배가 운전하는 차 타고 가다가 죽을 뻔한 기억이 나는데…… 그 선배는 강력반 소속인데요? 누구였더라? 기억이 날 것 같기도 하고…….'

연우는 어처구니없다는 듯 고개를 절레절레 흔들었다. 차 앞 유리로 다세대주택가의 비좁은 골목길이 구불대며 이어졌다. 전봇대 아래마다 종량제 쓰레기봉투가 쌓여 있고, 물웅덩이가 얼어붙어 빙판이 되어 있었다. 어색한 침묵을 몰아내려는 듯 상혁이 손을 뻗어 라디오를 켰다.

여러분, 방금 들어온 소식인데요, 방금 동해 바다에서 새해 첫 해가 떠올랐다고 합니다. 오랜만에 그리웠던 연인이나 가족과 지금 함께하고 계신가요?

라디오 진행자의 감미로운 목소리가 썰렁한 차의 내부에 퍼졌다. 그러나 새해의 첫 해가 떠오르기도 전에 선양에서는 살인 사건이 일어난 것이다.

"너도 황 과장님 지시로 합류한 거지? 알고 있는 것 좀 털어 봐."

"뭘 말입니까?"

"뭐긴, 나보다 먼저 연락받았을 거 아니야. 너한테도 별말 없었어?"

"그럼요."

"아니, 넌 왜 하필이면 우리가 선양까지 파견을 가야 하는지 궁금하지도 않아?"

"궁금하죠. 그렇지만 잘 아시잖아요, 황 과장님 스타일."

"하나부터 열까지 모두 직접 가서 보고 느껴라? 아무리 그래도 그렇지, 선양이면 여기랑 멀어도 너무 먼 데잖아. 대체 이유가 뭘까. 넌 뭐 짐작 가는 것 없어?"

"네, 없습니다."

"그런데 넌 대체 왜 합류하겠다고 한 거야?"

"누구 명령인데 거부합니까?"

"그게 다야?"

상혁은 더 이상 대답하지 않았다. 속을 알 수 없는 얼굴로 운전만 하고 있었다. 잠시 뒤 자동차는 비좁은 골목길을 빠져나와 삼거리 앞에서 멈춰 섰다. 큰길 너머 멀리 서울 경찰청 건물이 새벽하늘 아래 우뚝 솟아 있었다.

"그나저나 그쪽에서 선뜻 우리를 반겨줄까요?"

연우는 상혁이 무엇을 걱정하는지 알 것 같았다. 형사들끼리도 암묵적인 영역 다툼이란 것이 있다. 아무래도 범인을 검거하는 일이 경력이나 승진과 직결되기 때문이다. 다른 관할에서 형사들이 파견을 나오면 서로 간에 눈에 보이지 않는 신경전이 일어난다.

"텃세 정도야 감수해야지, 뭐. 우리가 언제 그런 거 따지면서 일했어? 쫄지 마."

"우리라뇨? 진 선배랑은 다릅니다."

"아무튼 한마디를 안 지는 건 그대로네. 난 그쪽 텃세보다 네 텃세가 더 걱정이다." 연우가 상혁을 흘끗 쳐다봤다.

"그건 걱정 마십쇼. 전 공사 구분은 확실합니다."

연우는 기가 차단 표정을 지으며 창밖을 살폈다. 날이 밝았는데도 설 연휴라 그런지 서울 중심지는 조용했다. 그 고요한 도시를 지키고 있는 경찰청 건물이 바짝 앞으로 다가오고 있었다. 연우는 잊고 있었던 게 떠올랐다.

"잠시만 본청에 좀 들렀다 가자."

"이미 지나쳤는데요?"

"안 돼. 중요한 거야."

"뭔데 그러세요?"

"내 권총. 챙겨 가야지."

그 말에 상혁은 더 이상 말대답이 없었다. 흘끗 돌아보니 상혁의 얼굴엔 긴장감이 어려 있었다. 강력반에 돌아온 것이 이제야 실감 나는 모양이었다.

차도진

[변호사님, 저와 내기한 것 잊지 않으셨겠죠? 확인하러 갈 겁
니다.]

회사 주차장에 차를 세우고 문자를 확인한 도진은 피식 웃음
이 새어나왔다. 설 연휴를 앞둔 어제저녁, 박 사무장은 도진에
게 말했었다. 만일 이번 연휴에도 도진이 출근한다면 술을 사
란 거였다. 연휴가 되면 갈 데가 없는 도진이 회사에 나와 시간
을 때운다는 사실을 그는 역시 눈치채고 있었던 것이다. 적당
히 웃으며 어물쩍 넘기려는 도진에게 박 사무장은 검사하러 오
겠다고 으름장을 놨었다.

[박 사무장님도 새해……]

도진은 답장을 적다가 도로 지웠다. 언제부터일까. 도진의 마음속엔 선 하나가 그어져 있었다. 그 선 너머로 누구도 들어오게 한 적이 없었다. 끝내 차갑게 밀어내는 도진에게 사람들은 질문하곤 했었다. 혹시 누군가에게 상처받은 일이 있었느냐고. 그런 질문을 받으면 도진의 얼굴은 차갑게 굳어버리곤 했다. 그러나 박 사무장은 강적이었다. 지난 3년간 파트너로 함께한 박 사무장은 어느 순간 천연덕스럽게 웃으며 도진이 마음속에 그어놓은 선을 밟고 있었다. 아니다. 어쩌면 도진 자신이 이제 그만 그 선을 지우고 싶은 건지도 모른다. 지친 것일까? 평범한 사람들처럼 연휴가 되면 가족을 만나는 행복한 일상을 꿈꾸는 것일까? 그런 건가? 도진은 결국 답장을 보내지 않고 차에서 내렸다.

엘리베이터는 공교롭게도 29층에서 내려오고 있었다. 29층은 그가 근무하는 SJ 로펌이 있는 곳이다. 설마 박 사무장이 정말 확인하러 온 것은 아니겠지? 화면의 숫자는 지하 1층을 향해 빠르게 바뀌고 있었다. 땡 소리와 함께 엘리베이터 문이 활짝 열리자 도진은 살짝 기대감을 갖고 내부를 확인했다. 그러나 검정 헬멧을 눌러쓴 거대한 체구의 남자만 서 있었다. 퀵기사인 것 같았다. 연휴에도 누군가 회사로 퀵을 보낸 모양이었다.

퀵 기사는 엘리베이터를 빠져나가며 도진의 어깨를 툭 쳤다.

도진은 순간 인상을 찌푸리며 고개를 돌렸다. 뜻밖에 퀵 기사는 도진을 빤히 바라보며 서 있었다. 도진은 당황했지만 내색하지 않고 엘리베이터에 탄 뒤 닫힘 버튼을 눌렀다. 잠시 뒤 엘리베이터가 빠르게 29층을 향해 올라가기 시작했다. 왠지 모르게 찜찜한 기분이 들었는데, 그건 엘리베이터 내부에 남아 있는 비릿한 냄새 때문인 것 같았다. 이게 무슨 냄새일까? 생선 비린내 같으면서도 어딘가 속을 자극하는 기분 나쁜 냄새였다. 그 때문일까? 엘리베이터 유리 바닥 밑으로 빠르게 멀어져가는 8차선 대로변을 내려다보고 있다가 아찔한 현기증이 났다.

"아저씨, 괜찮으세요?"

29층에서 활짝 열린 엘리베이터 문 앞에서 한 여학생이 염려스러운 표정으로 살피고 있었다.

"괜찮습니다. 그런데 누구?" 도진은 현기증 때문에 숙이고 있던 고개를 들었다. 그러곤 오늘 같은 연휴에 뜬금없이 회사에 나타난 여학생을 관찰했다. 회색 후드티에 청바지 차림인 여학생은 귀염성 있는 얼굴이 누군가를 닮아 있었다. 도진은 그제야 그 여학생이 누군지 알아봤다. 박 사무장의 책상에 놓여 있는 사진 속엔 늘 그 여학생이 아빠를 향해 지금처럼 웃고 있었다. 딸아이가 사춘기가 왔다며 푸념하던 박 사무장의 말이 떠올랐다. 딸아이가 울면서 왜 자긴 엄마가 아닌 아빠를 닮았느냐고 볼멘소릴 내는 바람에 대학 가면 싹 뜯어고쳐주기로 약속했다고 했었다.

"아, 너 혹시…… 박 사무장님 딸 아니니?"

"어! 절 어떻게 알아보신 거예요?" 여학생은 신기하다는 듯 되물었다.

"여기엔 왜 온 거야?" 도진의 어색한 질문에 여학생은 처음 본 사람인데도 친근한 웃음을 띠며 뭔가를 불쑥 내밀었다.

"이거 받으세요."

"이게 뭐야?" 도진은 얼떨결에 건네받은 도시락 통을 보며 물었다.

"저희 아빠가 연휴에 밥이라도 거르지 말고 계시라고 전해달 랬어요."

"아…… 이러시지 않아도 되는데." 도진은 뜻밖의 호의에 얼 어붙은 마음이 녹는 기분이 들었다.

"원래 우리 아빠가 촌스럽잖아요. 좋아하는 사람한테 엄청 치근대는 스타일이에요."

"좀 그렇지?"

도진과 여학생은 서로 바라보며 재밌다는 듯 웃었다.

"사무장님은 어디 계시고?"

"아빤 지하 주차장에서 기다리고 계세요." 여학생은 어느덧 훌쩍 엘리베이터에 타고는 도진을 돌아보며 말했다.

"아, 그렇구나. 감사하다고 전해드리렴. 참, 그리고 술 사겠다고!"

"아저씨, 우리 아빠 술 너무 많이 먹음 안 돼요."

"아, 알겠어. 주의할게."

"네! 아, 누가 아저씨한테 이걸 주랬어요."

막 닫히려는 엘리베이터 문 틈새로 무언가 훌쩍 날아들어 도진의 발밑에 떨어졌다.

다시 혼자 남겨진 도진은 자신도 모르게 웃고 있었음을 깨달았다. 박 사무장의 딸아이는 아빠와 얼굴만 닮아 있지 않았다. 상대방을 무장해제시키는 특유의 밝은 에너지도 닮은 것 같았다. 도진은 도시락 통을 옆구리에 끼운 채 발밑에 떨어져 있는 편지 봉투를 내려다봤다. 이런 연휴에도 자신에게 누군가 퀵을 보낸 것이다. 누굴까? 어떤 의뢰인이 다급한 마음에 보낸 것이리라. 그는 허리를 숙여 편지 봉투의 모서리를 집어 올렸다. 봉투 앞뒤를 살피던 그의 입가에 걸려 있던 웃음기가 순식간에 얼어붙었다.

강원도 선양군 에덴 종합병원

기억에서 지워버리고 싶었던 이름이었다. 그동안 잊고 있던 거센 바람 소리가 이명처럼 들려오는 듯했다. 선양은 겨울이면 미친 듯 광풍이 몰아쳤다. 온 산에 나무들이 부서질 듯 흔들렸다. 어릴 적 집 마당에 나가면 살려달라고 비명을 지르는 듯한 소리가 컴컴한 밤하늘을 가득 울리고 있었다. 심호흡을 한 뒤 떨리는 손으로 봉투를 찢었다. 두 번 접힌 종이를 펼치자 짧은 메시지가 프린트되어 있었다.

선양 경찰서에 체포된 용의지의 번호를 맡을 것.
만일 그러지 않을 경우 15년 전 그날의 일을 낱낱이 밝히겠다.
용의자: 에덴 병원 간호사 33세 유민희
혐의: 살인

편지 봉투엔 우표조차 붙어 있지 않았다. 게다가 오늘은 연휴다. 범인은 도진이 회사에 출근했을 거란 사실을 미리 파악하고 있었단 말인가? 고개를 들자 엘리베이터는 이미 지하로 내려가 있었다. 범인이 누군지 확인해야 한다. 그는 다급히 몸을 돌려 비상구를 향해 뛰었다. 빠른 속도로 비상구 계단을 뛰어내려가며 박 사무장에게 연락했다.

"하하. 제가 뭐라고 했습니까? 변호사님이 출근했는지 제가 직접 확인할 거라고 하지 않았습니까?" 박 사무장은 이런 상황을 조금도 모르는 사람답게 밝은 목소리로 전화를 받았다.

"지금 어디시죠?"

"전 이미 법원 앞 지나고 있는데요. 돌아오면 술이나 사시죠."

"아니요, 지금 뵈어야 합니다."

"왜 그러십니까?" 그제야 이상한 낌새를 눈치챈 박 사무장이 웃음기 걷힌 목소리로 물었다.

"편의점 앞에서 잠깐만 보시죠."

잠시 뒤 박 사무장의 차량이 빌딩 코너 편의점 앞에 멈춰 섰다. 운전석에서 내린 박 사무장이 도진에게 걸어오며 물었다.

"변호사님, 무슨 급한 일이라도 생긴 겁니까?"

그러나 도진은 대답하지 않고 곧장 차량 뒷좌석 유리창에 다가붙었다. 그러곤 먼지 낀 유리창 너머를 들여다봤다. 아이는 헤드폰을 쓴 채 휴대폰을 보며 고개를 까닥이는 중이었다. 그가 창문을 두드리자 아이가 힐끗 돌아보더니 놀란 표정을 지었다. 아이가 곧 유리 창문을 내렸다.

"어? 아저씨. 왜 그러세요?" 아이는 헤드폰을 벗고 물었다.

"이 봉투, 너한테 준 사람 얼굴 봤니?"

"왜요?"

"중요한 문제야. 빨리 대답해." 도진이 자신도 모르게 다그치자 아이는 놀란 듯 움츠러들었다. 조수석에 있던 박 사무장의 아내까지 이쪽을 돌아봤다.

"우리 아이가 뭐 실수라도 한 걸까요?" 박 사무장의 아내가 조심스럽게 물었다.

"아니야, 그런 거." 아이는 자존심 상한 얼굴로 목소리를 높이더니 도진을 똑바로 쳐다봤다.

"키가 되게 컸는데요. 헬멧을 쓰고 있어서 얼굴은 못 봤어요."

도진은 그 말을 듣자마자 한 사람이 떠올랐다. 조금 전 출근길에 엘리베이터 앞에서 마주쳤던 퀵 기사. 혹시 그자인가?

"그 사람이 다른 말은 하지 않았어?"

"변호사님, 무슨 일인데 그러십니까? 혹시 손에 들고 있는 그 봉투 때문이십니까?" 어느덧 가까이 다가온 박 사무장이 물었다. 도진은 박 사무장의 시선이 자신의 손에 쥐인 봉투에 와닿은 것을 깨닫고선 급히 봉투를 코트 주머니 속에 찔러넣었다.

"아니요, 아무것도 아닙니다."

"뭔데 그러십니까. 저도 봅시다. 지금 식은땀까지 흘리고 있질 않습니까?"

도진은 그제야 자신을 바라보는 세 사람의 시선을 의식했다. 그들 모두 자신을 수상쩍다는 표정으로 관찰하고 있었다. 후회스러웠다. 이럴수록 침착하게 행동했어야 한다.

"죄송합니다. 별일 아닙니다. 그럼 다녀와서 보시죠. 미안하다, 너도 연휴 잘 보내라."

도진은 수습하듯 급히 인사를 건네곤 서둘러 돌아섰다. 뒤통수에 와닿는 따가운 시선을 느끼며 빠르게 지하로 내려갔다. 컴컴한 지하로 내려가는데 불현듯 지하에서부터 솟구치듯 튀어나오는 오토바이 엔진음이 울렸다. 고개를 돌려 아까 마주친 퀵 기사인지 확인했지만 그자는 아닌 것 같았다.

그는 주위를 두리번거린 뒤 다시 협박 편지를 꺼내 펼쳐 보았다. 여기서 빠져나갈 수 있는 방법은 없어 보였다.

정연우

"죄송해요, 네, 네. 누나하고 매형에게도 안부 전해주세요."

상혁의 통화 소리에 연우는 잠에서 깨어났다. 아무리 피곤했더라도 상혁이 운전하는 차에서 이렇게까지 깊게 곯아떨어졌다니 머쓱했다. 차창 너머로 산봉우리들이 스쳐지나가고 있었다. 내비게이션을 확인하자 목적지인 선양을 20분가량 앞두고 있었다.

"네. 제가 다시 연락드릴게요." 상혁은 전화를 끊고 한숨을 푹 내쉬었다.

"집?"

"네. 그런데 선배는 엄청 피곤했나봐요. 코까지 골면서 주무시던데요."

"뭐? 내가? 나 코 같은 거 안 골아."

"아닌 것 같은데요."

"됐고, 방금 전화는 부모님이셔?" 연우가 말을 돌렸다.

"아, 할머니요. 할머니 댁이 여기서 한 시간 반 거리거든요. 제가 사건 터져서 선양으로 내려가느라 오늘 못 간다고 문자를 남겼거든요. 글쎄, 저한테 대뜸 뭐라고 하시는 줄 아세요?"

"뭐라서?"

"현장이 할머니 댁이랑 멀지도 않은데 왜 못 오느냐고요. 당장 와서 떡국 한 그릇만 먹고 가래요. 일도 힘이 나야 하는 거라고요." 상혁이 고개를 절레절레 흔들면서 피식 웃었다.

"그러고 보니 예전에 너희 할머님께서 보내주신 김치 정말 맛있게 먹었는데. 지금도 건강하시지?"

"다행히도 아직은요. 그런데 선배는 집에서 연락 없습니까?"

"그럼. 우리 집은 포기한 지 오래야." 연우가 피식 웃으며 답했다.

강력반에서만 13년. 범죄 사건은 명절이라고 쉬어가는 법이 없었다. 오히려 사람들이 모이는 날이기 때문에 범죄율이 더 높았다. 그렇다 보니 특히 강력반 형사들은 명절에 집에 가는 것이 거의 어렵다고 봐야 한다. 평범하고 소소한 행복을 누리면서 살아가는 것은 포기할 수밖에 없는 것이다.

그런 대화를 나누는 동안 차가 터널로 진입했다. 제법 긴 터널을 통과하고 나자 연우는 눈이 부셨다. 경사지 아래 산으로 둘러싸인 마을이 온통 흰 눈에 덮여 있었다.

"여긴 눈이 많이 내렸네요." 상혁이 중얼거렸다.

"그러게. 터널 하나 통과했을 뿐인데 날씨가 전혀 다르네." 주변을 둘러보던 연우의 시야에 녹슨 표지판이 들어왔다.

해발 800m, 살기 좋은 선양에 오신 것을 환영합니다.

흰 눈으로 뒤덮인 마을은 막상 진입하고 나자 낡고 허름한 70년대 영화 세트장 같았다. 오래된 건물들의 외벽에는 폐점한 지 오래된 극장과 노래방 등의 간판이 매달려 있었다.

"선양이 옛날엔 광산 개발로 잘나갔었잖아요."

"지금은 유령 마을 같네."

"그러게요. 으스스하네요."

그런데 그때부터 그들은 말 그대로 유령 마을에 갇힌 것처럼 같은 길을 맴돌기 시작했다. 똑같은 건물을 세 번째 마주쳤을 때 상혁이 말했다.

"이상하네요. 분명 내비에서 안내한 대로 갔는데요."

"설마 진짜 유령이라도 있는 거 아니겠지?"

"지금 그거 농담이라고 한 거예요?"

"아니, 진담이야."

38

그러는 사이 어느덧 저 멀리 산 중턱에 자리 잡은 흰색 병원 건물이 보였다.

"저기네요. 좀 헤맸지만 어쨌든 다 왔습니다."

"그래." 연우의 목소리에서 긴장감이 느껴졌다.

저곳이 간밤에 병원장이 살해당했다는 에덴 병원이다. 몹시 낡아 보이는 흰색 병동은 겨울나무들 사이로 을씨년스러운 느낌을 풍기고 있었다. 산길에 진입한 뒤부턴 차체가 심하게 흔들렸다. 얼어붙은 눈길에서 바퀴가 헛돌자 연우는 조수석 손잡이를 붙잡았고, 상혁은 진땀을 빼며 운전을 했다.

겨우 도착한 에덴 병원 정문 앞에선 순경 둘이 보초를 서고 있었다. 낯선 외부 차량이 진입하자 순경들은 멈추란 사인을 보냈다. 차창을 내리고 연우는 그들에게 경찰공무원증을 내밀었다. 순경은 거수경례를 짧게 붙이며 길을 비켜섰다. 병원 정문을 통과하자마자 어색한 한국어로 거세게 항의하는 목소리가 들려왔다.

"아니, 다른 사람들 다 가는데 왜 우리만 못 가냐구요! 보내주세요. 배 못 타면 우리 회사 잘린다구요."

그쪽을 돌아보자 동남아인으로 보이는 남자가 덩치 큰 남자를 향해 항의를 하고 있었다.

"잠깐 멈춰봐."

연우가 창문을 내리고 목소리를 높였다.

"무슨 일입니까?"

"그러는 댁은 누구십니까?" 덩치 큰 남자 형사가 이쪽을 흘
끗 돌아보며 되물었다. 짙은 눈썹에 인상 쓴 얼굴이 성질머리
가 보통이 아니어 보였다.

"본청에서 파견 나온 징연우 경위입니다." 그제야 남자는 인
상을 풀고 이쪽으로 다가왔다.

"안녕하십니까. 서울에서 수사 파견 오신다고 들었습니다.
저는 선양 경찰서 강력반 민기욱 경사입니다."

"저 사람들은 누굽니까?" 연우가 항의하고 있던 동남아인을
돌아보며 물었다. 그 사람 뒤편에도 멀찌감치 일행으로 보이는
두 남자가 서 있었다. 한 사람은 백인처럼 보였고 다른 한 사람
은 한국인 같았다.

"여기 근방에 항구가 있거든요. 거기서 일하는 외국인 노동
자들이라는데 신분증이 없어서 확인이 안 됩니다."

"저 사람은 한국인 아닌가요? 저 사람도 신분 확인이 안 되는
겁니까?" 연우가 뒤편에 서 있는 남자를 가리키며 묻자 그 남자
는 이제껏 숙이고 있던 고개를 들어 흘끗 연우를 쳐다봤다.

"아, 저도 처음엔 생긴 거 보고 그런 줄 알았는데, 우리말을
전혀 못 알아듣더라고요. 러시아 선원들 중엔 그런 사람이 좀
됩니다."

40

"바로 산 너머가 항구라니. 좋은 소식은 아니군요."

"걱정 마시죠. CCTV 전부 확인했는데, 사건 발생 03시 전후 검문 없이 병원 정문을 통과한 사람은 아무도 없습니다."

연우는 민 경사의 자신만만한 태도가 어쩐지 불안했다. 그런 태도는 위험하다고 말해주려 하는데 옆에서 상혁이 부르는 소리가 들려왔다.

"선배."

"왜?" 연우가 돌아보자 상혁이 속삭이듯 말했다.

"이제 그만하고 현장부터 가시죠. 선배 여기서 비호감 되면, 수사에 지장이 있을 텐데요."

"그럼 수고하십쇼." 연우는 따져 묻고 싶은 말들을 삼키고 민 경사에게 점잖게 인사를 건넸다.

"난 잔소리를 하려던 게 아니야. 아주 중요한 형사로서의 태도를……."

"그게 잔소립니다."

"아!"

"내리시죠. 다 왔습니다." 상혁은 아랑곳 않는 얼굴로 말했다.

"저 자식이." 연우는 이미 차에서 내려 병원 정문을 향해 걸어가는 상혁의 뒷모습을 바라보며 중얼거렸다.

병원 로비는 이른 아침인데도 음침했다. 천장이 높고 썰렁한 기운이 감도는 로비 안쪽에 안내 데스크가 있었다. 연우와 상혁은 일단 그쪽으로 향했다. 로비에 나와 있던 환자들이 호기심 어린 시선으로 자신들을 구경하는 것이 느껴졌다.

"혹시 경찰이세요?" 삼십대로 보이는 간호사는 연우와 상혁이 말을 걸기도 전에 먼저 물었다. 지난 새벽 벌어진 살인 사건으로 긴장한 일굴이었다.

"네, 그렇습니다. 사건 현장이 어딘지 아십니까?" 상혁이 경찰공무원증을 확인시켜 보이며 물었다.

"5층으로 올라가보세요."

"이 병원이 지어진 지 30년이나 되었나요?"

"네?" 연우의 질문이 갑작스러웠는지 간호사가 되물었다.

연우는 안내 데스크에 비치되어 있는 연필통을 가리켰다. 거기엔 '에덴 병원 창립 30주년 기념'이란 글자가 금박으로 새겨진 볼펜이 수십 자루 꽂혀 있었다.

"아, 네. 작년에요. 그냥 기념품만 간단히 돌렸어요."

"그렇군요." 연우는 그렇게 답하곤 볼펜 하나를 챙겼다. 요즘은 휴대폰에 메모를 해 버릇하지만, 혹시 모른다는 생각이 들어서였다.

"혹시 간호사님도 간밤에 여기 계셨습니까?"

"아니요. 전 출근한 지 얼마 안 됐어요. 5층으로 가보세요." 간호사는 그렇게만 말하고 시선을 피했다. 더 이상 형사들과 말을 섞고 싶지 않은 눈치였다.

접수처에서 돌아선 상혁은 엘리베이터 쪽으로 향했다. 그런 상혁의 후드티 모자를 잡아당기며 연우가 말했다. 연우는 오랜만에 만난 상혁을 자신도 모르게 예전처럼 격의 없이 대하고 있었다. 아무래도 낯선 선양에 오자 외지인이라는 공통분모가 그들 사이의 벌어진 틈새를 메워주는 것 같았다.

"계단으로 가자고."

"계단이요?"

"병원 내부를 좀 살펴야지. 누구 말마따나 우리는 이제 막 여기에 파견 온 형사인데. 현장 점검 꼼꼼하게 안 할 거야?" 연우가 핀잔을 주듯 말하고 먼저 층계로 향했다.

시멘트 계단은 30년이란 시간 속에서 낡아 있었다. 층마다 세워져 있는 대형 거울도 병원의 스산한 느낌을 더하고 있었다. 2층은 엑스레이실과 의료진 휴게실, 원장실 등이 자리 잡고 있었고, 3층은 대부분 입원실이었다. 복도에선 한 노인 환자가 벽에 부착된 안전 바를 붙잡고 느리게 이동하고 있었다. 연우와 상혁은 4층에서 걸음을 멈췄다. 다른 층과 달리 그곳만 출입구가 철문으로 봉쇄되어 있고 '통제구역'이라는 안내판이 매달려 있었기 때문이다.

'통제구역'이라고 새겨진 안내판을 바라보며 상혁이 말했다.

"정신병동이겠죠? 왠지 으스스하네요."

"여기 바로 위가 사건 현장인 거지?" 연우도 뭔가 찝찝하다는 듯 말했다.

"네, 그렇죠."

"여긴 나중에 다시 와봐야겠다." 연우는 그렇게 말하고 다시 층계를 오르기 시작했다. 상혁은 혼자 남겨지고 싶지 않은 사람처럼 서둘러 연우의 뒤를 쫓았다.

간밤에 사건이 벌어진 5층 출입구에는 접근 금지 테이프가 쳐져 있었다. 연우는 그것을 들추고 내부로 진입했다. 사건 현장인 509호는 중앙 안내 데스크를 지나 복도 끝에 위치하고 있었다. 연우는 복도를 지나며 5층 병실이 모두 공실이란 사실을 깨달았다. 무슨 연유에서인지 사용하지 않은 지 오래인 것 같았다.

현장인 509호 앞에 다다르자 피비린내가 코끝을 날카롭게 자극했다. 연우는 온몸의 세포가 예민해지는 것을 느끼며 현장을 살폈다. 열 평 남짓 되는 병실에는 이미 과학수사대원들이 다녀간 흔적이 곳곳에 남아 있었다. 그들이 증거를 수집한 곳마다 번호표가 붙어 있었고 창가의 침대 매트리스는 핏물로 흥건히 젖어 있었다. 연우는 침대 쪽으로 다가가서 유리창을 유심히 들여다봤다. 유리창에 튄 핏자국은 햇살이 비치자 더욱 선명해졌다. 새의 날갯짓처럼 사선으로 뻗어나갔다 하여 '비산혈'이라고 부르는 핏자국이었다.

연우의 머릿속엔 피해자의 목덜미를 깊숙이 공격하는 범인의 그림자가 떠올랐다.

"안녕하십니까. 이제 오셨군요." 연우는 낯선 목소리에 뒤를 돌아봤다.

사십대 초반으로 보이는 형사가 병실로 들어서고 있었다. 덥수룩한 머리에 마른 외양의 남자는 어딘가 초조해 보였다. 이런 조용한 시골 마을에서 오랜만에 살인 사건을 맡아서일까.

"혹시 서울에서 파견 온 형사님들이십니까?" 남자가 조심스럽게 묻자 연우가 답했다.

"네, 그렇습니다. 저는 정연우 경위고, 이쪽은 김상혁 경사입니다."

"먼 길 오시느라 수고가 많았습니다. 저는 강력 1팀 팀장 심재훈입니다."

"저희가 너무 늦었습니다. 피해자 상태는 어땠습니까?" 연우가 피해자 없이 비어 있는 침대를 돌아보며 물었다.

"제가 촬영을 해뒀는데 한번 보시겠습니까?" 심재훈 팀장이 휴대폰을 내밀며 물었다.

연우는 휴대폰 사진을 한 장씩 넘기다가 유독 한 사진을 오래 들여다봤다. 피해자의 상처 부위를 확대 촬영한 것이었는데 목덜미에 제법 깊어 보이는 구멍이 뚫려 있었다.

"이게 뭐죠? 칼을 쓴 것 같지 않네요?" 연우가 심재훈을 돌아보며 묻자 그는 가까이 다가와 사진을 들여다보며 미간을 좁혔다.

"저도 이런 상처는 처음입니다. 직접 보면 상처가 더 울퉁불퉁합니다."

"그럼 송곳도 아니겠네요?" 가까이 다가온 상혁 역시 사진을 들여다보며 말했다. 잠시 뒤 연우는 뭔가 생각난 듯 처음 봤던 사진을 다시 찾아냈다. 피해자의 얼굴이 담긴 사진이었다.

"이상하네요……."

"왜 그러시죠?" 심재훈의 질문에 연우가 답했다.

"아까도 조금 이상하다 싶었는데, 피해자 얼굴이 약간 웃음을 짓고 있는 것 같지 않습니까? 저만 그렇게 느끼는 걸까요?"

피해자의 얼굴은 평온하게 생을 마감한 사람처럼 보였다. 사방에 튄 피와는 대조적이었다.

"아, 네. 그건 피해자가 식물인간 상태였기 때문이 아닐까 합니다. 고통을 느끼지 못한 것 같습니다. 저도 이런 사건은 처음이라 확실하지는 않습니다만……."

연우가 심재훈을 돌아봤다.

"아니, 그럼 범인이 굳이 식물인간인 사람을 공격해서 살해

46

했단 말입니까?"

"그뿐이 아닙니다."

"또 뭐가 있나보죠?"

"네. 피해자 차요한 원장 말입니다, 어차피 오늘 오전 9시경에 연명 치료를 중단하기로 예정되어 있었답니다."

"그렇다면 범인은 어차피 몇 시간만 지나면 죽을 사람을 굳이 살해한 겁니까?" 상혁이 끼어들었다.

기묘한 살인 사건이다. 범인은 지난 새벽 피해자가 사망하기 직전 이곳을 찾아왔다. 그러곤 어차피 시체와 다름없는 피해자를 온 힘을 다해 공격해서 살해했다. 강력반 13년 차지만 이런 사건은 처음이다. 원한의 냄새가 난다. 범인은 피해자를 반드시 제 손으로 죽이고 싶어 한 것이다.

연우가 무겁게 입을 열었다.

"병실에서 없어진 것은 없겠군요?"

"네, 그런 것 같습니다. 병원에서도 도난당한 것은 없다고 했습니다."

"오늘 오전 9시에 피해자가 생명 연장 장치를 제거하게 될 거란 사실을 알고 있던 사람들은 누굽니까?"

"가족뿐 아니라 웬만한 의료진도 다 알고 있던 사실이라고 합니다. 게다가 장례식도 이미 준비되고 있었다고 하고요."

"범인을 특정하는 것은 어렵겠네요."

"아쉽지만 그렇습니다."

"최초 목격자는 누굽니까?"

"유민희 간호사라고요, 지난 새벽 여기 5층에서 당직을 서고 있었다고 합니다. 간호사인데도 살인 사건 현장을 처음 봐서 그런지 쇼크 상태예요. 저희도 아직 대화다운 대화를 나눠보질 못했습니다."

"신고가 접수된 것은 몇 시였습니까?"

심재훈은 수첩을 꺼내 확인하더니 답했다.

"새벽 3시 36분경에 저희에게 신고 접수가 됐습니다."

연우는 손목시계를 흘끗 확인했다. 오전 9시였다.

"이젠 안정이 되었겠지요?"

"일단 연락해볼까요?"

"네, 그래주시죠." 연우가 답하자 심재훈은 휴대폰을 꺼내들어 어딘가로 전화를 걸었다. 짧게 통화를 마친 심재훈은 자신을 따라오라며 먼저 병실을 나섰다. 연우는 509호 병실을 벗어나며 자기도 모르게 뒤를 돌아봤다. 방금 사진에서 보았던 피해자의 웃음 띤 얼굴이 잔상처럼 떠올랐다.

심재훈이 연우와 상혁을 안내한 곳은 병원 2층에 위치한 직원 휴게실이었다.

"여깁니다. 목격자가 상태가 안 좋을 수 있으니 살펴가며 질문하셔야 할 겁니다. 괜히 나중에 민원이라도 들어오면 골치 아프지 않겠습니까?"

"심 팀장님은 같이 안 들어가십니까?" 연우의 질문에 심재훈 팀장이 손에 쥐고 있던 휴대폰을 들어 보이며 답했다.

"네. 저는 이제 그만 수색팀에 합류해야 할 것 같습니다."

"알겠습니다. 뭔가 나오면 저희에게도 바로 연락 주시죠."

"글쎄, 이 근방이 죄다 산이라 범행 도구를 떨구고 갔다 해도 찾을 수 있을지 모르겠습니다. 겨울이라 해도 금방 질 테고요."

"그렇겠네요."

"그럼 이따 보시죠." 심재훈 팀장은 돌아서자마자 누군가와 통화를 하며 급히 뛰어갔다.

휴게실 문을 열고 들어서자 두 명의 간호사가 테이블에 마주 앉아 있었다. 그들은 연우와 상혁이 들어서자 대화를 중단하곤 경계하듯 이쪽을 돌아봤다. 연우는 그들 가운데 누가 목격자인지 한눈에 알아볼 수 있었다. 오십대 중후반으로 보이는 간호사는 옷이 깔끔했지만 삼십대 초반으로 보이는 간호사의 간호복엔 피가 묻어 있었다.

"안녕하십니까. 저희는 사건을 수사하고 있는 형사입니다. 두 분 모두 사건 현장에 계셨던 건가요?" 연우의 질문에 오십대 간호사가 자리에서 일어나며 답했다.

"아니요. 저는 유 간호사가 진정될 때까지 같이 있어줬던 거예요. 비켜드릴 테니 말씀 나누세요."

"그러시군요. 간호사님은 성함이 어떻게 되십니까?"

"최명희라고 합니다." 그렇게 답하며 연우를 보는 그녀의 눈동자는 사시여서 초점이 맞지 않았다.

"혹시 최 간호사님께서도 이번 사건에 대해 생각나는 게 있으면 저에게 연락 부탁드립니다." 연우가 명함을 내밀었다.

"네, 알겠습니다." 최명희는 명함을 확인하더니 잠깐 유민희를 돌아봤다. 그러나 곧 아무 말 없이 문을 열고 나갔다.

연우와 상혁은 테이블을 사이에 두고 유민희 간호사와 마주 앉았다. 창문이 바람에 흔들리는 소리가 크게 들릴 정도로 휴게실 내부는 고요했다. 연우는 목격자 유민희의 인상착의를 티나지 않게 훑었다. 본래 최초 목격자는 잠재적 용의자다. 다만 그녀는 간호복 옆구리 부위에 집중적으로 핏자국이 선명한 것으로 보아 그 가능성이 낮아 보였다. 현장에서 연우는 범인이 매우 강력한 힘으로 피해자를 공격했음을 추리할 수 있었다. 범인은 정면에서 온 힘을 실어 피해자를 공격했을 것이고, 그렇다면 혈흔은 옆구리가 아닌 가슴 부위에 집중적으로 튀었어야 한다.

"우선 처음 사건을 목격했을 당시 상황에 대해 설명 부탁드리겠습니다. 기억나는 대로 저희에게 말해주시면 됩니다." 관찰을 마친 연우가 질문을 시작했다. 상혁은 곁에서 조용히 태블릿을 꺼내들었다.

"네." 유민희는 숙이고 있던 고개를 들었다. 하나로 틀어올린 머리칼은 헝클어져 있었고, 눈가에는 아이라이너가 번져 있었다.

"녹음을 해도 괜찮을까요?"

"녹음이요?"

"네. 조사에 도움이 됩니다."

유민희는 대답 대신 고개를 조용히 끄덕였다.

"이제 답변해주시죠."

"음, 그러니까 그때 전 잠깐 눈을 붙이고 있었는데요, 어떤 소리가 들려서 잠에서 깼어요." 허공을 응시하는 유민희의 미간에 주름이 잡혔다.

"그때가 몇 시경입니까?"

"휴대폰 시계를 봤는데 새벽 3시였던 것 같아요."

"정확히 3시였습니까?" 심 팀장에게 확인했던 신고 접수 시간이 3시 36분이었기 때문에 연우는 다시 확인했다.

"한 3시 5분쯤이었을 거예요. 왜 그러시죠?"

여전히 신고 접수 시간과 너무 차이가 났다.

"혹시 구체적으로 어떤 소리를 들었는지 기억하십니까?"

"뭔가 쿵 하고 떨어지는 듯한 소리였던 것 같긴 한데……."

"정확히 기억나지 않으면 억지로 답변하지 않으셔도 됩니다."

"네."

"그래서 그때 바로 현장을 확인하러 가신 건가요?"

"네. 병실로 가봤는데…… 원장님 얼굴에 온통 피가 튀어 있었어요."

"피해자는 이미 사망한 상태였습니까?"

"음…… 아마도요." 유민희가 자신 없는 목소리로 머뭇댔다.

"피해자의 상태를 직접 확인한 게 아닌가요?"

"그게…… 전 무서워서 자세히 못 봤거든요……." 유민희는 당황한 기색으로 말끝을 흐렸다.

"그럼 누가 또 현장에 있었던 겁니까?"

"사실은…… 제가 원장님이 그렇게 되신 것을 보고 김 실장님께 연락을 드렸거든요……."

"이상하군요. 보통은 살인 사건을 목격하면 119나 112에 연락을 하는데, 유민희 씨는 그렇게 하지 않은 이유가 있을까요?"

연우는 유민희가 대답 대신 테이블 위의 두 손을 맞잡는 것을 흘끗 눈여겨봤다. 초조해하고 있는 것이 느껴졌다.

"잘 모르겠어요. 전 그냥 너무 무서웠고 그래서 습관적으로 그냥 그렇게 했던 거지 별다른 이유는 없어요. 원래 다들 곤란한 일이 터지면 김형근 실장님께 연락을 하거든요. 그래서 그랬던 거지 별 뜻은 없었어요. 정말이에요."

연우는 의심스러웠지만 일단은 아무 내색도 하지 않았다. 다만 상혁이 태블릿에 김형근 실장이라고 적고 밑줄을 두 번 치는 것을 확인한 뒤 질문을 이어갔다.

"그렇다면 그 김 실장이라는 분과 함께 피해자의 상태를 확인한 겁니까?"

유민희는 갑자기 울음이라도 터뜨릴 것처럼 얼굴이 붉어졌다.

"죄송해요…… 기억이 잘 안 나요."

"차분히 다시 생각해보시죠."

그러나 유민희는 고개를 숙이고 입을 꾹 다물었다. 상혁이 자리에서 일어나 정수기에서 종이컵에 물을 받아 와 유민희에게 내밀었다.

연우는 잠시 기다리다 조심스럽게 신문을 이어갔다.

"많이 힘드신 것 같으니 이번에는 다른 질문을 드려보겠습니다. 혹시 피해자를 살해했을 거라고 짐작되는 사람은 없습니까?"

유민희는 고개를 가로저었다.

"원장님은 살아생전에 어떤 분이셨습니까?"

"은퇴한 광부들의 폐병을 고쳐주기 위해 평생을 헌신한 분이었어요. 특히 그분이 평생에 걸쳐 연구 개발한 신약 덕분에 목숨을 구하게 된 환자들에게는 영웅 같은 분이셨어요."

"아니요, 그런 것 말고 평소 주변 사람들에게 평판이 어땠는지를 물어본 겁니다. 혹시 원장님에게 불만이 있던 사람은 없었습니까?"

"그런 사람은 없었을 거예요."

"왜 그렇게 생각하시죠?"

"원장님은 매우 존경받는 분이셨으니까요."

연우는 뭔가 싸한 느낌을 받았다.

"알겠습니다. 협조 감사합니다. 뭔가 더 생각나는 게 있으시면 이쪽으로 연락을 부탁드리겠습니다."

연우는 그만 자리에서 일어났다. 이렇게 된 이상 김형근 실장이란 사람을 만나보는 것이 필요해 보였다. 휴게실 문을 열고 나오기 전, 연우는 마지막으로 뒤를 돌아봤다. 유민희는 처음 봤을 때처럼 또다시 고개를 숙이고 있었다.

*

"뭔가 수상한 냄새가 나는데요?"

"너도 들었지? 분명 처음 사건 현장을 목격한 시각이 3시 5분이라고 답했어."

"그러니까요. 아까 분명 심재훈 팀장님은 경찰에 신고 접수된 시각이 새벽 3시 36분이라고 했거든요. 혹시 당황해서 시간을 착각하는 건 아닐까요?"

"모르겠어. 그렇지만 만일 3시 5분이 맞다면 31분이나 신고 지연이 발생한 거야."

"만일 그게 사실이라면 유민희 간호사가 유력한 용의자가 되는 것 아닙니까?"

"일단 그 김형근이란 실장을 만나봐야겠어."

*

"그냥 자연스럽게 굴어. 아무것도 내색 말고." 연우는 병원 1층 복도 끝에 위치한 사무실이 가까워지자 상혁에게 주의를 주었다. 안내 데스크에서 확인한 결과 김형근 실장은 지금 병원에 있었다.

"염려 마시죠. 제가 바본 줄 아십니까?"

"휴식 기간이 길었잖아."

"아니 선배, 경제팀을 무시하는 겁니까?"

그러나 연우는 대꾸하지 않고 사무실 문을 열고 들어갔다. 사무실 안쪽 책상에 앉아 있던 남자가 자리에서 일어나서 이쪽을 돌아봤다.

"안녕하십니까, 김형근 실장님 되십니까?" 연우가 질문하자 남자는 착용하고 있던 돋보기안경을 벗더니 말했다.

"그렇습니다. 수고가 많으십니다. 일단 이쪽에 앉으시죠."

연우와 상혁은 남자가 안내한 소파테이블 앞에 앉았다. 연우는 마주 앉은 그의 인상착의를 훑었다. 육십대 중반쯤 되었을까. 머리가 희끗하게 세고 이마엔 주름이 깊었다. 오늘 밤 예정되어 있었다는 피해자의 장례식 때문인지 검은 정장 차림이었는데 나이에 비해 체구는 다부져 보였다.

"그래서 절 찾아오신 이유가……?"

"방금 유민희 간호사를 만나고 오는 길입니다. 현장을 목격하고 바로 김형근 실장님에게 연락했다고 하던데요. 맞습니까?"

"아, 네. 그랬습니다."

"유민희 씨에게 연락이 온 게 몇 시였는지 기억하실까요?"

"〈새벽 열차〉가 막 시작했을 때니까 새벽 3시가 조금 넘었을 겁니다. 아, 〈새벽 열차〉는 제가 듣는 라디오 프로그램입니다."

신고 지연이 일어난 것은 확실해 보였다.

"현장에는 연락을 받자마자 올라가보신 겁니까?"

"네, 그럼요."

"당시 현장 상황은 어땠습니까? 기억나는 대로만 말씀해주시면 됩니다."

김형근은 잠시 말을 멈추고 상복 재킷 안쪽에서 뭔가를 꺼냈다. 맨솔 담배였다. 그는 습관적으로 담배를 입에 물었다가 아차 싶은 얼굴로 다시 손에 담배를 쥔 채 말을 이었다.

"한마디로 충격이었습니다. 원장님은 목덜미가 뭔가에 찔려 이미 호흡이 정지된 상태셨습니다."

"그렇다면 현장을 확인한 뒤 곧바로 경찰에 신고를 하신 겁니까?"

"네, 그랬죠. 그런데 그건 왜 물어보시는 거죠?" 김 실장이 흘끗 연우의 눈치를 살피며 묻는 것을 연우는 놓치지 않았다.

"절차상 질문드리는 겁니다."

"제가 깜박 잊은 게 있었군요." 김 실장은 잠시 뜸을 들이더니 말했다.

"말씀하시죠."

"나이가 들면 기억이 이렇게 깜박깜박합니다. 생각해보니 제가 곧바로 신고를 한 건 아니네요."

"무슨 일이라도 있었습니까?"

"아직 범인이 멀리 못 갔을 거라는 생각이 들어서 먼저 병원을 훑었습니다."

"보통은 그렇게 하지 못합니다. 곧장 경찰에 신고를 하는 편이죠."

"제가 보통 사람은 아닙니다."

"그게 무슨 말씀이죠?"

"제가 젊었을 적에 전국체전에 출전했던 복싱 선수였거든요." 김형근이 억지웃음을 띠었다.

"수상한 사람은 있었습니까?"

"아니요. 그새 튀었거니 싶었습니다."

"범인으로 짐작되는 사람은 없습니까? 이를테면 평소 원장님에게 원한을 가지고 있었다거나 불만을 표현했던 사람 말입니다."

"그럴 리가요. 저희 원장님은 이런 벽지에 순전히 봉사 정신으로다가 병원을 건립한 분입니다. 게다가 그분이 발명한 약덕분에 죽다 살아난 사람들이 얼마나 많은 줄 아십니까? 그런 분께 원한이라뇨. 가당치 않습니다."

유민희 간호사와 동일한 답변이었다. 연우는 문득 이 병원 의료진 모두에게 질문해도 동일한 답변이 돌아올 거란 생각이 들었다.

"원장님은 금일 오전 9시에 생명 연장 장치를 떼어낼 계획이었다고 들었습니다. 그런 분을 누군가 일부러 직접 살해한 겁니다. 원한 관계가 있었을 수 있습니다. 조금만 더 생각해보고 답변해주시죠."

"글쎄요. 요즘 뉴스에 보면…… 그 왜 있잖습니까? 정신이상

자들이 사고 치고 다니는 뉴스 말이죠."

"조현병 환자 말씀하시는 겁니까?" 곁에서 조용히 메모만 하고 있던 상혁이 거들었다.

"네, 네. 맞습니다. 전 현장을 처음 딱 본 순간 그런 환자 짓이 아닌가 싶었습니다. 그렇지 않고서야 누가 우리 원장님에게 그런 몹쓸 짓을 했겠습니까?" 김형근 실장은 또다시 습관적으로 담배를 입에 물었다가 도로 손에 쥐었다.

"사건이 발생한 현장 바로 아래층이 통제구역이던데요, 혹 거기가 정신병동입니까?"

"거긴 신경 안 쓰셔도 됩니다." 김형근이 딱 잘라 말했다.

"정신병동 맞습니까?"

"굳이 말하자면 그렇죠. 그렇지만 거기는 저희가 밤에는 밖에서 잠가둡니다. 그 환자들이야말로 알리바이가 확실한 셈이죠."

연우는 김형근의 강한 부정이 왠지 마음에 걸렸다.

"수고 많으셨습니다. 그럼 나중에라도 혹시 뭔가 더 생각나면 저희에게 연락 주시죠." 연우는 그렇게 말하며 명함을 내밀었다.

"서울에서 온 분들이셨군요. 어쩐지……." 그는 고개를 끄덕이며 말끝을 흐렸다.

"그럼 다시 뵙지요." 연우와 상혁이 허리를 숙여 인사하자 김형근도 정중히 인사를 하며 말했다.

"형사님들, 잘 좀 부탁드리겠습니다. 저희 원장님 그렇게 허망하게 돌아가실 분이 아니었습니다."

"네, 알겠습니다. 최대한 노력하겠습니다." 연우는 김형근이 내민 손을 맞잡았다. 거친 손의 악력이 상당했다. 전직 복서였던 그의 말은 거짓이 아닌 듯했다.

사무실 문을 닫고 나오며 상혁이 그동안 하지 못하고 있던 질문을 던졌다.

"정말 직접 범인을 잡으려고 찾아다닌 걸까요?"

"CCTV를 한번 확인해봐야 할 것 같아. 그게 사실이라 해도 31분은 너무 긴 시간이야."

"제 생각도 그렇습니다."

"뭔 일이 있긴 있었을 텐데."

연우가 미심쩍은 얼굴로 생각에 잠겨 있는데 상혁이 로비를 가리키며 말했다.

"뭔 일 난 것 같은데요?"

그쪽을 돌아보자 로비를 가로질러 뒷문을 향해 뛰어가는 형사들이 보였다. 이곳에 처음 도착했을 때 정문에서 마주쳤던 민기욱 경사도 있었다.

"우리도 쫓아가볼까요?"

연우는 이미 그쪽을 향해 달리고 있었다.

대원들을 쫓아 연우와 상혁이 도착한 곳은 병원 뒤편의 공터였다. 철책 하나를 사이에 두고 뒷산과 경계가 맞닿아 있는 공터는 아침인데도 해가 들지 않아 그늘이 져 있었다. 철책 너머 야산은 경사가 가팔랐다. 헐벗은 나무들은 제멋대로 빽빽이 자라 있고 경사지엔 담요처럼 눈이 뒤덮여 있었다. 대원들은 그 철책 앞에 모여 심각한 분위기를 풍기고 있었다.

"수색팀이 뭔가를 찾은 것 아닐까요?"

"벌써?"

연우는 손목시계를 확인하며 그쪽으로 이동했다. 오전 9시 30분이 조금 지난 시각이었다.

"오셨군요. 목격자 진술은 무사히 끝난 겁니까?" 무리에 끼어 있던 심 팀장이 다가오는 연우를 돌아보며 물었다.

"네. 그런데 뭘 찾은 겁니까?"

"한번 보시겠습니까?"

연우는 심 팀장이 내민 투명한 비닐 팩을 받아 들었다. 안에 든 내용물은 뜻밖에도 볼펜이었다. 중간에 금장 테두리가 새겨진 볼펜의 머리 부분엔 '에덴 병원 창립 30주년 기념'이란 글자가 각인되어 있었다. 피해자의 목을 뚫고 들어간 깊이만큼 혈흔이 엉겨붙은 채였다. 피해자의 목에 남아 있던 울퉁불퉁한

상처를 설명할 수 있게 된 것이다.

"어? 이건…… 아까 병원 안내 데스크에서 봤던 것 같은데요?"

"맞아. 누가 갖고 있어도 이상하지 않을 물건이지."

"어디서 찾은 겁니까?" 연우가 심 팀장에게 질문했다.

심 팀장이 대답 대신 따라오라고 손짓했다. 철책 앞에 다가서자 연우는 범행 도구가 예상보다 빨리 발견된 이유를 알 수 있었다. 철책 안쪽 한 뼘 정도 거리에 엑스 자 표시가 되어 있었다.

"범인이 이쪽으로 도망치다 범행 도구를 흘린 게 틀림없습니다." 심 팀장은 확신을 갖고 말했다. 연우는 잠시 말없이 고개를 젖혀 철책의 높이를 가늠했다.

대략 3미터는 족히 되어 보이는 높이였다. 게다가 위에는 가시철조망이 둘러져 있었다. 만일에 범인이 저곳을 타고 넘었다면 옷이 찢기는 것은 피할 수 없었을 것이다. 철조망에 범인의 혈흔이나 섬유 조각이 남을 수밖에 없는 것이다.

"가시철조망에선 뭐가 나왔습니까?"

"그게 무슨 말씀입니까?"

"범인이 저기로 도주했다면 흔적이 남을 수밖에 없었을 텐데요."

"두꺼운 담요 같은 걸로 저 위를 먼저 덮고 넘어간 게 아닐까요?"

"그렇다면 담요 조각은 발견된 겁니까?" 연우가 되묻자 심 팀장의 얼굴이 굳었다.

"바람에 날아갔을 가능성은 없나요?" 상혁이 조심스럽게 끼어들었다.

"그럴 리가 없어. 가시철조망이 뭔지 몰라서 그래?" 연우의 목소리에 날이 섰다. 그러자 심 팀장이 연우의 눈치를 살피며 말했다.

"경위님이 무슨 생각 하시는지 압니다. 이론상 가시철조망을 범인이 타고 넘었다면 뭔가 분명 남지요. 그렇지만 현실에는 변수가 있지 않습니까? 범인이 이쪽으로 튄 게 아니라면, 막말로다가 왜 여기에 떡하니 범행 도구가 떨어져 있었겠습니까?"

그러나 연우는 입을 다물고 거기에 동의하지 않았다. 오래전 황 과장은 말했었다. 형사들은 자신이 처음 확신을 가진 추리를 무너뜨리고 싶어 하지 않는다. 그것이 형사의 눈을 어둡게 만들고 범인은 그 어둠을 통해 영원히 도주할 수 있다고 말이다.

잠시 뒤 연우는 고개를 돌려 건물 위쪽을 올려다봤다. 공교롭게도 바로 위가 사건이 발생한 509호 병실이었다. 상상 속에서 누군가의 그림자가 509호의 창문을 열고 있었다. 그러곤 이쪽을 향해 뭔가를 힘껏 던졌다.

범인이 설마 일부러 이쪽에 범행 도구를 버렸을까? 경찰들이 이미 범인이 철책을 타고 넘어 병원을 빠져나갔다고 생각하게끔 유도하려고? 어쩌면 범인은 피치 못할 사정으로 병원에 남아 있어야만 했는지도 모른다.

차도진

"다시는 집에 돌아올 생각 하지 말거라. 네가 돌아오는 날에는 내 손에 죽을 것이다."

15년 전 그날 새벽, 아버지는 도진을 서울로 보내며 단호히 말했었다. 그런 식으로 선양을 떠나게 될 거라고는 단 한 번도 상상해본 적이 없었다. 그날 이후 도진은 다시 태어난 것과 다름없었다. 과거는 모두 잊고 완전히 새로운 사람처럼 살았다. 과거의 차도진은 죽었다. 휴대폰 번호와 이메일 주소를 바꿨다. 혹시라도 과거의 그림자가 자신을 덮칠지 모른다는 불안감에 하루도 편히 잠든 적이 없었다. 계획에 없던 대학에 입학하고, 원래부터 사시를 통과하는 것이 목표였던 것처럼 공부에만 매달린 것도 모두 완전히 다른 사람이 되기 위한 발버둥이었다.

고시를 패스하고 변호사로 활동하며 그는 점점 안도감을 느꼈다. 자신을 찾아오는 의뢰인들은 변호사의 과거 따위엔 아무 관심도 없었다. 그들은 오직 소송에만 관심이 있었다. 소송에서 이기는 것, 보상금을 두둑이 챙기는 것. 그 두 가지를 달성하기 위해 노력하는 동안에 그는 비로소 선양으로부터 완전히 벗어났나고 느꼈다. 그런데 지금 또다시 선양으로 향하는 검은 터널이 눈앞에 버티고 있었다.

대체 자신에게 협박 편지를 보낸 자는 누구일까.

사실 15년 전 발생했던 그 사건이 전부 기억나는 것은 아니었다. 악몽처럼 몇 장면만 흐릿하게 남아 있을 뿐이다. 피가 고인 눈동자, 나무들을 뒤흔들던 비명, 거친 숨소리. 뚝뚝 끊어진 영상을 보는 것과 같았다. 다만 알고 있는 것은 그 사건으로 인해 어릴 때부터 한시도 떨어진 적이 없었던 친구들 다섯 명 가운데 두 명이 죽었다는 것이다. 살아남은 사람은 세 명뿐이다. 자신을 제외한 둘, 그들 가운데 누가 이런 짓을 벌이고 있는 것일까? 15년이나 흘렀다. 그런데 이제 와서 갑자기 왜?

호흡곤란이 찾아오며 눈앞이 흐려졌다. 흉통이 느껴지는 가슴을 부여잡고 도진은 고개를 숙였다. 핸들에 머리를 처박은 채 가쁜 숨을 골랐다. 그때의 일을 기억하려 하자 또다시 온몸에 거부 증세가 나타났다. 인간은 본능적으로 생존에 유리한 선택을 한다. 반성보다는 자기 합리화를, 고통보다는 안락과 포만감을 추구한다. 자신도 인간이다. 스스로를 보호하기 위해 자신의 뇌는 그때의 기억을 삼켰다. 구태여 그 기억을 끄집어내려 노력하지 않았다. 오히려 언제까지나 도피할 수 있기를 바랐다. 그러나 이제 그럴 수 없게 된 것이다.

누군가 15년 전의 그 일을 세상에 까발리겠다며 자신을 협박하고 있다. 도진은 숨 막히게 두려웠다. 누군가에 의해 그 일이 세상에 까발려지는 것이 두려운 것인지, 아니면 자신이 끝내 잊고 있던 기억을 직면하게 되는 것이 두려운 것인지 헷갈렸다. 범인의 협박대로 끌려다니는 것이 과연 최선일까? 그렇지만 여기서 물러나면 그동안 쌓아올린 모든 것이 붕괴될 것이다. 이제 자신은 15년 전 그때와는 다르다. 더 이상 잃을 것이 없던 소년이 아닌 것이다. 그는 고개를 들어 다시 앞을 바라봤다. 저 터널을 통과하면 다시는 돌이킬 수 없을 테지만 여기서 멈출 수는 없었다. 범인은 자신의 직장까지 알고 있다. 게다가 오래전부터 자신을 지켜보고 있었음이 틀림없다. 그렇지 않고서야 오늘 같은 날 버젓이 회사로 협박 편지를 보냈을 리가 없지 않은가? 회사에 자신만 출근할 거란 사실을 이미 알고 있던 것이다. 만일에 여기서 도망친다면 그자는 분명 그때의 일을 공개할 것이다. 그날의 일이 공개되면 모든 것을 잃게 될 것이다. 어떻게든 막아야 한다. 도진은 이를 악물고 선양으로 향하는 터널로 차를 몰았다.

    긴 터널을 통과해 진입한 선양은 도진이 기억하고 있던 것보다 남루하고 초라했다. 신년 연휴라 그런지 오후 4시가 다 되었는데도 문을 연 가게들이 별로 없었다. 눈이 내리고 있는 하늘은 벌써부터 저녁처럼 어두웠다. 복잡한 골목길과 도로를 지나자 목적지인 선양 경찰서가 모습을 드러냈다. 도진은 갓길에 차를 세웠다. 긴장감 때문에 가슴이 두근대고 손끝이 저려왔다. 이곳에 오늘 살인 혐의로 체포된 용의자가 자신을 기다리고 있을 것이다. 에덴 병원의 간호사 유민희가 용의자라는 것, 살인 사건이라는 사실 외에는 아는 것이 없었다. 평소 같으면 박 사무장을 통해 무슨 사건인지 미리 알아봤을 것이다. 그러나 이번만큼은 그렇게 할 수가 없었다. 그 누구도 오늘 자신이 이곳에 왔다는 사실을 알아서는 안 된다. 더 이상 피할 곳이 없다는 사실을 다시 한번 깨달은 그는 결연한 얼굴로 차 문을 열고 내렸다.

2부

15년 전

선양의 읍내는 일찍부터 컴컴했다. 사람들이 자꾸만 떠나가는 동네에서 장사가 잘될 리가 없었다. 상인들은 일찍부터 가게 문을 닫고 집으로 들어갔다. 그런 와중에도 늦도록 불을 밝히고 있는 곳이 있었는데, 마을버스 정거장을 끼고 있는 작고 허름한 치킨집이었다. 성에가 낀 유리창 너머를 바라보면, 비좁은 가게를 분주히 오가는 한 여학생이 보였다. 다섯 아이 가운데 유일한 여학생인 이서현이었다. 돌이켜보면 그해 겨울, 다섯 아이들은 자신들에게 곧 닥칠 일에 대해 눈치채지 못하고 있었다.

서현은 대학생처럼 보이려고 교복 대신 흰색 셔츠에 청바지 차림으로 혼자서 여덟 개 남짓한 테이블을 바삐 오가고 있었다. 생맥이 담긴 500밀리 맥주잔을 서너 개씩 양손에 쥐고 나르는 폼이 제법 능숙했다.

"양념 반, 후라이드 반이요!"

서현이 주방 환기통에 주문서를 붙이고 돌아서는데 사장의 축축한 손이 불쑥 서현의 엉덩이를 건드렸다. 서현이 짜증 난 눈빛으로 휙 돌아보자 사장이 시치미를 뚝 떼곤 서현을 빤히 바라봤다. '뭐, 어쩔 건데?' 하고 묻는 얼굴이있다. 사장이 그렇게 뻔뻔하게 나오는 이유는 서현의 약점을 쥐고 있기 때문이었다. 서현은 미성년자라서 이렇게 시급이 높은 호프집에서 일할 수가 없었다. 게다가 야간 알바는 시급이 더 높았다. 그래서 서현은 한 달 전 면접을 볼 때 주민등록증을 분실해서 재발급 중이라고 둘러대고 대학생인 척 연기를 했다. 그만큼 절박했다. 학교 급식비가 밀렸고, 가뜩이나 틈새로 찬 바람이 숭숭 들어와 한밤에도 외투를 껴입고 자야 하는 집으로는 보일러가 끊길 거란 계고장이 날아들었다. 최근에 재혼했단 소식을 전해온 엄마는 더 이상 생활비를 보내지 않았다.

면접을 마친 뒤 바로 그날 밤부터 일하러 나오라고 해서 서현은 사장이 속은 줄 알았다. 그렇지만 속은 건 오히려 서현이었다. 일을 시작한 지 일주일이 지났을 때였다. 면접 볼 때에는 점잖았던 사장이 안면을 싹 바꿨다. 원래 주급으로 주겠다고 약속했던 알바비를 한 달이 지나야 줄 수 있다고 말을 바꿨다. 그게 다가 아니었다. 언젠가부터 서현에게 뭔가를 건넬 때마다 슬쩍슬쩍 손을 스쳤다. 일부러 그런다는 느낌에 소름이 돋았지만, 확실한 증거가 없는지라 따질 수도 없었다. 그랬더니 만만해 보였나? 급기야 서현의 엉덩이에까지 손을 댔다. 한번은 서현이 노려보자 능글맞은 얼굴로 말했다.

"가게가 좁아서 그런 거잖아. 네가 잘 피해 다녀야지."

"사장님 한 번만 더 제 몸에 손대면 저도 가만히 안 있을 거예요!" 서현이 소리치자 사장은 도리어 목청을 높이며 눈을 부라렸다.

"야, 당장 나가! 미성년자인 것도 속인 주제에 어디서 감히. 지금 너가 여기서 일하는 거 누가 신고라도 해봐. 그럼 내가 내야 하는 벌금이 얼마인 줄이나 알아? 사정이 딱해서 봐줬더니…… 이건 사람을 변태로 몰아?"

서현은 그 말을 듣고 얼굴이 화끈거렸다. 당장 자리를 박차고 나가고 싶었지만 그럴 수도 없었다. 밀린 월급을 받지 못했기 때문이다. 그제야 주급을 주지 않는 사장의 시커먼 속내를 깨달았다. 돈을 빌미로 서현을 붙잡아둔 것이다. 그렇지만 이대로 물러날 서현이 아니었다. 이쯤에서 밝혀두겠지만 학교에서 서현의 별명은 바로 미친 마녀였다. 서현에게 한번 잘못 걸리면 누구든 두 손을 싹싹 비비지 않곤 못 배겼다. 그리고 그런 서현에겐 마찬가지로 제정신이 아닌 게 틀림없는 패거리가 있었다. 사장은 이제 곧 잘못 걸렸단 사실을 깨닫게 될 것이다.

기름기 잔뜩 묻은 벽시계는 밤 10시를 단 3분 남겨두고 있었다. 서현은 묘한 긴장감이 들었다. 지난 한 달간 거대한 적수로 보였던 사장이 오늘만큼은 그저 머리숱이 모자란 초라한 배불뚝이로 보일 뿐이었다.

'넌 이제 죽었어.'

시곗바늘이 밤 10시 정각을 가리키자 딸랑, 소리를 내며 치킨집 유리문이 열렸다. 지난밤 패거리와 연습장에 쓰고 지우며 완성한 작전이 시작되고 있었다. 서현은 젖은 손을 앞치마에 후딱 닦았다. 메뉴판과 강냉이를 가득 담은 그릇을 들고 홀로 뛰어나가며 늘 그랬듯 자연스럽게 소리쳤다.

"나가요!"

가게 안으로 막 들어선 김민재와 슬쩍 눈이 마주치자 김민재가 한쪽 눈으로 윙크를 날렸다. 민재는 평소 엄청 아끼는 구제 가죽점퍼까지 챙겨 입고 어깨에 잔뜩 힘을 준 채 서 있었다. 서현은 그런 민재를 향해 고개를 살짝 끄덕여 보이며 오케이 사인을 보냈다. 다시 말해 '네 면상이 충분히 삼십대 중반의 강력반 형사로 보인다'라는 의미였다. 하긴 김민재로 말할 것 같으면 어릴 때부터 노안에 얽힌 에피소드가 숱했다. 그중에서도 선양고등학교 입학 첫날, 지각을 한 민재가 교실 문을 벌컥 열고 나타나자 담임이 뛰어나와 90도로 인사를 하며 누구 아버님이냐고 여쭤본 일화는 유명했다.

"손님, 이쪽에 앉으시죠." 서현은 작전상 일부러 치우지 않은 창가 쪽 좌석으로 김민재를 안내했다. 거기엔 먹다 남은 접시들과 닭 뼈들이 수북했다.

"아이고, 손님보고 이 더러운 테이블에 앉으란 말입니까?" 김민재가 주방 쪽을 흘끗 쳐다보며 목소리에 잔뜩 힘을 줬다.

그 소리와 동시에 홀 안쪽에서 벌떡 사장의 머리통이 솟아올랐다. 손님에게만큼은 돋보기 아래 개미처럼 쩔쩔매는 사장이 반사적으로 쪼르르 달려오는 것을 확인한 뒤에야 서현은 바삐 그릇을 치우는 척하며 밤새 연습했던 대사를 읊었다.

"어머! 죄송해요, 손님. 보시다시피 너무 바빠서 그만……." 사장이 그런 서현을 밀쳐내고 김민재에게 허리를 숙이며 말했다.

"손님, 이 학생이 아직 일이 서툴러서요. 저희가 후딱 치워 드릴 테니 조금만 기다리시죠." 서현은 내심 불안해하며 사장의 눈치를 살폈지만 그는 방금 전 자신이 고개를 조아린 손님이 서현과 동갑이란 사실을 꿈에도 눈치채지 못한 듯 보였다. 역시 패거리의 예상은 틀리지 않았다. 안도감에 소리 없이 한숨을 내쉬고 있던 서현은 사장이 자신을 획 돌아보자 시치미를 뗐다.

"뭐 하는 짓이야, 가게 망하는 꼴 보고 싶어?" 사장이 인상을 쓰며 속삭였다.

"여기 뭐가 맛있나요?" 김민재가 기름기 묻은 메뉴판을 살피며 느긋이 묻자 사장이 다시 웃는 얼굴로 답했다.

"손님, 많이 시장하시죠? 저흰 기본 후라이드 통닭이 잘 나갑니다. 죄송하단 의미로 특별히 큰 놈으로다가 후딱 튀겨드리겠습니다."

민재가 건성으로 고개를 끄덕였다. 그리곤 연습했던 대로 다음 대사를 읊으려던 참이었다. 갑자기 사장이 머리를 갸웃거리는 바람에 서현은 긴장했다.

"그런데…… 처음 뵙는 얼굴인 것 같은데…… 이 동네엔 놀러 오신 건가요?"

김민재는 아래턱을 쓸어내리더니 리허설 때보다도 능청맞게 답했다.

"아, 저는 오늘 요기 근방 경찰서에 새로 부임한 형삽니다. 강력반이요."

강력반 소속이라는 대사는 민재의 애드리브였다. 서현은 재빨리 사장을 돌아봤다. 사장은 여전히 뭔가 겸연쩍은 듯 머리를 긁적이고 있었다. 왜 저러지? 심장이 두근댔다. 그런데 그때 사장이 민재 쪽으로 몸을 숙이더니 주변을 살피며 나지막이 말했다.

"어쩐지 딱 느낌이 옵니다. 손님 딱 들어오시는데 처음부터 왠지 예사롭지 않더라고요." 서현은 비어져나오는 웃음을 꾹 눌러 참았다. 그렇지만 김민재는 굴하지 않고 연기에 몰입했다.

"사장님 촉이 예리하신 편이군요!" 김민재가 감탄이라도 하듯 답하더니 뜬금없이 깊은 한숨을 내쉬었다.

"왜 그러십니까? 무슨 안 좋은 일이라도……."

"사실은 비밀인데요, 제가 특별한 사건을 맡으러 잠깐 파견을 나온 겁니다."

"아니, 이 동네에 무슨 흉악한 일이라도 생긴 겁니까? 전 도통 들은 얘기가 없는데요." 사장이 잔뜩 호기심 밴 얼굴로 물었다.

"그게 워낙 위쪽 분 일이라……."

"위쪽이라면…… 설마 군수님? 아니면……."

김민재는 검지를 제 입술에 대며 조용히 하란 듯 엄한 표정을 지었다. 그러자 사장이 고개를 다급히 끄덕이며 입을 꾹 다물었다.

"그 일 때문에 지금 우리 강력반 형사들이 하루 종일 제대로 된 밥 한 끼 못 먹었습니다. 보다 못해 제가 특별식을 좀 제공할까 하고 이렇게 찾아온 겁니다."

김민재는 은밀히 말하곤 가죽점퍼 안쪽에서 두툼한 지갑을 꺼내들었다. 사장의 눈길이 본능적으로 지갑에 꽂혔다. 그 지갑을 가득 채우고 있는 것이 사실은 신문지를 오려 만든 가짜 화폐란 사실을 사장이 알 리가 없었다. 사장이 침을 꿀떡 삼키더니 말했다.

"선양 경찰서 강력반 형사님들이라면…… 역시 소금에 찍어 먹는 담백한 후라이드를 좋아하십니다. 그리고 맥주보단 우리 금산 소주를 찾으시는 편인데 제가 그걸로 특별히 준비해드릴 까요?"

"역시 사장님 센스가 넘치시는군요. 그렇다면 후라이드 30마 리 튀겨주시쇼. 금산 소주 한 박스하고 밀이죠. 금방 되지요?"

"그럼요! 후딱 튀겨드리겠습니다. 염려 마시고 TV 보시면서 기다리시죠. 곧 축구 중계 시작할 겁니다, 형사님." 사장이 오 랜만의 대목에 싱글벙글하며 말했다. 곧 몸을 돌려세워 빠르게 주방으로 뛰어가는 사장을 김민재가 넌지시 불렀다.

"참! 사장님?"

"왜 그러시죠?"

서현은 불안한 듯 민재를 돌아봤다. 대본상 민재는 이제 서 현이 맥주를 내줄 때까지 기다리면 되었다. 그런데 민재는 상 황에 완전히 몰입한 듯 태연히 애드리브를 날렸다.

"바싹 튀겨주시죠. 아시죠?"

"암요! 염려 붙들어 매시죠."

서현은 민재를 향해 오케이 사인을 보내며 고개를 끄덕였다. 사장이 경찰서에 후라이드치킨 30마리와 소주 한 박스를 이고 간 뒤 웬 놈에게 속았단 사실을 깨달을 때 어떤 표정을 짓게 될 지 상상만 해도 속이 후련했다. 그렇지만 이건 작전의 서막일 뿐이다. 중요한 건 밀린 월급을 찾기 위한 다음 작전이었다.

"서비스로 맥주 한 잔 내오는 게 어떻겠습니까?" 민재가 사장이 주방으로 들어간 것을 확인하더니 서현에게 능청맞게 말했다.

"까불지 마시고 강냉이나 쳐드시고 계시지요." 서현이 공손한 얼굴로, 그러나 그렇지 못한 답변을 했다.

"무례하구나. 그러면 내가 체포한다."

"웩." 서현이 토 나오는 시늉을 했다. 그러고 등 뒤에서 들려오는 닭 튀기는 소리에 귀 기울이며 앞치마 주머니에서 슬그머니 휴대폰을 꺼냈다. 바깥에서 대기 중인 대기조에게 후다닥 문자를 쳤다.

[1단계 완료. 2단계 개시.]

[OK!]

곧장 답이 왔다. 서현은 반짝이는 조명 불빛이 매달린 유리벽 너머를 잠시 살폈다. 길 건너편 버스 정거장에 모여 있는 패거리가 보였다.

곧 딸랑대는 종소리가 울리며 가게 안으로 찬 바람이 밀려들어왔다. 지금부터가 정말 중요한 작전 2단계라고 할 수 있었다. 서현은 이번에도 메뉴판을 들고 홀을 향해 뛰쳐나갔다.

"어서 오세요!"

그런데 가게 안으로 들어선 남학생을 바라본 서현의 표정에 당혹감이 어렸다. 야구 모자를 푹 눌러쓴 곱상한 소년은 오늘 작전에서 빠지겠다고 말했던 차도진이었다.

"야, 너 뭐야." 서현이 도진을 향해 입 모양만 움직여 물었지만 도진은 아무런 대꾸 없이 빈자리로 가서 털썩 앉았다. 그 뒷모습을 돌아보는 서현의 얼굴에 불안감이 어렸다. 차도진. 별로 믿을 만한 구석이 없는 놈이다. 곧이어 원래 계획대로 이한이 가게 안으로 들어섰다. 이한은 약속한 대로 대학 과잠을 입고 왔는데, 어깨가 넓고 키가 커서 그런지 정말 대학생 같았다.

"쟨 왜 온 거야?" 서현이 속삭여 묻자 이한도 속삭여 답했다.

"춥대."

서현은 어처구니가 없단 표정으로 고개를 흔들었다. 그렇지만 잠시 흔들렸던 마음을 다잡고 차도진과 이한이 합석해 있는 테이블 앞으로 다가섰다. 이한이 어색한 표정으로 메뉴판을 훑어보는 동안에도 차도진은 고개를 비틀어 TV만 쳐다보고 있었다.

지난밤 패거리가 모여 계획을 세울 때 도진은 분명 빠지겠다고 했었다. 그런 변태 같은 사장 밑에서 돈 때문에 꾸역꾸역 한 달이나 참고 일한 서현을 도저히 이해할 수 없단 거였다. 하기야 이해할 수 없을 거다. 도진은 선양 유일한 종합병원의 병원장 아들이었다. 매 겨울 도진은 오리털 패딩 점퍼를 입고 다녔다. 아이들이 추워서 오두방정을 떨 때 도진은 혼자 멍한 얼굴로 하늘에서 떨어지는 눈송이를 구경하는 여유를 부리는 것이다.

어쨌든 서현은 이제 보니 도진이 유독 어려 보여 마음에 걸렸다. 서현은 내심 윤석이 걱정되어 유리 너머를 슬쩍 돌아봤는데, 버스 정거장 의자에 얌전히 앉아 있는 윤석은 홀로 남아 추위에 떨고 있었다. 허윤석은 어릴 때부터 좀 늦된 편이었다. 그래서 이번 작전에서도 자진해서 빠졌다.

"여기 생맥주 두 잔 주시겠어요?" 이한이 살짝 긴장된 목소리로 메뉴를 주문하자 서현은 시치미를 떼고 답했다.

"네, 손님."

돌아서서 주방으로 가려던 서현은 도진의 발을 실수인 척 꾹 밟았다.

"야!" 도진이 서현을 향해 소리치다 말고 뒤늦게 작전을 의식하곤 입을 꾹 다물었다. 그런데 주방에 들어서자 사장이 다급히 서현을 불렀다.

"야, 야, 일로 와봐."

"왜요?" 서현은 혹시 사장이 방금 들어온 이한과 도진이 미성년자란 사실을 벌써 눈치챈 것이 아닐까 싶어 마음이 덜컥했다.

"아니, 저 형사님 말이야. 강냉이 다 비운 것 같으니까 얼른 채워드려. 참, 맥주도 좀 서비스로 내드리고!"

"아, 네."

서현은 하마터면 비어져나오려는 웃음을 꾹 참았다. 사장은
정말 김민재가 파견 나온 강력반 형사라고 굳게 믿고 있는 것
이다. 서현은 기분이 좋아 맥주잔을 45도로 기울여 거품이 나
지 않게 가늑 채우며 흘낏 홀을 살폈다.

"오, 그렇지! 그렇지!"

김민재는 이 와중에도 여유롭게 축구 중계를 시청하며 주먹
을 휘두르고 있었다. 한편 대각선 테이블에 마주 앉아 있는 도
진과 이한은 분위기가 상당히 어색해 보였다.

현재 시각 밤 10시 25분, 작전이 슬슬 본궤도에 오를 시간이
다. 달리 말하면 치킨을 입수시킬 만큼 기름이 적절히 달궈진
것이다.

서현은 생맥 세 잔을 양손에 쥐고 긴장하며 홀로 나섰다. 중
간에 한 테이블에서 손님들이 감자튀김을 추가로 주문하는 바
람에 잠시 동선이 흐트러졌지만, 계획대로 김민재와 이한 그리
고 차도진 앞에 맥주 한 잔씩을 세팅 완료했다. 이는 작전에서
매우 중요한 순간이었다.

"오, 생맥 죽이네." 김민재는 맥주를 받자마자 쭉 들이켜곤
엄지 척을 날렸다. 서현은 까불지 말라는 의미로 민재를 쏘아
봤다. 돌아오는 길에 도진은 이번만큼은 발을 밟히지 않겠다

는 듯 테이블 바깥으로 내밀고 있던 발을 얼른 치웠다. 이한은 작전대로 맥주를 반쯤 들이켜곤 서현을 향해 고개를 끄덕여 보였다.

다시 주방으로 돌아온 지 5분쯤 흘렀을 때였다. 홀에서 환호성 소리가 터져나왔다. 한국 팀이 일본 팀을 상대로 골을 넣은 것이다. 1 대 0이 된 상황에서 김민재가 강력반 형사답지 않게 꺅꺅 소리를 질러댔다. 그 모습을 서현은 불안하게 지켜봤다. 설마 저 또라이가 지금 여기에 왜 왔는지 잊은 건 아닐까? 흘끗 돌아보자 사장 역시 집게를 태극기처럼 흔들며 소리치고 있었다.

김민재는 다시 임무가 떠오른 듯 손에 쥐고 있던 맥주잔을 내려놓았다. 그러곤 옷매무새를 가다듬더니 자리에서 쓱 일어나 도진과 이한이 마주 앉아 있는 테이블을 향해 걸어갔다. 민재는 주방 쪽을 흘끗 돌아본 뒤 의식한 듯 힘주어 말했다.

"거기, 야구 모자 학생. 신분증 좀 볼 수 있을까요?" 그 말에 홀 내부가 찬물을 끼얹은 듯 조용해졌다.

"아저씨가 뭔데요?" 도진이 까칠한 목소리로 되물었다. 도진은 지난밤 유치하다며 연습을 거부했음에도 나름 찰지게 대사를 날렸다. 어른의 간섭을 극도로 싫어하는 청소년의 까칠한 아우라를 뿜어내는 중이었다. 사실 그건 도진의 원래 모습이기도 했다.

김민재는 허탈한 웃음을 짓더니 지갑을 꺼내 도진과 이한 앞에 뭔가를 내밀어 보였다. 사실 그건 도서관 출입증이었다. 그러나 도진과 이한은 그걸 보고는 아주 놀란 표정을 지었다.

"자, 이제 그쪽도 신분증을 좀 확인해볼까요?" 신문지가 가득 들어 빵빵한 지갑을 덮으며 김민재가 분위기를 잡았다.

방금 전까지 TV를 집중해서 보고 있던 사장의 시선이 그쪽으로 쏠렸다. 사장은 홀에서 돌아가는 불길한 낌새를 눈치채곤 급히 홀로 뛰어나왔다. 사장이 가까이 올 때까지 기다리던 김민재가 냅다 소리를 질렀다.

"이것 봐, 형사로서의 내 직감은 틀리지 않는군. 너희 미성년자지?"

그 대사에 도진은 웃음을 참느라 모자챙 밑으로 얼굴이 실룩였다. 서현은 도진이 웃음을 터뜨릴까봐 조마조마했다. 김민재도 불안감을 느꼈는지 부러 더 큰 목소리로 다그쳤다.

"이것들 봐라?"

사장이 허옇다 못해 파래진 얼굴로 도진과 이한을 번갈아 쳐다보며 자신이 더 난리를 쳤다.

"뭐야! 너희 미성년자야?"

도진과 이한은 고개를 푹 숙이고 아무 말도 하지 않고 있었다.

"이렇게 야심한 시각에 미성년자들이 버젓이 알코올을 섭취하고 있다니." 김민재가 혀를 차며 말했다.

"아니, 이보세요 형사님, 이 친구들이 어딜 봐서 미성년자로 보이십니까? 저도 정말 일부러 받은 게 아니라 깜빡 속은 겁니다." 사장은 머리털이 쭈뼛 선 얼굴로 김민재를 돌아보며 변명을 늘어놓기 바빴다.

"사장님의 고충은 충분히 이해 갑니다만…… 미성년자에게 술과 담배를 판매할 경우 벌금 500만 원에 영업정지 한 달인 건 알고 계시죠?" 잔뜩 힘주어 대사를 날린 김민재와 달리 나머지 패거리의 얼굴은 동시에 어두워졌다. 곧 사장이 뜸을 들이며 되물었다.

"그게…… 벌금은 300만 원 아닌가요?"

그와 동시에 패거리를 비롯한 사람들의 시선이 온통 김민재의 얼굴에 쏠렸다. 김민재는 처음으로 당황한 듯 보였다. 성공을 향해 막바지로 달리고 있던 작전이 결국 김민재의 멍청함으로 인해 물거품이 되려 하고 있었다. 고작 300을 못 외워서 500이라고 하다니…… 여기서 발목을 붙잡힐 거라곤 아무도 예상하지 못했다. 그러나 여기서 포기할 김민재가 아니었다.

"아 그게, 이제 곧 법이 바뀐답니다."

"아, 그렇습니까?" 사장은 그 말에 또 속아 넘어갔는지 믿기지 않는다는 듯한 표정으로 되물었다. 이번엔 김민재가 대답 없이 고개만 끄덕였다.

"형사님, 아니 선생님, 제발 이러지 마시지요."

"그게, 저도 정말 이러고 싶지 않지만, 민주 시민의 지팡이로

서 어쩔 수가 없군요."

"잠시만요! 저, 저희 치킨값 안 받겠습니다." 사장은 울기 직
전의 목소리로 애원하듯 말했다.

"아니, 지금 저에게 뇌물을 먹이시겠단 말씀? 어디 보자, 뇌
물 수수는 징역 1년에 과징금 1000만 원에 처한다. 게다가 뇌
물을 받아먹은 자는 즉시 해고 처리된다." 서현은 불안했다. 방
금 전 김민재가 말한 것은 분명 애드리브일 것이다. 그러나 다
행히도 사장은 뇌물 수수 관련 법엔 무지한 모양이었다. 이제
사장은 두피까지 벌겋게 달아올라 울먹였다.

"형사님, 정말 저희 이제껏 영업하며 맹세코 이런 적은 없었
습니다. 이번이 처음입니다."

이제 고지가 눈앞에 와 있었다. 서현은 일부러 행주를 챙겨
들고 슬쩍 소동이 일어난 테이블로 걸어갔다. 마지막 작전 개시.
기다리고 있었단 듯 이한이 서현을 향해 아는 척을 했다.

"어, 너는 설마 우리 학교 2학년 이서현 아니겠지?"

"사람 잘못 봤습니다." 서현은 누가 봐도 어색한 말투로 그렇
게 말하곤 후다닥 주방을 향해 도망쳤다.

"어, 아무래도 방금 쟤 우리 반 이서현 같았는데. 그렇지 않
아?" 이한이 반가운 듯 도진을 돌아보며 묻자 도진 역시 천연덕
스럽게 어, 하고 맞장구치는 소리가 들려왔다.

마침내 주방 안으로 사장이 헐레벌떡 뛰어들어왔다. 사장은

다급히 칸막이 뒤에 마찬가지로 쭈그려 앉더니 서현을 향해 속삭였다.

"야, 너까지 걸리면 우린 끝장이야. 당장 뒷문으로 나가!"

"그냥은 못 나가요."

서현은 사장을 빤히 쳐다보며 빈손을 내밀었다.

"뭐? 아, 월급? 지금 그따위 게 문제야? 가게가 문 닫게 생겼는데?" 사장이 얼굴이 벌게져서 되물었다.

"네, 전 그게 제일 중요한데요."

"가게 문 닫음 너 월급도 끝이야, 알아?"

서현이 아랑곳 않고 손을 내밀고 있자 사장이 답답하단 듯 가슴을 두드리며 말했다.

"아, 이 미친년 또 시작이네. 그건 형사님 먼저 보내고 그다음에 줄 테니까, 일단은 어서 나가!" 사장이 서현을 막무가내로 뒷문 쪽으로 떠밀며 속삭였다.

"아, 그러세요? 그럼 어쩔 수 없죠." 서현이 사장을 확 떠밀고 홀 쪽으로 나가려 했다.

"알았어, 알았어. 지금 줄게, 준다고."

"거기 알바생! 나 좀 볼까요?" 칸막이 너머에서 적절한 타이밍에 김민재의 목소리가 들려왔다.

"얼른 주세요." 서현이 그에 맞춰 다시 손을 내밀었다. 사장은 헐레벌떡 카운터 앞으로 뛰어가더니 서랍을 열고 벌벌 떠는 손으로 지폐 몇 장을 꺼내 서현에게 내밀며 속삭였다.

"얼른 먹고 떨어져. 이 독한 계집애 같으니라고."

서현은 얼굴색 하나 안 바뀌고 눈앞에서 지폐를 세기 시작했다.

"지금 뭐 해? 빨리 가라고!" 사장이 애원하듯 속삭였다.

"5300원이 비네요." 서현이 손을 내밀고 앙칼지게 말했다.

"그깟 5300원?"

"네, 그깟 5300원이 빈다고요." 서현이 이를 악물고 말했다. 그때였다. 이쪽을 향해 다가오는 김민재의 발소리가 들려왔다.

"아, 기다리고 있는데 왜 이렇게 안 나오실까요?" 사장은 사색이 된 얼굴로 카운터 서랍에서 나머지 돈을 꺼내 들고 오다가 타일 바닥에 튄 기름을 밟고 미끄덩 넘어졌다. 사장은 씩씩대며 일어나더니 다시 서현 앞으로 다가와 손에 돈을 쥐어줬다. 꾸깃꾸깃한 지폐와 동전 들이 섞여 있었다.

"이제 됐지? 꺼져."

서현은 막상 목적을 이뤘는데 이상하게 코끝이 찡했다. 왈칵 눈물이 쏟아질 것 같아서 바로 돌아섰다. 뒷문을 열고 나오려다 말고 돌아서서 사장을 향해 중지를 치켜들고 말했다.

"변태 새끼."

그리고 문을 쾅 닫고 나서는데 거기 알바생! 하고 소리치는 김민재의 목소리가 들려왔다. 이것으로 모든 계획이 일단락된 것이다. 이제 남은 것은 패거리의 해산이다. 남은 패거리만 모두 무사히 가게를 빠져나오면 작전 완료.

"서현아, 어떻게 됐어?"

길을 건너자 마을버스 정거장에 앉아 있던 허윤석이 자리에서 일어나며 소리쳐 물었다. 아직도 중학생처럼 덩치가 작은 윤석의 얼굴은 얼어붙어 있었다.

서현이 손에 쥐고 있던 돈다발을 흔들어 보이며 씩 웃었다.

"성공했구나! 와! 너무 잘됐다. 애들은?"

"곧 나올 거야. 별일 없으면." 서현은 그렇게 말하다가 윤석의 표정이 급격히 어두워지는 것을 보았다.

"갑자기 왜 그래?" 그렇게 질문하며 뒤를 돌아본 서현의 어깨가 뻣뻣하게 굳었다. 치킨집 앞으로 속도를 줄이며 다가오고 있는 순찰차가 보였다. 좋지 않은 징조였다.

자칫하면 김민재의 정체가 거짓임이 들통날지도 모른다. 제아무리 김민재라지만 진짜 경찰들 앞에서 끝까지 강력반 형사인 척하기는 불가능할 것이다.

잠시 뒤 멀리 어둠을 가르며 마을버스가 다가오고 있었다. 막차일 것이 분명한 마을버스는 어둠 속으로 헤드라이트 불빛을 쏘고 있었다. 이 위기를 어떻게 넘겨야 할지 서현은 막막했다. 이런 위급 상황은 대본에 없었다. 그런데 그때, 가게 문을 박차고 아이들이 뛰쳐나오는 모습이 보였다. 세 아이는 죽자 사자 건널목을 뛰어왔다.

"야, 튀어!"김민재가 서현과 윤석을 향해 양팔을 흔들며 소리쳤다. 아이들이 도착하자마자 마을버스는 마치 아이들을 데리러 온 구세주처럼 치익 소리를 내며 앞문을 열었다.

김민재를 비롯한 아이들은 전부 우당탕 버스에 몸을 실었다. 곧이어 멀리서 흉악한 목소리가 튀어나왔다.

"야! 이 사기꾼 놈들아, 거기 서!"

"아저씨! 얼른 출발하세요! 제발요!"김민재가 애원하듯 소리쳤다.

선양은 몹시 좁은 동네였다. 버스 기사는 백미러를 흘끗 확인하고 피식 웃더니 문을 닫고 달리기 시작했다. 버스에 탑승해 있던 할아버지와 할머니 들이 창밖으로 고개를 빼내고 이쪽을 향해 뛰어오고 있는 치킨집 사장을 구경했다. 잠시 뒤 뒷좌석에 주르르 앉은 아이들 역시 상체를 돌려 유리창 밖을 돌아봤다. 성에가 끼어 부연 창문 너머 사장이 뛰어오는 모습이 보였다. 입을 뻐끔대며 무슨 말인가 소리치고 있는 사장의 모습은 빠르게 작아지는 중이었다.

그 모습을 잠자코 지켜보던 김민재가 조금은 애처롭다는 듯 말했다.

"지금 저 아저씨 뭐라고 하고 있는 거냐?"

도진이 대꾸했다.

"씨발~ 이 새끼들~ 기름에 넣고 다 튀겨불란다."

그 말에 나머지 애들이 전부 다 배꼽을 잡고 웃기 시작했다. 더 이상 사장의 모습이 보이지 않자 아이들은 그제야 뒷좌석에 등을 기대고 앉았다.

"그나저나 경찰들이 내일 우리 학교로 찾아오면 어쩌지? 그럼 나 우리 아빠 김형근 씨한테 목 날아갈 텐데." 어느덧 가죽점퍼 차림의 김민재가 염려된다는 듯 중얼거렸다. 김민재의 아버지 김형근 씨는 김형근 체육관 관장으로 전직 복싱 선수였다.

"걱정 마. 사장은 어차피 신고 못 해." 이한이 뭔가 믿는 구석이 있다는 듯 말했다.

"뭘 믿고 그렇게 확신해?" 김민재가 되묻자 이한이 답했다.

"사장은 우리가 미성년자인 걸 아니까. 과징금 300만 원에 영업정지가 무서워서 아무것도 못 할 거야."

"아, 그러네. 역시 이한은 똑똑해." 김민재가 안도한 듯 고개를 끄덕였다.

"야, 차도진. 그런데 너는 왜 왔냐? 오늘 유치해서 안 온다며?" 서현이 흘긋 도진을 돌아보며 물었다.

"그러게. 나도 얘가 갑자기 가게로 들어가서 깜짝 놀랐잖아." 이한이 맞장구를 쳤다.

도진이 서현의 눈치를 흘긋 살피더니 강하게 부정하듯 말했다.

"난 절대 이서현이 걱정돼서 나온 건 아니고."

"그건 나도 알거든?"서현이 눈을 흘겼다.

"음, 그냥 심심해서 나온 거야. 맥주도 공짜로 마실 수 있고."

"맥주 공짜? 와, 이 새끼. 그게 진짜야? 암튼 있는 놈들이 더해. 그러니까 공짜 맥주가 먹고 싶어서 나왔다 이거냐?"민재가 고개를 절레절레 흔들며 말했다. 서현이 그럼 그렇지 하는 얼굴로 도진을 쏘아봤다.

"암튼 야, 야, 이서현. 그래서 너 돈은 다 받은 거 맞지?"김민재가 묻자 서현이 지폐 다발을 흔들어 보였다.

"게다가 내가 사장한테 뭐라고 한 줄 아나?"

"뭐랬어?"윤석이 눈을 반짝이며 물었다.

"변태 새끼."

서현의 말이 끝나자마자 김민재가 엄지를 치켜들고 말했다.

"그럼 우린 이제 소기의 목적을 달성했으니 오늘 밤은 자축 파티를 해야겠지?"

"자축 파티? 그럼 우리 오늘 그거 따는 거야?"이한이 기대감에 부푼 목소리로 묻자 김민재가 호기롭게 답했다.

"당연하지!"

잠시 뒤 마을버스는 등산로 초입에 있는 종점에 도착했다. 아이들의 목적지는 그 산속에 있었다. 아이들이 상기된 얼굴로 우르르 몰려 내리는데 버스 기사가 돌아보며 소리쳤다.

"오늘 밤 폭설이란다. 조심들 해라! 부모님들 걱정 끼치지 말고!"

"네. 감사했습니다." 버스에서 내리다 말고 민재가 버스 기사 아저씨를 향해 손을 흔들며 말했다. 선양은 좁은 마을이었다.

*

낙원 농장의 오두막에 도착하자마자 아이들은 실내용 슬리퍼로 갈아 신었다. 슬리퍼마다 '김형근 체육관'이란 글자가 궁서체로 박혀 있었다. 민재는 아버지 김형근의 체육관 창고에서 쓸 만한 물건을 물색해 몰래몰래 이곳 낙원 농장에 가져오곤 했다. 두툼한 담요 몇 장도, 캠핑용 등불도 뒤집어보면 김형근 체육관이란 글자가 새겨져 있었다. 응접실 천장에 묵직하게 매달린 샌드백도 마찬가지였다.

"여기가 바로 천국이다!"

김민재가 슬라이딩하듯 응접실 한가운데 깔린 카펫에 배를 깔고 누웠다. 민재를 등받이 삼아 도진과 윤석이 기대 누웠다. 카펫에서 먼지가 흩어져 윤석은 기침을 했다. 민재가 자연스럽게 바닥에 굴러다니는 물병을 집어들어 윤석에게 내밀었다.

"고마운데 사양할게." 윤석이 언제부터 거기에 있었는지 모를 물병을 향해 손을 내저으며 말했다. 도진의 손엔 만화책이 들려 있었다. 고등학생이 되었단 이유로 도진의 아버지는 집에 있는 만화책을 비롯해서 소설책까지 싹 다 내버렸다. 도진도 형을 이어 의대에 진학하길 바라는 것이다. 그렇지만 도진은 그때 자신이 아끼는 책들은 몰래 챙겨와 전부 여기에 쌓아뒀다.

서현과 이한은 부지런히 부엌 찬장 문을 열고 쟁여둔 비상식량들을 꺼냈다. 맥주와 먹다 남긴 과자들이었다. 서현이 주방과 연결된 응접실로 걸어가며 맥주를 한 캔씩 던지자 도진과 윤석이 맥주를 받았다.

"나도! 나도!" 엎드린 채 김민재가 버둥대며 응석을 부렸다. 서현은 평소라면 중지를 날렸겠지만, 오늘만큼은 특별히 민재의 코앞에 맥주 캔을 내려놓으며 툭 던지듯 말했다.

"오늘 고마웠다."

"설마 이게 다냐?" 김민재가 눈을 치켜뜨며 서현을 올려다보며 물었다.

"어, 그게 다야." 서현이 그렇게 답하며 소파로 가서 앉았다. 대체 얼마나 오랜 시간 그 오두막에 놓여 있었는지 모를 소파는 앉을 때마다 쿠션이 거품처럼 꺼져내렸다.

민재가 그런 서현을 향해 조용히 중지를 내밀었다. 그 중지에 이한이 꼬깔콘을 끼우며 말했다.

"이거나 먹어랏. 모르냐? 이서현 재, 오늘 받은 돈으로 보일 러값이랑 급식비 내기도 빠듯한 거." 이한이 어른스럽게 타이 르듯 말하자 김민재가 입을 삐죽이며 답했다.

"얌마, 너가 그렇게 말하면 난 뭐가 되냐."

"유치한 새끼." 도진이 만화책을 넘기면서 중얼거렸다.

"근데 도진아, 넌 또 그거냐? 대체 몇 번째 보는 거야?" 이한이 맥주 뚜껑을 따서 쏟아져나오는 거품을 빨아 먹은 뒤 도진에게 물었다. 이한은 자연스럽게 서현의 옆자리에 자리를 잡았다.

"글쎄, 한 열 번?"

"열 번이라니, 내가 본 것만 해도 100번은 넘겠다." 김민재가 중간에 끼어들었다.

"그게 그렇게 재밌냐, 너는?" 서현이 도진의 뒤통수를 향해 이해가 가지 않는다는 듯한 얼굴로 물었다.

"어." 도진이 시큰둥하게 대꾸하자 대신 이한이 설명했다.

"저게 한 고등학생이 우연히 하늘에서 떨어진 데스 노트를 줍는다는 설정인데, 거기에 이름을 적으면 정말로 죽어."

"그러니까, 그게 왜 재밌냐고." 서현은 여전히 시큰둥해했다.

"읽어보고나 말해." 도진이 퉁명스럽게 반박했다.

"도진아, 그러면 너도 데스 노트가 하늘에서 떨어지면 거기 에 이름 적을 수 있어?" 이한이 갑자기 궁금하단 듯 묻자 도진 이 생각할 것도 없단 듯 바로 답했다.

"당연하지."

"난 알아. 저 새끼, 분명 자기 아버지 이름부터 적을 놈이야. 차요한 원장님." 김민재가 중지에 끼워진 꼬깔콘 과자를 맛있게 씹어먹으며 말했다.

"그다음은 너고." 도진이 민재를 노려보며 말했다.

민재가 벌떡 일어났다. 그 바람에 민재의 등에 기대고 있던 도진과 윤석이 균형을 잃고 바닥에 쓰러졌다.

김민재가 도진의 허리를 두 다리로 감싸고 도진의 목을 조르는 시늉을 하며 말했다.

"야, 뭐? 그다음은 나라고? 이 자식이."

"항복! 항복!" 도진이 두 팔을 흔들어대며 소리쳤다.

아무리 소리쳐도 꿈쩍 않고 있던 민재의 얼굴 앞에 이한이 불쑥 뭔가를 내밀었다. 묵직한 갈색 병은 도진이 집에서 훔쳐온 위스키였다.

"이런, 아주 중요한 걸 잊고 있었네."

민재는 갑자기 태도를 바꿔서 바닥에 쓰러져 있는 도진의 머리통을 쓰다듬으며 말했다.

"잘 마실게. 앞으로도 종종 집에서 이런 거 몰래 갖고 와라. 이 형님이 잘해줄게."

"웩. 더러워, 손 치워." 도진이 바닥에 누운 채 머리를 털어내며 진저리 쳤다.

민재가 쿡쿡 웃었다.

곧 아이들은 이한을 중심으로 카펫에 원을 그리며 둘러앉았다. 이한이 위스키의 병마개를 열자마자 민재가 제일 먼저 종이컵을 내밀었다.

"어허. 미성년자들이 어디 감히 강력반 형사 앞에서 술을 마시려 하느냐."

"과태료 500만 원? 야, 넌 그걸 못 외워서, 아휴. 쪽팔리다 정말." 도진이 비아냥댔다. 그때 서현이 갑자기 뭔가 생각난 듯 어깨를 들썩이며 웃어대기 시작했다. 아이들의 시선이 다 왜 그러느냐는 듯 서현을 돌아보자 서현이 흐느끼듯 웃으며 말했다.

"아니…… 난 그 변태 새끼가 김민재가 학생이란 거 알아볼까 봐 조마조마했거든. 그런데…… 웬걸. 사장이 단 한 번도 의심을 안 하더라고. 아니 아니, 의심은커녕 사장이 나보고 형사님한테 맥주 한 잔 서비스로 갖다드리라고. 목마르신 거 같다고……."

서현의 말에 아이들도 전부 따라 웃기 시작했다. 김민재가 아이들을 향해 브이 자를 그리며 의기양양해했다.

"그게 바로 이 형님이 그동안 피땀 흘려 키운 근육 덕분이다."

"무슨 근육 때문이야. 노안인 거지." 도진이 핀잔을 주듯 말했다.

서현이 또다시 숨넘어가듯 웃기 시작하자 윤석도 조용히 따라 웃었다.

"아니, 이것들이 날 이용할 땐 언제고 이젠 사람 보고 노안이라고 막 놀리네. 아우." 김민재가 성을 내며 종이컵에 담긴 위스키를 단숨에 목구멍으로 넘겼다.

"으. 목이 타는 것 같애." 김민재가 호들갑을 떨며 인상을 찌푸렸다. 아이들은 그 모습을 지켜보다 호기심에 자기들도 서둘러 위스키를 따라 마셔보더니 하나같이 인상을 찌푸렸다.

"으. 정말이네. 지난번에 편의점에서 사 먹었던 거랑은 비교가 안 된다."

위스키가 야금야금 줄어가고, 실컷 웃고 떠들던 아이들은 하나둘 카펫에 드러누웠다. 김민재만 열이 올랐는지 괜히 샌드백을 두들기며 챔피언 흉내를 내는 중이었다. 김민재는 아버지 김형근 씨의 강요에 못 이겨 소년 체전에 나갔었지만 보기 좋게 예선에서 탈락했다. 김민재는 상대방이 반칙을 썼기 때문이라고 주장했지만 패거리 중 그 말을 믿는 사람은 아무도 없었다. 서현은 몽롱하게 취한 기분으로 오두막의 나무 천장을 올려다보고 있었다. 낙원 농장의 오두막은 아이들이 아주 어렸을 때부터 늘 비어 있었다. 패거리가 무슨 짓을 저지르고 돌아와도 이곳 오두막은 아이들을 품어줬다.

이한은 바닥에 떨어져 있는《데스 노트》만화를 주워들어 펼쳐 보다가 문득 생각난 듯 물었다.

"그런데 도진이는 왜 그렇게 아버지를 싫어하는 거야?"

"……."

불쑥 꺼낸 그 말에 잠시 오두막 내부가 썰렁해졌다. 샌드백을 두들기던 민재가 흘끗 도진을 돌아봤다. 도진은 눈을 감고 깊이 잠들어 있는 것처럼 보였다. 민재가 목소리를 낮춰 이한에게 말했다.

"야, 인마, 너야말로 도진이네 살잖아. 너가 보기엔 어떠냐? 차요한 원장님 말이야. 그 위대한 차 원장님이 집에선 막 괴물처럼 돌변하냐? 왜, 그런 사람들 있잖아. 밖에선 훌륭한데 집에 들어가면 진상 떠는 그런 인간들."

"원장님이 위선자 같냐는 거지? 전혀." 이한이 깔끔하게 정리했다. 이한은 개인적으로 차요한 원장님을 동경하는 마음이 있었다. 갈 데 없이 떠도는 자신과 자신의 아버지를 단 한 번의 면접만 보고 흔쾌히 집에 들여준 어른이었다. 게다가 원장님은 이한이 책을 좋아한다는 것을 알고 자신의 서재에서 책도 마음껏 빌려 읽게 해주었다. 이한은 가끔 책에서 차요한 원장님이 그어놓은 밑줄을 보면 그 문장을 몇 번씩 되새겨 읽곤 했다.

이한의 말에 민재가 곧 흥미를 잃은 듯 심드렁한 표정이 되었다.

"그렇단 말이지? 집에서도 그 어르신은 그렇게 완벽하시단 말씀이지?"

"그래도 난 도진이가 괜히 아빠를 싫어하진 않을 거라고 생각해. 뭔가 이유가 있겠지." 서현이 취기에 몽롱해진 목소리로 덧붙였다.

"맞아! 뭔가 이유가 있을 텐데……. 그래서 그런데, 이한아, 너 내 말 좀 들어볼래?"

김민재가 쿵쾅대며 카펫 위에 누워 있는 이한을 향해 뛰어갔다.

"뭔데 그래?" 이한이 머리를 들어올려 손으로 턱을 괴고 민재를 돌아봤다. 민재가 바닥에 꿇어앉았더니 도진이 여전히 잠들어 있는지 흘끗 확인하곤 입을 열었다.

"그게 말이야, 원래 우리 동네에 옛날부터 떠도는 괴소문이 하나 있는데…… 에덴 병원 말이야."

"차요한 원장님 병원 말하는 거야?"

"그래. 그 병원에서 새벽이 되면 이상한 소리가 들린다는 거야……."

이한이 쿡 하고 웃음을 터뜨렸다.

"너 왜 그래?"

"아니, 그런 소문은 내가 어릴 때 살던 동네에도 있었던 것 같아서."

"아니야, 이건 진짜야. 우리 학교에……"

그때 서현이 끼어들었다.

"야, 김민재! 너 이한한테 수작 부리지 마라. 내가 가만 안 둔다."

"수작이라니. 이서현, 너 어릴 때 갖고 있던 모험심을 너무 잃어버린 거 아니냐?"

"민재야, 그런 걸 보고 모험심을 잃었다고 하는 게 아니라 바로 철이 들었다고 하는 거야. 거울 좀 봐라. 쪽팔리지도 않냐?"

"아, 답답하네. 됐고, 난 이한한테 말하는 거니까 넌 끼어들지 마."

그렇지만 이한은 이미 관심이 없다는 듯 다시 바닥에 누워 눈을 감고 있었다. 그럼에도 민재는 포기하지 않았다.

"진짜야. 에덴 병원 근방에 사는 애들은 다 알아. 난 걔네가 녹음한 소리도 들었어. 그래서 그런데, 이한, 너 나랑 새벽에 거기에 한번 가보지 않을래?"

"괴성이 진짜 들리나 가보잔 거야?" 이한이 피식 웃으며 눈을 뜨고 되물었다.

민재가 신이 나서 고개를 끄덕여 보였다.

"그래! 뭔가 있다니까. 난 옛날부터 느꼈다고."

"그러다가 걸리면?" 이한이 목소리를 낮춰 장난기 어리게 속삭이자 민재가 긴장된 표정을 지었다.

"나한테 죽는 거지." 잠들어 있는 줄 알았던 도진이 갑자기 벌떡 일어나더니 민재를 향해 돌진해왔다.

"꺅! 너 자고 있는 거 아니었어?"

도진이 민재의 목을 틀어쥐고 소리쳤다.

"야! 너 쓸데없는 짓 하기만 해봐. 걸리면 너 말고 내가 죽어, 알아? 이 미친 새끼야. 우리 아버지가 밤에 병원 오는 거 얼마나 싫어하는지 아냐?"

"알았어, 알았어. 잠이나 처자."

민재가 얼굴이 시뻘게져서 소리쳤다.

그런데 구석에서 깊이 잠들어 있던 윤석이 갑자기 놀라서 벌떡 일어나더니 소리쳤다.

"도망쳐!"

그러더니 다시 기절하듯 잠들었다. 잠시 놀랐던 아이들은 곧 윤석이 잠꼬대한 것을 깨닫고 웃음을 터뜨리기 시작했다. 유리창 밖에는 버스 기사가 경고했던 대로 굵은 눈송이가 떨어지고 있었다. 선양에서는 한번 폭설이 내리기 시작하면 걷잡을 수 없었다. 길목은 봉쇄되고, 차들은 길에 갇힌 채 꿈적도 하지 못했다. 말 그대로 기온이 내려가도록 눈의 감옥이 되어버리고 말았다. 그렇지만 그 순간 아이들은 모두가 여기에 영원히 고립되어도 행복할 것 같다고 생각했다.

정연우

경찰서 강력반 내부엔 매운 짬뽕 냄새가 가득했다. 그 덕에 오래도록 빨지 않은 패딩에서 나는 쩐내와 형사들의 땀내가 가려졌다. 임시로 배정받은 자리에 처박혀 아까부터 수첩을 들여다보고 있던 연우는 펜을 놓고 기지개를 켰다. 현장에서 돌아오자마자 최초 목격자인 유민희와 신고자인 김형근의 신문 내용을 토대로 신고 지연이 발생한 그 31분간 무슨 일이 있었는지에 대해 추리하는 중이었다. 아직까지는 도무지 실마리가 풀리지 않고 있었다.

일단 병원 CCTV에는 김형근이 지난 새벽 3시 5분경 1층에서 계단을 통해 위로 뛰어올라가는 모습이 녹화되어 있었다. 그러나 문제는 4층과 5층이었다. 그곳엔 CCTV가 설치되어 있지 않았다. 병원 측 설명에 따르면 4층은 통제구역이고, 5층은 병원 벽에 균열이 가서 사용하지 않은 지 오래되었기 때문에 감시 카메라를 설치할 이유가 없었다고 했다. 따라서 신고 지연이 발생한 그 31분간 김형근의 행적은 묘연했다. 범인을 뒤쫓았다는 김형근의 말이 사실이 아니라는 직감이 들었지만 입증할 방법이 없었다.

"밥 좀 먹고 하시죠." 연우가 올려다보고 있던 천장의 얼룩무늬를 가리며 불쑥 상혁의 얼굴이 나타났다.

"깜짝이야. 넌 노크도 모르냐?" 연우가 버럭 소리치자 상혁이 주변을 둘러보며 능청맞게 말했다.

"아, 죄송합니다. 근데 여기…… 문이 없는데요." 그 말에 주변에서 식사를 하고 있던 선양 경찰서 대원들이 서로를 흘끗 돌아보며 소리 죽여 웃었다.

"아니, 난 됐으니까 방해하지 말고 너나 많이 드세요." 연우는 뻘쭘해져서 괜히 상혁을 면박했다.

"너무 걱정하지 마세요. 범행 도구 찾아서 수사 진척도 빠르지 않습니까?"

"범행 도구 찾으면 뭐 해? 이미 지문은 깨끗이 닦였을 거고, 똑같은 볼펜은 병원에 널렸으니 그것만 갖곤 범인이 누군지 특정할 수도 없을 텐데." 연우가 자신의 주머니에서 에덴 병원 창립 30주년 기념 볼펜을 꺼내 흔들어 보이며 비아냥댔다.

"그건 그렇지만……." 상혁이 말끝을 흐리는데 그들의 등 뒤편에서 민기욱 경사가 대뜸 소리를 쳤다.

"다들 이것 좀 보시죠! 지문이 나왔답니다!"

"뭐?" 연우가 당황한 얼굴로 의자에서 벌떡 일어나 그쪽을 돌아봤다. 민기욱 경사는 나무젓가락을 귀에 꽂은 채 팩스기에서 막 잡아 뜯은 용지를 흔들어 보이고 있었다.

형사들은 먹고 있던 짬뽕 짜장 그릇을 내려놓고 일제히 민기욱을 바라봤다.

"뭐가 나왔어?" 심재훈 팀장이 자리에서 일어나 소리쳐 물었다.

"그거 다 쇼였습니다." 민기욱이 과학수사대에서 온 문서를 자세히 들여다보더니 흥분해서 말했다.

"그게 무슨 말이야?"

"범행 도구에서 검출된 지문이요, 유민희랍니다. 살인 현장 발견자요!"

심 팀장이 술렁이기 시작한 대원들을 향해 지시를 내렸다.

"지금 당장 영장 발부받아. 민기욱, 너는 유민희 지금 어딨는지 알아보고!"

"네, 알겠습니다." 선양 경찰서 대원들은 심 팀장의 지시를 받아 움직이기 시작했다. 벌써 사건 용의자가 특정되다니. 이런 식이라면 잘하면 머지않아 사건도 해결할 수 있을 것이다. 그러나 그들 가운데 한 사람, 연우만큼은 몹시 찝찝한 표정으로 창밖을 내다보고 있었다.

유민희가 정말 범죄자였다면 자신의 지문조차 닦지 않고 범행 도구를 버렸을까? 게다가 연우는 분명히 보았다. 유민희의 간호복에 묻은 핏자국은 사람을 찌를 때 튄 혈흔의 모양이 아니었다. 여러모로 연우는 이 모든 것이 누군가의 농간 같았다.

"또 왜 그러세요?" 그런 연우를 돌아보며 상혁이 목소리를 낮춰 물었다.

"이상해. 신고 지연이 무려 31분이나 발생했어. 그런데 뭐가 그렇게 급하다고 범행 도구를 지문조차 닦지 않고 내버린 거지? 그렇게 잘 보이는 곳에 말이야. 이건 말이 안 돼."

연우는 결심한 듯 자리에서 일어나 심 팀장에게 다가갔다.

"왜 그러십니까?"

"유민희 체포되면 취조는 제가 직접 해도 되겠습니까?"

"특별한 이유라도 있으신 겁니까?"

연우는 머뭇대다 적당히 둘러댔다.

"용의자가 여자인 만큼 제가 담당하는 것이 더 나을 것 같네요."

"일리가 있네요. 좋습니다. 실력 좀 발휘해보시죠."

*

"확실하게 자백을 받아주시죠." 심 팀장은 취조실 앞까지 따라와 연우에게 힘주어 말했다.

"그 전에 우선 확인할 것들이 있습니다." 연우가 취조실 문을 열고 들어가버리자 뻘쭘해진 심 팀장에게 상혁이 대신 꾸벅 인사를 하고는 뒤따라 취조실로 들어갔다.

유민희는 취조실의 조명등 아래 앉아 있었다. 체포조로 투입됐던 대원들의 말에 따르면 유민희는 집에서 수면제를 먹고 잠들어 있다가 긴급체포되었다고 했다. 후드티 차림의 유민희는 긴 머리칼을 부스스하게 내려뜨린 상태로 어깨를 움츠리고 있었다.

연우는 흘끗 취조실 한쪽 벽면을 쳐다봤다. 그 벽은 사실 특수 거울이다. 그 뒤에서 심재훈 팀장을 비롯해 여러 대원이 이쪽을 지켜보고 있을 것이다. 그들은 모두 유민희의 자백을 기다리고 있다. 그러나 연우는 서두르지 않기로 했다. 사건에 의심스러운 정황이 많았다. 그것부터 해결해야 한다.

연우는 시작하자는 의미로 상혁을 돌아봤다. 상혁 역시 준비되었다는 신호를 보냈다. 잠시 뒤 조용하던 취조실에 연우의 목소리가 울렸다.

"1990년 6월 14일생. 유민희 씨 본인 맞으시죠?"

"네."

"유민희 씨, 당신은 에덴 병원 차요한 원장을 살해한 혐의로 긴급체포되었습니다. 변호사를 선임할 권리가 있고, 불리할 경우 묵비권을 행사할 권리가 있습니다."

"형사님, 저한테 왜 이러시는 거예요? 전 아니에요. 제가 아침에 다 말씀드렸잖아요. 너무 무서워서 그때 기억도 잘 안 나요. 그런데 제가 범인이라뇨."

"유민희 씨, 저희는 유민희 씨가 범인일 수 있다는 증거를 확보했습니다. 상황을 기억하지 못하는 것은 본인에게 불리하게 작용할 수 있습니다."

"증거라니요?"

상혁이 증거가 담겨 있는 서류 봉투에 손을 가져다 댔을 때였다. 연우가 상혁의 손을 제지하며 고개를 가로저었다.

"유민희 씨, 이걸 보여드리기 전에 하나 묻겠습니다."

유민희는 긴장된 표정으로 고개를 끄덕이며 흘끗 서류 봉투를 살폈다.

"분명 김형근 씨가 현장에 와서 피해자의 상태를 확인했다고 하셨죠? 그렇다면 경찰에 신고하기까지 31분가량 무슨 일이 있었던 겁니까?"

"그…… 그건…….' 유민희는 끝내 입을 다물었다.

"유민희 씨! 그래놓고 지금 본인의 결백을 믿어달라고 하는 겁니까?"

유민희의 얼굴에 동요가 드러났다. 연우는 그녀가 뭔가 감추고 있다는 것을 확신했다. 취조실 내부에 서늘하고 무거운 침묵이 흘렀다. 연우는 손목시계를 흘끗 확인하며 시간을 끌기 시작했다. 시간을 끄는 것은 용의자를 압박하는 전략 중 하나다. 유민희는 침묵을 견디지 못하고 입을 열 것이다. 그 말이 사건을 해결하는 실마리가 될 것이다. 연우는 그런 확신이 들었다.

"그게…… 사실은……."

하필이면 그 타이밍에 누군가 흐름을 끊었다. 취조실의 문을 두드리는 소리가 들렸다.

"무슨 일입니까?" 연우가 다소 날카로운 목소리로 물었다.

대답 없이 문만 열렸다. 삼십대로 보이는 남자가 취조실 안으로 들어왔다. 남자는 회색 정장 차림에 진회색 코트를 걸치고 서류 가방을 들고 있었다. 얼굴에 착용한 은색 안경테가 남자를 예민해 보이게 만들고 있었다.

"누군데 여기 들어오십니까? 지금 취조 중입니다. 나가주시죠."

"저는 유민희 씨의 변호를 맡은 차도진입니다. 늦게 와서 죄송합니다."

"네? 변호사 입회 건에 대해서 전해들은 바가 없는데요."

"저도 갑자기 의뢰를 받고 내려오는 길입니다. 오늘 아침에요." 남자는 유민희의 옆자리에 앉은 뒤 연우에게 명함을 내밀었다.

"그러시군요." 그가 내민 명함을 유심히 확인하던 연우의 한쪽 눈썹이 치켜올라갔다.

서울특별시 서초구 SJ 로펌 차도진 변호사

"아침에 연락을 받으셨다고요? 연휴인데 서울에서 여기까지 오는 길이 밀리진 않던가요?" 연우는 그를 떠보기 위해 질문했다.

"네, 조금 밀렸습니다."

"몇 시에 출발하셨는데 이제 도착하신 겁니까?"

"네, 오전 11시입니다. 그런데 그런 건 왜 물어보십니까?" 남자는 손목시계를 확인하며 순순히 답했다.

상혁이 놀란 얼굴로 연우를 돌아봤다. 연우 역시 상혁을 향해 고개를 끄덕여 보이곤 다시 남자를 돌아봤다.

"왜 그러시죠?" 남자가 당황한 표정으로 물었다.

"참 이상하군요. 저희가 유민희 씨를 살인 사건의 용의자로 특정한 것이 오후 3시였습니다. 그런데 변호사님께서는 오전 11시경 유민희 씨가 체포될 사실을 미리 알고 서울에서 출발했다는 말이군요. 정말 놀랍네요. 지금 이 상황은 그 자체로 유민희 씨의 범행을 뒷받침하는 증거가 될 수도 있습니다. 체포되기 전에 미리 변호를 준비하고 있던 정황이 입증된 셈이니까요. 그렇지 않습니까? 유민희 씨?"

"아니요, 전 변호사를 선임한 적 없어요. 이분도 지금 처음 봤고요."

"그게 문제가 된다면 지금이라도 정정하겠습니다." 남자는 금세 표정을 태연하게 바꾸고 말했지만, 연우는 남자가 이마에 맺힌 식은땀을 닦는 모습을 놓치지 않았다. 그의 손목에서 커 프스 장식이 반짝였다.

"그게 무슨 말씀입니까?"

"……아침에 선양에 내려온 것은 맞지만 유민희 씨 사건 의 뢰 건으로 내려온 것은 아니었습니다. 아까 형사님 질문엔 별 생각 없이 답변했던 겁니다. 제가 경솔했습니다. 사과드리죠."

"아주 이상하군요. 그렇다면 왜 하필 서울 SJ 소속 변호사님 께서 오늘따라 여기에 내려와 있었을까요?" 연우의 목소리가 날카로워졌다.

"제가 그런 것까지 답변해야 할 필요가 있는지 모르겠군요. 글쎄, 선양에서는 경찰이 변호사까지 취조합니까?"

차도진 변호사는 냉랭한 분위기를 풍기며 서류 가방을 책상 위에 올리고 그 안에서 태블릿과 녹음기를 꺼냈다.

"죄송하지만 변호사가 입회했으니 지금부터 유민희 씨를 향 한 곤란한 질문에는 제가 대신 답변하도록 하겠습니다."

"이것 참……." 상혁이 갑갑하단 듯 혼잣말을 내뱉었다. 연우

역시 갑갑한 건 마찬가지였다. 그러나 별도리가 없는 것도 사실이었다. 그는 변호사일 뿐 사건의 용의자가 아니다. 그러니 더 이상 그를 추궁할 수 있는 방법은 없었다.

"좋습니다. 그럼 에덴 병원 차요한 원장의 살인 사건에 대한 취조를 다시 시작하도록 하겠습니다." 연우가 다시 본론으로 들어갔을 때였다.

"뭐라고 하셨습니까?"

연우는 그렇게 묻는 변호사의 눈동자가 급격히 흔들리고 있는 것을 확인했다.

"왜 그러시죠?"

"방금 차요한 원장 살인 사건이라고 하셨습니까?"

"네, 그렇습니다."

차도진 변호사의 얼굴이 순식간에 창백하게 질렸다.

"왜 그러시죠?"

"잠시만 화장실에 좀 다녀오겠습니다." 차도진의 목소리가 떨리고 있었다. 그는 갑자기 자리에서 일어나 취조실 문을 열고 나갔다.

"제가 한번 가보겠습니다." 상혁이 연우에게 말하곤 방금 나간 변호사를 따라나섰다.

잠시 뒤 연우는 책상 위에 놓인 명함을 집어들었다. 그러곤 거기에 새겨진 직함을 다시 확인했다.

연우가 놓치고 있던 뭔가를 깨달은 듯 말했다.

"유민희 씨, 다시 확인하겠습니다. 확실히 차도진 변호사를 직접 선임하신 것이 아닙니까?"

"네, 절대 아니에요. 저는 범인이 아니니까요."

"잠시 중단해야겠습니다. 먼저 확인해야 할 것이 있습니다."

차도진

경찰서에서 몰래 빠져나온 도진은 정신없이 차를 몰았다. 아버지가 살해당했다. 범인이 자신에게 맡긴 살인 사건의 피해자가 다름 아닌 자신의 아버지였다니! 도진은 그 사실을 알게 된 뒤부터 충격으로 이성을 차리기가 어려웠다. 이 모든 것은 범인이 놓은 덫이었을까? 취조실에서 봤던 그 용의자는 범인과 무슨 관계일까? 그 여자도 나를 전혀 모르는 눈치였다. 범인은 대체 무슨 일을 꾸미고 있는 거지? 아무것도 알아낸 것이 없다. 아니다. 알아낸 것이 있다. 살해당한 피해자가 다름 아닌 자신의 아버지라는 사실. 이제 형사들은 곧 자신의 정체를 파악할 것이다. 가뜩이나 형사들은 자신을 수상하게 여기고 있다. 그런데 거기에 더해 자신이 차요한 원장의 아들이란 사실까지 밝혀진다면⋯⋯. 식은땀이 온몸을 적셨다.

형사들이 범인을 체포하면, 범인은 결국 15년 전 그날의 일을 떠벌릴 것이다. 더 이상 시간을 허비할 수 없다. 반드시 형사들보다 한발 앞서 범인을 찾아야 한다. 무엇을 원하는지 파악하고 그것으로 입막음을 해야 한다. 돈을 원하면 어떻게든 마련할 것이다. 무슨 짓을 해서라도 그때의 일이 세상으로 기어나오는 일만큼은 막아야 한다. 목적지를 잃고 길을 헤매던 도진은 건널목 앞에서 차를 멈춰 세웠다. 하늘엔 눈이 흩날리고 있었다.

오래전 그런 눈길 속으로 장난을 치며 걸어가던 패거리의 모습이 기억났다. 그들 가운데 두 명이 문득 걸음을 멈추고 이쪽을 돌아봤다. 그중 한 명은 허윤석. 언제나 또래 아이들에 비해 덩치가 왜소하고 소심한 성격이었다. 그러나 그와 달리 이쪽을 히죽대며 쳐다보고 있는 소년은 김민재. 패거리 가운데 덩치가 가장 컸고 사고를 즐겨 쳤었다. 둘 중 반드시 범인이 있다.

다른 친구들은 모두 죽어버렸으니까.

*

기억을 더듬어 찾아간 그곳에 도진은 차를 멈춰 세웠다. 날카로운 바람이 옷깃을 파고들었다. 갑자기 선양에 내려오게 된 그의 옷차림은 이곳의 강추위를 막아내기엔 헐겁기 짝이 없었다. 그는 주변을 둘러봤다. 이곳이 분명한데. 2차선 도로 옆에 비스듬히 서 있던 건물은 사라지고 없다. 김형근 체육관. 김민재는 아버지 김형근이 운영하는 그 체육관에 마련된 숙소에서 살았었다.

교회는 그대로였다. 김민재는 체육관에서 쫓겨날 때면 저 교회에 숨어 있곤 했다. 이곳이 분명하다. 그러나 김형근 체육관은 감쪽같이 사라지고 없었다. 도진은 빌라 입구로 들어간 뒤 주변을 살폈다. 보는 눈이 없는 것을 확인하곤 곧장 우편함에 꽂혀 있는 봉투마다 수신인을 확인했다. 어디에도 김형근이나 김민재의 이름은 없었다. 도진은 손에 쥐고 있던 봉투들을 다시 우편함에 꽂은 뒤 소리 없이 그곳을 벗어났다.

다음으로 도진이 찾은 곳은 한 허름한 슈퍼마켓 앞이었다. 선양 슈퍼. 이곳은 그 자리 그대로 남아 있었다. 슈퍼 앞 연통도 그대로였다. 겨울마다 허윤석이 지키고 서서 군고구마를 팔던 연통이었다. 이곳에 온 지도 15년 만이었다. 그때 도진은 갑자기 이곳에서 추방당하듯 떠났다.

다섯 명의 패거리 중에 죽지 않고 남겨진 나머지 세 사람. 자신을 제외한 두 사람이 어디서 무엇을 하며 살아가고 있는지 궁금해하지 않으려고 노력했다. 허윤석과 김민재에 대한 생각은 잊고 싶은 그때의 사건을 떠오르게 했기 때문이다. 이번 사건만 아니라면 절대 이곳에 찾아오는 일은 없었을 것이다.

도진은 차에서 내렸다. 도로를 건너 슈퍼 앞에 다가선 그는 성에가 낀 유리문을 열고 안으로 들어섰다. 컴컴한 가게 안에서 신문을 펼쳐 보고 있던 남자가 신문을 접고 도진을 빤히 바라봤다. 낯선 얼굴이었다.

"뉘시오?" 남자가 퉁명스럽게 물었다. 선양은 좁다. 도진이 외지에서 온 사람이라는 걸 금방 알아봤을 것이다.

도진은 가게 안 매대에 놓여 있는 생수병을 집어들어 매대에 내밀었다.

"카드는 안 받습니다."

"잔돈은 됐습니다." 도진이 지갑에서 만 원짜리 지폐를 꺼내 내밀며 말했다. 남자가 도진을 흘끗 올려다봤다.

"혹시 예전에 이 가게를 운영하던 분이 어디 가신 줄 아십니까?"

"아, 그 아줌마? 글쎄. 내가 이 가게 물려받은 지 벌써 10년은 됐는데 그걸 이제 와서 물어보슈?" 남자가 퉁명스럽게 답했다.

"연락처도 없으십니까?"

남자가 건성으로 고개를 끄덕였다.

도진은 어쩔 수 없이 돌아섰다. 역시 15년이란 시간은 몹시 긴 시간이었다. 김민재도 허윤석도 더 이상 선양에 남아 있지 않은 것 같았다. 그런데 도진이 가게 문을 열고 나서는데 등 뒤에서 남자가 슬쩍 말을 흘렸다.

"글쎄, 그 아줌마, 하나 있는 아들이 미쳐서 여기에 정나미가 떨어졌을 거요."

도진은 걸음을 멈춰 세웠다.

"방금 뭐라고 하셨습니까?"

"그 아들이 정신병원에 입원했다고 하던데. 거기 가보면 연락처쯤이야 알아볼 수 있을 거요." 남자가 손가락으로 귀를 후비며 말했다.

"병원이라고 하면 혹시 에덴 병원 말씀하시는 겁니까?" 허윤석이 정신이상자가 되었다고? 게다가 에덴 병원에 입원해 있다고?

"거기밖에 없지요, 여기는 쓸 만한 병원이."

잠시 뒤 차로 돌아온 도진은 다시 협박 편지를 꺼내들었다.

선양 경찰서에 체포된 용의자의 변호를 맡을 것.

만일 그러지 않을 경우 15년 전 그날의 일을 낱낱이 밝히겠다.

용의자: 에덴 병원 간호사 33세 유민희

혐의: 살인

강원도 선양군 에덴 종합병원

아침에는 신경 쓰지 않았던 편지 봉투가 새삼스럽게 눈길을 잡아끌었다. 에덴 병원. 그러고 보니 편지 봉투는 에덴 병원 것이었다. 협박범은 애초부터 도진에게 자신이 있는 곳을 알려주었는지도 모르겠다는 생각이 들었다. 어쩌면 애초에 숨을 생각이 없었는지도 모른다.

15년 전

언제나 그렇듯 선양의 겨울은 따분하기만 했다. 온종일 내렸다가 그치기를 반복하고 있는 굵은 눈송이에 갇혀버린 듯했다. 그날도 민재는 털모자를 깊숙이 눌러쓰고 읍내 사거리에서 김형근 체육관 전단지를 돌리고 있었다. 하늘에서 내리는 눈송이를 맞으며 지나다니는 사람들의 얼굴을 살피다가 주부로 보이는 사람이 있으면 냅다 전단지를 내밀곤 했다.

"총각, 그것 좀 하나 줘봐."

민재가 뒤돌자 막 골목길에서 튀어나온 여자가 웬일로 자진해서 손을 내밀었다. 삼십대 중반으로 보이는 여자는 방금 파마를 말고 나오는 길인지 폭탄 맞은 듯 부푼 머리에서 파마약 냄새가 강하게 풍겼다.

민재는 얼른 빳빳한 전단지 한 장을 내밀며 싹싹하게 말했다.

"저희 김형근 관장님이 전직 복싱 챔피언이세요. 이번에 여성분들 다이어트를 위해서 복싱을 접목한 다이어트 프로그램을 개설했는데 10킬로 감량 못 하면 반액 환불입니다."

여자는 껌을 씹으며 의심스러운 눈초리로 물었다.

"확실해?"

"네, 그럼요. 원래 복싱 챔피언은 거짓말 안 합니다, 어머님."

분명 눈을 반짝이며 전단지를 훑던 여자가 비위 상했다는 듯 도로 전단지를 내밀며 쌀쌀맞게 말했다.

"됐어, 난 딴 데 갈래."

여자는 뭔가 맘에 들지 않는 눈치였다. 민재는 돌아선 여자의 마음을 붙잡으려 부지런히 입을 놀렸다.

"자기 몸을 위해 투자하셔야죠. 맨날 남편하고 자식 먼저 생각하시다간 나중에 후회하십니다. 그들이 어머님의 은혜를 기억해줄 것 같습니까?"

민재는 본인의 말에 감동 먹는 중이었다. 그러나 여자는 아랑곳하지 않고 얼굴을 붉히며 쏘아붙였다.

"이거 봐, 학생. 듣자 하니 기분 나쁘네."

민재는 여자의 눈치를 살피며 말을 정정했다.

"아니, 물론 지금도 훌륭하시지만 조금만 운동하시면 슈퍼모델 나가셔도 될 것 같으신데요."

"그게 아니라."

이번엔 조금은 누그러진 목소리였지만 여자의 얼굴엔 여전히 불만이 가득했다.

'뭐가 문젤까.' 민재는 한겨울에 식은땀이 흘러 잘못하다간 턱에 고드름이 맺힐 것만 같은 기분이 들었다.

"나 아직 결혼 안 했어."

민재는 여자의 말에 헉하는 표정을 애써 감추며 말했다.

"아, 정말요? 아니, 이렇게 아리따운 분이 아직 미혼일 거라곤 상상조차 못 했네요. 어쩐지 조금만 관리하면 완전 슈퍼 모델감이다 싶었는데…… 죄송합니다."

민재가 90도로 인사하며 너스레를 떨자 그제야 여자가 피식 웃었다. 어느덧 여자의 손엔 전단지가 도로 들려 있었다. 여자는 흘끗 민재의 얼굴을 쳐다보더니 웃으며 물었다.

"가면 학생도 있는 거지?"

민재는 제자리 뛰기를 시연하며 말했다.

"제가 누님과 조깅도 함께해드릴 겁니다."

"알겠어, 그럼. 한번 생각해볼게. 슈퍼 모델 한번 해봐야지."

그 말에 민재가 식은땀을 닦으며 같이 방정맞게 웃었다. 그러는 사이 건널목 신호가 바뀌었고 여자는 건널목을 건너갔다.

'감사합니다, 녹색 신호등님.'

민재는 경건한 마음으로 방금 자신을 구해준 신호등을 바라보며 감사 인사를 건넸다. 그때 버스 한 대가 신호 대기에 걸려 눈앞에 멈춰 섰다. 민재는 버스 옆면에 크게 나붙어 있는 어느 직업소개소의 광고 문구에 눈길이 갔다. '너의 오늘은 어제 죽은 누군가 꿈꾸던 간절한 내일이다.'

"캬."

민재는 그 말에 가슴이 울렁댔다. 그 말이 자신에게 운명처럼 날아든 기분이 들었다.

민재는 휴대폰을 꺼내들자마자 친구 놈들 가운데 가장 만만한 애한테 전화를 걸었다.

"어."

수화기 저쪽에선 차도진의 심드렁한 목소리와 함께 연이어 폭발음이 들려왔다.

"또 게임하고 있냐?"

"넌 또 전단지 돌리냐?"

"어떻게 알았어?" 민재가 휴대폰에서 귀를 떼고 주위를 두리번댔다.

"뭘 어떻게 알아. 너 맨날 그러고 있는 거 뻔하지."

"그런가? 그나저나 차도진, 너 그런 말 들어봤냐?"

"무슨 쓸데없는 말을 또 하려고. 그냥 하지 마. 안 들어도 돼."

"네가 지금 그냥 보내고 있는 하루는 어제 죽은 누군가 간절히 원하던 내일이다."

"미쳤냐? 그리고 미안하지만, 적어도 어제 죽은 누군가 너의 오늘을 꿈꿨을 것 같진 않아."

"야 인마, 같이 살면서 넌 이한한테 뭐 느끼는 거 없냐? 자격지심 같은 거 말야. 그 자식은 지금도 자습실 나가서 공부하고 있지?"

잠시 뒤 수화기 너머 이한의 목소리가 들려왔다.

"민재야, 나도 같이 있어. 도진이랑 게임 중이야."

"이한아, 도진이가 널 망치고 있는 게 틀림없어. 얼른 그 집에서 나와라. 너 거기 있다가 인생 조진다. 형님이랑 같이 놀자."

곧 도진의 목소리가 튀어나왔다.

"병신이. 뭔 소리야. 너 없는 데가 바로 청정 구역이야."

"잔말 말고 둘 다 지금 후딱 나와라." 민재가 진지하게 목소리를 깔고 말했다. 그러자 도진이 비아냥대며 답했다.

"내가 한 번 속지 두 번 속을 거 같냐? 너 얼마 전에도 우리한테 나오라 해서 전단지만 잔뜩 돌리게 했잖아. 다신 안 속아. 꺼져."

민재는 지그시 눈을 감고 말했다.

"좋은 말 할 때 나와라. 안 그러면 차도진 너 얼마 전에 황수진한테 고백받은 거 이서현한테도 말한다."

"아, 이 미친놈이! 그건 또 어떻게 안 거야?"

"이 형님한테 안 들어오는 말이 있을 것 같냐?"

민재의 말이 들렸는지 수화기 저쪽에서 이한이 깔깔대는 소리가 들렸다. 대체 눈매가 유기견처럼 축 처진 차도진이 어디가 멋지단 건지. 도진이는 잊을 만하면 여학생들에게 고백을 받았다. 도진의 매력은 어릴 때부터 같이 어울려 다닌 다섯 친구의 눈에만 절대 보이지 않는 모양이었다.

잠시 뒤 이한의 목소리가 들려왔다.

"민재야, 그럼 우리 한 판만 더 하고 나갈게. 마저 돌리고 있어. 눈 오는데 고생이 많다."

'적어도 한 시간은 지나야 기어나오겠단 소리군.' 민재는 속으로 생각하고 답했다. "알았어. 난 이서현도 부를 건데 저녁까지 안 나오면 이서현과 은밀한 대화를 나누고 있을 거라고 전해줘."

그러자 수화기 저쪽에서 고함 소리가 들렸다.

"나가! 나간다고! 이 등신아!"

민재는 흡족한 표정으로 전화를 끊었다. 약점을 쥐고 있다는 것은 참 편리한 일이다. 이래서 늘 가까운 사람들을 유심히 관찰해야 하는 법이다. 그들의 약점을 알고 있으면 언제든 유리한 고지를 점할 수 있다. 민재는 이번에는 목소리를 가다듬고 서현에게 전화를 돌렸다. 서현은 중딩 때부터 해를 거듭할수록 기하급수적으로 까칠해지고 있는 터라 설득하려면 머리를 많이 굴려야 했다. 헛기침을 한번 하고 변명거리까지 완벽히 설

계한 뒤 전화를 걸었지만 수신음이 뚝 끊어지며 고객님이 어쩌고저쩌고하는 안내 멘트가 흘러나왔다.

"에이, 이 기집애 또 썹네."

그렇게 중얼거리고 있는데 문자가 들어왔다.

[나 알바]

민재는 서현이 얼마 전부터 알바 타임을 늘렸단 사실이 떠올랐다.

[언제 끝남?]

[6시]

[그럼 그때 나와. 빵 굽는 마을 앞 어딘지 알지?]

[내가 지금 거기서 거기서 일하잖아. ㅂㅅ]

[맞다. ㅎㅎ]

더 이상은 답이 없었다. 그렇지만 서현의 답장이 없다는 것은 곧 알았다의 또 다른 표현이었다. 민재는 전단지를 옆구리에 끼우고 슬슬 걸어가기 시작했다. 이제 읍내 끝자락에 위치한 선양 슈퍼마켓에 갈 것이다. 거기에 가면 윤석이 연기가 솟는 군고구마 연통 앞을 지키고 있을 것이다. 윤석 역시 자기 엄마한테 착취를 당하고 있는 신세였다. 민재는 따끈한 군고구마 통 앞에서 가끔 고구마를 꺼내 먹으며 찾아오는 손님들에게 남은 전단지를 뿌릴 예정이었다. 완벽한 계획이다. 윤석도 돕고 자기도 얼어 죽지 않고. 물론 윤석이 아줌마도 그렇게 생각할 진 모르겠지만.

*

저녁 7시가 다 되어가고 있었다. 읍내에는 미끄럼 방지용으로 뿌려놓은 모래가 눈과 뒤섞여 가로등 불빛 아래 반짝였다. 민재와 윤석 그리고 서현은 추위를 피하기 위해 도로변 상가 건물 안쪽에 들어가 있었다. 바람만 간신히 피할 수 있을 뿐 그곳도 춥기는 매한가지였다. 윤석과 서현은 오랜만에 만나 반가운지 서로의 손바닥을 부딪치더니 찬 계단에 웅크려 앉아 이야기하기 시작했다.

혼자서만 대화에 끼지 못한 민재는 건물 출입문에 붙어 선채 마을버스 정거장만 노려보고 있다가 말했다.

"야, 이서현. 도진이 이 자식이 지금부터 5분 안에 안 나타나면 내가 너한테 재밌는 얘기 해줄게."

"뭐, 차도진이 황수진한테 고백받은 거?"

"야, 그걸 너가 어떻게 알아?"

"그걸 모르는 사람도 있냐?"

윤석이 쿡쿡 웃자 김민재가 윤석을 돌아보며 물었다.

"야, 그럼 허윤석 너도 알고 있었단 말이야? 네가 알면 진짜 우리 학교 애들 다 아는 건데."

잠시 뒤 건물 유리문이 열리며 찬 바람과 함께 도진의 목소리가 튀어나왔다.

"뭐, 애들이 뭘 다 알고 있는데?"

"아니, 황수진이 너한테 고백한 거. 우리 학교 애들 이미 다 알고 있다네." 민재가 도진을 돌아보며 황당하단 투로 말했다.

"야, 너 그새 다 말했냐?" 도진이 민재를 벽으로 밀어붙이며 따져 물었다.

"오, 아니아니. 내가 말한 거 아니야. 그렇지 않냐, 이서현? 얼른 너가 말해봐."

서현은 양어깨를 으쓱해 보일 뿐 아무런 말도 하지 않았다.

"속일 생각 하지 마라!" 도진이 민재를 노려보자 민재가 억울해했다.

"아 씨, 내가 말한 거 진짜 아니라니까."

"그럼 누가 말했겠냐. 이 배신자 새끼, 애초에 믿지도 않았어."

"뭐? 이 자식이 정말 사람을 뭘로 보고."

김민재는 도진에게 달려들었다. 뒤늦게 문을 열고 들어선 이한이 민재와 도진을 흘끗 쳐다보며 물었다.

"야, 너네 또 뭐 하냐? 김민재, 힘자랑 그만하고, 우리를 왜 부른 거야?"

"아! 맞다." 민재는 뒤에서 붙잡고 있던 도진을 내려놓았다. 그러곤 자신에게 중지를 내미는 도진을 향해 마찬가지로 중지로 답한 뒤 아이들을 돌아봤다. 그러곤 의미심장한 웃음을 지었다.

"야, 그렇게 웃지 마." 서현이 쏘아붙였다.

"왜! 난 웃는 것도 너 허락받아야 하냐?"

"너가 그렇게 웃으면 불길한 일이 일어나거든!"

"이번엔 아니거든? 나 진짜 진지하거든?" 김민재가 아래턱을 내밀며 촐싹맞게 말했다.

"그래서 뭔데?" 도진이 답답해하자 민재가 옷매무새를 다듬으며 진지하게 말했다.

"그거, 오늘 하자."

"그거라니?" 서현이 시큰둥하게 물었다.

민재가 비장한 표정으로 애들을 둘러보더니 꼴깍 침을 삼켰다. 유리문 너머 지나가는 사람들을 흘끗 쳐다보며 목소리를 낮춰 말했다.

"너네 얼마 전에 그 중국집 앞에서 동사한 시체 발견됐단 소리 들었지?"

"그거야, 영하 20도 날씨에 길바닥에서 자다 그렇게 됐겠지."

"아니야. 내가 그 중국집 할머니한테 들은 말인데, 그 남자 얼굴이 정말 귀신에 씐 것처럼 섬뜩했대. 입에서 막 거품도 나고……."

그 말을 듣고 있던 아이들 눈빛에 살짝 긴장감이 어렸다. 그러자 민재는 더 신나서 말을 덧붙였다.

"그뿐 아니야. 막 손목도 돌아가 있었대. 대충 이렇게?"

민재가 좀비처럼 혀를 쭉 빼내고 손목을 비틀어 보였다. 그 모습을 지켜보던 윤석이 인상을 찌푸렸다.

"그럼 단순히 술 취해서 동사한 게 아닐 수도 있단 말이야?" 서현이 눈을 동그랗게 뜨고 물어보자 이한이 덧붙였다.

"나도 그 얘기 들었어. 그 남자, 발견 당시 입에서 거품을 물고, 관절도 비틀려 있었다고. 어쩌면 마약중독자였을 수도 있어. 이 근방에 카지노가 있잖아? 원래 그런 데선 불법 마약이 많이 돌아."

"그런데 그 얘긴 갑자기 왜 꺼내는 건데?" 다른 애들과 달리 혼자 심드렁한 얼굴로 벽에 기대서 있던 도진이 묻자 민재가 조금 뜸을 들이다가 말했다.

"그게 난 아무래도 에덴 병원 괴담이 생각나서 말이지."

"아 씨발, 저 새끼. 내 그럴 줄 알았다. 또 그 타령이냐?" 도진이 짜증 섞인 목소리로 소리쳤다.

"넌 아직도 우리가 초딩인 줄 아냐? 난 또 뭐라고." 서현까지

가세했지만 민재는 이번엔 쉽게 물러나지 않았다.

"아니야, 내가 얼마 전에도 확실하게 들은 얘기가 있어서 그래. 너희 이우진 알지? 걔가 에덴 병원 근처 살잖아. 새벽마다 괴성이 들려와서 자꾸 깬대. 무서워서 살이 쭉쭉 빠진대."

도진이 피식 웃었다.

"이우진? 걔 살이 쭉쭉 빠져서 그 모양이냐? 뻥치지 말라고 해."

서현이 도진을 향해 말했다.

"걱정 마. 김민재 쟤, 어차피 에덴 병원 가도 들어가지도 못해. 너희 지난번 일 잊었냐?"

그 말에 김민재의 표정만 딱딱하게 굳고 다른 애들은 쿡쿡대며 웃었다.

중3 여름이었다. 폐광산에 귀신이 나오는 터널이 있다는 소문이 자자했다. 그 터널에서 귀신이 나타난다는 소문의 실체를 파헤치러 잠입했다가 길을 잃은 적이 있었다. 정확히 말하면 그때 길을 잃은 건 소변을 보겠다고 홀로 무리에서 떨어졌던 김민재였다. 서현의 손에 쥐여 있던 녹음기엔 귀신처럼 흐느끼는 김민재의 목소리만 녹음되어 있었다.

"난 그때랑 완전히 다른 사람이야. 새로 거듭났다고!" 민재가 쿡쿡대는 아이들을 향해 목에 핏대를 세웠다.

"다르긴. 너 지난번에도 비 오니까 무섭다고 나한테 집까지 데려다달라고 했잖아. 아휴." 서현이 비아냥대자 다른 애들이 민재를 향해 야유를 보냈다.

"서현아, 그건 그냥 너랑 얘기를 더 하고 싶어서 그런 거였지. 넌 내 마음을 그렇게 몰라주냐? 그러니까 너가 연애를 못 하는 거야."

"뭐래?" 서현이 확 짜증을 냈다.

"됐고! 또 속아서 여기 나온 내가 등신이지. 한아, 우린 가자." 도진이 이한의 어깨를 툭 치며 말하자 이한이 겸연쩍은 얼굴로 민재를 돌아보며 말했다.

"그래, 민재야. 에덴 병원에 대한 괴담은 나도 들었는데, 좀 말이 안 되더라."

"너네가 정 못 믿겠음 내가 증거를 보여줄게." 그 말에 건물 출입문을 열고 나서려던 도진과 이한이 돌아섰다. 민재는 낡은 휴대폰을 만지작대며 뭔가를 찾고 있었다. 잠시 뒤 민재가 "찾았다!" 하고 소리치며 녹음 파일을 틀었다. 그러나 지지직거리는 소음만 들릴 뿐이었다.

"에이 뭐야." 서현이 실망하는 얼굴을 하자 민재가 소리쳤다.

"아니야, 자세히 들어봐. 자세히 들어보면 사람들이 막 이상한 소리를 내고 있다니까? 어, 지금, 지금. 이 소리 말이야! 안 들려?"

도진의 인내심이 폭발했다.

"이 자식이 진짜 미쳐서 헛소리까지 들리나보네. 야, 그렇게 가고 싶으면 너 혼자 가! 너가 차요한이 얼마나 사이코인지 몰라서 그러는데, 어릴 때 내가 형이랑 차요한 야근한다고 도시락 배달 갔다가 어떻게 된 줄 아냐? 다리 부러지게 맞았어. 우리 그 잘난 형이 그렇게 맞은 건 처음이었다고!"

도진이 이제 그만 문을 열고 나서려는데 등 뒤에서 민재가 의미심장한 목소리로 붙잡았다.

"잠깐만!"

"뭐가 또! 심심하면 이럴 시간에 전단지나 100장 더 돌려!"

"넌 이상하다고 생각한 적 없냐? 대체 밤에 도시락 가져다준 자식들을 아버지가 왜 때리지?" 민재가 그렇게 묻자 도진을 비롯한 아이들의 표정에 의문부호가 떠오르기 시작했다.

"진짜 도시락만 가져다준 거야?" 민재가 집요하게 추궁하자 도진이 고개를 끄덕이며 답했다.

"어, 그랬는데. 아, 그건 원래 차요한이 자기 일하는 데 오는 거 싫어해서……. 아니지, 그러고 보니까 낮에 갔을 때에는 별일 없었는데. 형하고 용돈도 받아서 왔었거든. 물론 아주 어릴 때지만."

도진이 뭔가 새로운 사실을 깨달은 듯한 얼굴로 민재를 바라봤다. 민재가 사냥감을 발견한 것 같은 눈빛으로 아이들을 돌아보며 말했다. 아이들 표정도 아까와는 달리 사뭇 긴장되어 있었다.

"이거 봐, 뭔가 있는 게 틀림없다니까?"

"아니, 그렇다 쳐도 뭔 상관인데? 내가 경고하는데 너네 다 그 인간하고는 얽히지 않는 게 좋아!"

멈칫하는 애들과 달리 민재는 오히려 눈을 빛내며 말했다.

"아니지, 아니지. 만일에 그 괴담이 사실이면? 니가 네 아버지 약점을 쥐게 되는 거야! 안 그래?"

민재는 아까부터 도진의 눈치를 살피느라 조용해진 아이들을 둘러보며 말했다. 마치 민재는 아주 오래전부터 그날을 계획한 것처럼 평소와 달리 침착했다.

"게다가 우린 차 원장님하고 마주칠 일도 없을걸? 우리가 가려는 곳은 바로 장례식장이니까!"

"장례식장? 왜 거길?" 서현이 묻자 민재가 속삭이듯 말했다.

"너네 다 그 얘기 들어봤지? 에덴 병원 장례식장 지하에 시체가 잔뜩 쌓여 있다는 말. 우리의 목표는 일단 거기야!"

"그래도…… 도진이가 이렇게 싫어하는데 꼭 거길 가야겠어?" 이한이 잔뜩 달아오른 분위기에 찬물을 끼었었다. 민재가 또 한마디를 하려는 순간이었다. 이번엔 도진이 끼어들었다.

"그래, 좋아. 가보자!"

"야, 차도진, 갑자기 너까지 왜 그래? 너 아빠한테 죽는다며." 이한이 염려하자 도진이 뭔가 찝찝한 얼굴로 말했다.

"생각해보니 좀 이상해서 그래."

"됐어! 드디어 가는 거야!" 민재가 기쁨에 못 이겨 도진을 향해 뛰어갔다. 그 모습을 뒤에서 지켜보고 있던 서현이 유치하단 듯 고개를 절레절레 흔들며 따라나섰다. 지금 그때를 돌이켜보면 그날 갑자기 에덴 병원을 향하게 된 것이 과연 아이들의 의지였는지 의문이 든다. 세상에는 그런 일들이 있다. 지나고 나면 이미 정해진 운명 같은 것이 아니었을까 싶은 그런 일들이.

*

산 중턱에 자리 잡은 에덴 병원 건물은 뒷산에서 내려온 안개에 휩싸여 있었다. 장례식장 건물에서는 불빛이 새어나오고 있었다. 그곳을 향해 앞장서 걸어가던 도진이 장례식장 건물 가까이 다가가서는 우뚝 멈춰 섰다. 그 바람에 뒤따라가던 아이들도 줄줄이 멈춰 섰다.

"야! 왜 그래, 무슨 일이야?" 김민재가 뒤에서 속삭이자 도진이 긴장한 목소리로 답했다.

"경비가 있네. 왜 왔느냐고 하면 어쩌지?"

"난 또 뭐라고. 그런 건 이 형님한테 맡겨."

민재가 호기롭게 말하더니 유리문 앞에 바짝 붙어서 안을 들여다봤다. 벽에 걸린 전광판에는 지하 빈소에서 진행되고 있는 장례식 안내가 떠 있었다.

"지금 뭐 하는 거야?" 못내 불안한 얼굴로 도진이 속삭였다.

"나만 따라와."

민재는 유리문을 밀고 들어섰다. 그 뒤를 아이들이 줄줄이 따라 들어가는데 역시 뒤에서 경비가 소리쳤다.

"어! 거기 잠깐만."

"왜 그러시죠?" 민재가 태연히 묻자 경비가 의아한 표정으로 물었다.

"너희 왜 온 거니?"

"저는…… 이명준 할아버지 막내 손자인데요." 민재가 커다란 덩치를 오므리며 슬픈 기색으로 대답했다. 아이들은 소름 돋는다는 표정으로 그런 민재를 돌아봤다. 경비는 민재의 말에 한층 수그러든 목소리로 말했다.

"아…… 그렇구나. 그럼 얘네는?"

"친구들이요. 위로해주겠다고 멀리서부터 와줬어요." 민재가 이번에도 태연히 답하자 경비가 민재의 한쪽 어깨를 두드리며 위로를 건넸다.

"괜찮아. 이명준 할아버님이라고 했지? 얼른 내려가봐라."

아이들은 민재를 따라 잽싸게 층계 쪽으로 걸어갔다.

그런데 등 뒤에서 불쑥 경비의 목소리가 들렸다.

"참, 이명준 할아버님 빈소는 3호실이다!"

"감사합니다." 민재가 고개 숙여 인사하는 사이 아이들은 먼저 층계를 내려갔다.

"어떠냐, 이 형님의 솜씨가?" 마지막으로 지하에 내려온 민재가 가슴을 내밀고 물었다.

"지난번에 형사 연기도 그렇고 오늘도 정말 장난 아니다. 넌 연기해도 정말 대성할 거 같다." 이한이 엄지를 치켜세우며 말했다.

"이 인물로?" 도진이 비아냥거렸다.

"모르는 소리 하지 마. 21세기에는 이런 개성 있는 마스크가 더 대성할지도 모른다잖아." 서현이 거들었다.

민재가 서현의 말에 발끈했다.

"뭐? 개성 있는 마스크? 내가 이래 봬도 우리 체육관 꽃미남이다."

"야, 됐고, 이제 어디로 가면 되는 거야?"

지하로 내려오긴 했으나 거기엔 죽 늘어선 빈소와 식당밖에 보이지 않았다. 대기실 자판기 앞에서 잠시 쉬고 있는 상복 차림의 사람들이 눈에 띨 뿐이었다.

"한 층 더 내려가볼까?" 이한이 그렇게 말하며 어딘가를 가리켰다. 아이들이 일제히 돌아본 곳은 이제껏 등지고 서 있던 벽면이었다. 거기엔 지하로 향하는 화살표가 있고, 으스스한 표지판이 붙어 있었다.

화장터 / 염습실

지하 2층으로 내려간 아이들은 긴장된 표정으로 주변을 조심스럽게 살펴봤다. 흰 장갑을 착용한 병원 직원들과 상복 차림의 사람들이 오가고 있었다. 복도에 염습실과 화장터가 있었다. 염습실에는 유리창이 뚫려 있었는데, 그 앞에 모인 상복 차림의 사람들이 가족의 마지막 모습을 지켜보며 흐느끼고 있었다. 아이들은 유가족 틈새에 끼어들어 유리창 너머를 바라보았다.

"저 할아버지 죽은 사람이야?" 민재의 목소리는 잔뜩 졸아 있었다.

"조용히 좀 해." 서현이 주변 사람들의 시선을 의식하며 속삭였다. 잠시 뒤 민재는 누군가 자신의 등을 툭툭 치는 느낌에 "으악" 소리를 내지르며 서현의 팔뚝을 붙잡았다.

"쉿! 나야." 민재가 돌아보자 이한이 심각한 눈빛으로 등 뒤에 서 있었다.

"야, 너 뭐야! 놀랐잖아."

"얼른 와봐. 저쪽으로 가보자."

"나만? 애들은?"

"다 같이 가면 눈에 띌 것 같아서."

138

"근데 어디?"

"저기 엘리베이터가 있잖아." 이한이 복도 끝을 가리키며 말했다.

"어. 그런데?" 민재는 이한의 눈빛이 달라졌음을 깨달았다. 아주 친한 사이가 아니라면 알지 못하는 이한의 또라이 기질이 나타나고 있는 것 같았다. 사실 민재는 이만 돌아가고 싶었다. 으스스함이 이미 한도 초과였다.

"아까 내가 봤는데, 남자 간호사 둘이 엘리베이터에서 침대를 끌고 내렸거든? 흰 천에 덮여 있는 게 분명 시체 같았어. 근데 사람들의 눈치를 살피면서 사라져버렸어. 낌새가 수상하더라고. 따라와봐."

"어어, 그래, 알았어." 민재는 약간 떨면서 일단 따라가긴 했다.

이한을 따라 복도 끝에 다다르자 또다시 반 층 아래로 내려가는 비탈길이 보였다.

"이쪽으로 갔어."

"어, 그렇구나. 그런데 우리는 관계자가 아니지 않나?" 민재가 천장에 매달린 표지판을 가리키며 영 내키지 않는다는 얼굴로 물었다. 표지판에는 '관계자 외 출입 금지'라고 쓰여 있었다.

그러나 이한은 이미 비탈면을 내려가고 있었다.

"아, 저 또라이."

민재는 어쩔 수 없이 이한을 뒤따라 내려갔다. 이한은 원래 목표가 생기면 그것밖에 안 보이는 스타일이었다. 완전 다른 사람이 된다고 해야 하나? 평소엔 어벙하고 순진하던 눈빛에 날이 서고 머리도 팽팽 돌기 시작했다. 아마 그런 면 때문에 학교에서도 성적 우수 장학생 자리를 놓친 적이 없을 것이다. 하지만 하필이면 이런 순간에 그런 본능이 발동되다니. 민재는 그걸 고마워해야 할지 아니면 원망해야 할지 헷갈렸다.

"에잇, 모르겠다."

민재는 될 대로 되란 마음으로 이한을 따라갔다. 자기가 여기까지 끌고 왔는데 이제 와서 그만두자고 하기에는 쪽팔렸다.

지하 3층으로 내려가자 분위기가 상당히 으스스했다. 벽은 콘크리트가 그대로 노출되어 있었고, 조명도 주황빛으로 바뀌었다. 어디선가 웅 하고 들려오는 기계음이 섬뜩했다. 이곳은 보일러도 때지 않는지 민재는 오싹함에 몸을 떨었다. 잠시 뒤 나타난 두 갈래의 길 가운데 민재는 어디로 가야 할지 망설이고 있었다.

"민재야, 이쪽이야!"

고개를 돌리자 잠시 시야에서 사라졌던 이한이 우측으로 꺾어지는 통로 앞에서 민재를 향해 손짓하고 있었다. 그 통로 중간쯤 위치한 철문이 곧 쿵 닫히는 소리가 들려왔다. 민재는 고개를 끄덕이고 앞서가는 이한에게 따라붙었다. 비좁은 통로에 들어서자 심장이 쿵쿵댔다. 아무것도 아닐 거야. 그럼, 뭐 별거겠어? 민재는 스스로를 다독이며 그 철문 앞에 도착했다.

이한은 이미 철문에 한쪽 뺨을 대고 안쪽에서 들리는 소리에 귀 기울이고 있었다. 민재도 이한을 따라 철문에 귀를 바짝 댔다. 그런데 그때였다. 저쪽에서 들려오는 소리에 집중하고 있던 이한과 민재의 표정이 동시에 충격으로 굳었다.

"너도 들었어?" 민재가 속삭이자 이한이 심각한 얼굴로 고개를 끄덕였다. 그것은 분명 남자가 비명을 지르는 소리였다.

이한이 좌우를 살펴 아무도 없는 것을 확인하더니 문을 슬쩍 열고 안을 엿보았다.

'대체 뭐야? 무슨 일이 벌어지고 있는 거지?'

민재도 슬금슬금 다가가 허리를 숙이고 조심스럽게 문 틈새를 엿봤다. 처음엔 자신이 보고 있는 장면이 무엇인지 잘 파악이 되지 않았다. 원래도 그렇게 좋지 못한 머리였지만 그 순간엔 충격으로 완전히 고장 난 것 같았다. 잠시 뒤 코끝엔 알코올 소독 냄새와 뒤섞인 피비린내, 그리고 화염의 뜨거운 열기 같은 것이 감지되었다. 그 순간 민재는 자신이 목격하고 있는 장면의 실체를 파악하곤 비명을 지르려는 스스로의 입을 다급히 틀어막았다. 잘못 본 건가? 분명 움직인 것 같은데. 저기는 소각로 아니야? 그럴 리가 없잖아. 내가 잘못 본 거겠지? 그러나 곧 이한이 속삭이는 소리를 들었다.

"야, 튀어!" 그러나 민재는 꿈쩍도 할 수가 없었다. 급박한 순간 오히려 몸이 작동을 하지 않았다. 그동안 단련한 달리기며 복싱은 다 소용이 없었다.

"튀라고!"

도망쳤던 이한이 노로 뛰어와 민재의 팔뚝을 붙잡고 힘껏 끌어당겼다. 그제야 민재는 짓눌리던 가위에서 풀려난 것처럼 고개를 돌렸다. 통로 반대편에서 간호복 차림의 두 남자가 이쪽을 바라보고 있었다. 서로 눈이 마주치자마자 그들은 민재와 이한을 향해 소리쳤다.

"너희! 거기 서!"

민재는 냅다 뛰기 시작했다. 죽을힘을 다해 뛰다 말고 민재는 "어!" 하고 소리를 쳤다. 이한이 아까 자신들과 함께 내려왔던 비탈길 쪽이 아닌 반대 방향으로 방향을 꺾었기 때문이다. 그쪽으로 가면 출구로 나갈 수가 없을 텐데. 도로 지하에 갇히게 될 텐데. 민재는 아주 잠깐 망설였지만 어쩔 수 없이 이한과 반대 방향인 비탈길로 뛰어올라갔다. 상복 차림의 사람들 틈에서 유리창 너머를 기웃대고 있는 아이들이 보였다.

일단 패거리를 데리고 여기를 무사히 벗어나야 한다!

민재가 뛰어오는 소리에 서현과 도진 그리고 윤석이 이쪽을 돌아봤다. 민재는 그 짧은 순간, 아이들과 자신 사이에 큰 간극

이 벌어졌음을 느꼈다. 문을 열어본 자와 열어보지 않은 자. 그 사이에 엄청난 비밀이 감춰져 있었다. 아이들의 눈동자에는 공포심이 어려 있지 않았다. 그러나 민재의 눈동자는 공포심으로 가득했다. 더 이상 아이들을 그곳에 내버려둘 수 없었다. 패거리와 가까워지자 민재는 본능적으로 목소리를 높였다.

"도망쳐!"

"뭐라고? 왜?" 도진이 물었다.

"설명할 시간 없어." 민재가 숨을 헐떡이며 다급히 말하자 패거리는 곧 저쪽에서부터 달려오는 남자 간호사들을 보았다. 민재가 앞서 도망치고, 패거리도 곧 따라왔다.

"아! 이거 놓으세요!"

이서현의 목소리였다. 곧 남자들의 사나운 협박 소리가 들려왔다. 그것은 분명 먼저 층계를 올라온 민재를 향한 날 선 경고였다.

"너 당장 내려와라! 안 그럼 니 친구들 오늘 무사하지 못할 줄 알아!"

민재는 층계를 더 오르려다 말았다. 무서워서 오금이 저린다는 말이 이럴 때 쓰는 말이구나 싶었다. 무릎 안쪽이 저릿하고 발목이 후들댔다. 하. 그나저나 이한은 어디로 간 걸까? 도로 그 으스스한 소굴로 방향을 틀어 사라졌던 이한의 뒷모습이 떠올랐다. 지금 이 순간 이한이 절실히 필요했다. 이한이라면 그 좋은 머리로 이 순간 어떻게 해야 할지 현명한 판단을 내려줄 텐데.

'가, 민재야. 가서 애들을 도와.'

그래, 이한이라면 그렇게 말하겠지. 민재는 돌아서서 층계를 내려가려던 발을 멈칫했다. 아닌가?

'민재야 도망쳐. 너라도 일단 살아야 애들을 도울 거 아냐?'

아, 어떻게 해야 하냐고. 도망치자니 애들이 걱정되고, 애들에게 돌아가자니 저들에게 모두 다 붙잡히면 정말 끝일지 모른다는 생각이 들었다.

"아! 아프다고요. 이거 놓으세요!" 또다시 서현의 목소리가 들려왔다.

"지금 뭐 하시는 겁니까!" 민재는 더 이상 망설이지 않고 계단을 도로 뛰어내려갔다. 그러자 비상구 출입문 앞에서 붙잡힌 친구들의 모습이 보였다. 한 남자는 도진의 팔을 뒤에서 틀어잡고 있었고, 다른 남자는 양손으로 각각 서현과 윤석의 팔뚝을 붙잡고 있었다. 그 남자들 가운데 더 험상궂게 생긴 남자가 꿈틀대는 도진을 세차게 움켜잡으며 민재를 향해 윽박을 질렀다.

"너네 누구야! 여기 왜 왔는지 똑바로 말해!"

민재는 식은땀을 흘리며 어떻게 해야 할지 망설여졌다. 이 사람들도 이 병원에서 무슨 일이 벌어지고 있는지 알까? 문 너머에서 봤던 그 광경을 이들도 알고 있을까? 알겠지. 이 사람들 모두 한패일 것이다. 인생 최대의 위기다. 대체 여기를 왜 오자고 했을까. 후회스러워서 미칠 것 같았다. 분명히 애들이랑 그냥 장난치고 싶었던 것뿐이었는데. 온몸이 식은땀으로 젖고 있었다.

"야, 똑바로 말 못 해? 너네 여기 왜 왔어!" 남자가 또다시 윽박질렀다. 잠시 침묵이 흘렀다. 그런데 뜻밖에 도진이 입을 열었다.

"저 아버지 뵈러 왔는데요."

그 말에 아이들이 일제히 놀란 듯 도진을 돌아봤다.

"도진아, 그러지 마. 차 원장님한테 들키면 너 진짜 죽어." 서현이 말렸다. 그러나 그 말에 남자들은 움찔하며 서로를 돌아봤다.

"차 원장님? 네가 차요한 원장님 아들이란 말이야?" 험상궂게 생긴 남자가 자신이 붙잡고 있던 도진에게 따져 물었다.

"네, 그런데요? 지금 전화 걸어서 바꿔드릴까요?" 도진이 태연하게 말하자 남자의 목소리가 수그러들었다.

"진짜야?"

"아저씨들 똑똑히 들었죠? 얘네 아버지가 차요한 원장님이세요. 자, 이제 아저씨들이야말로 말해보시죠. 이름이 어떻게 되는지?" 민재가 기회를 놓치지 않고 끼어들었다.

남자들은 당황한 기색이 역력한 얼굴이었다.

"안 되겠다, 도진아. 지금 당장 너희 아버지한테 연락드리자."

"알겠어." 도진이 말했다.

"이것 좀 놓으시죠? 저 전화해야 하거든요."

"어어, 그래. 알았어." 남자는 얼떨결에 도진을 풀어줬다.

도진이 곧 휴대폰을 꺼내들어 어딘가로 전화를 걸었다. 그 모습을 보며 서현이 또다시 소리쳤다.

"야, 너 진짜 그만해. 너 진짜 원장님한테 죽는다니까. 병원 오는 거 엄청 싫어하신다면서!"

그러자 이번엔 서현과 윤석을 붙잡고 있던 남자도 슬쩍 손을 놓았다.

"왜 이렇게 안 받으시지? 바쁘신가?" 도진이 그렇게 말하며 슬쩍 남자들을 돌아봤다. 그러자 남자들이 피식 웃으며 서로를 돌아봤다.

"그럼 그렇지, 어디서 쥐새끼 같은 것들이 속이려 들어! 너네 당장 이리로 와!"

"일단 지하로 데려가자." 험상궂은 남자가 목소리를 깔고 말했다.

"안 돼!" 민재가 저항하자 남자가 손을 쳐들었다.

"잠시만요!" 도진이 남자들을 향해 휴대폰을 건넸다. "네, 여보세요. 아! 원장님 되십니까? 아!"

험상궂은 남자는 차요한 원장과 짧게 통화를 한 뒤 전화를 끊고 싹 바뀐 얼굴로 말했다.

"우리가 몰라보고 실수할 뻔했구나. 어서 가보거라. 이런 데에는 오지 말고."

그들은 비상구 문 너머로 사라졌다.

"야! 너 진짜 너네 아버지한테 전화한 거야? 죽도록 맞는다며." 서현의 말에 민재가 다리에 힘이 풀려 바닥에 주저앉으며 중얼거렸다.

"아니야, 도진이가 아니었으면 우린 방금 진짜로 죽을 뻔했어."

"야, 너 왜 그래? 무슨 사고를 친 거야, 또!" 서현이 소리를 질렀지만 민재는 넋이 나간 듯 아무런 대꾸도 하지 않았다. 아이들은 서로를 돌아보며 양어깨를 으쓱했다.

"근데 이한은 어됐냐?"

도진이 묻자 그제야 민재는 잊고 있던 이한이 생각났다.

"큰일이다!"

"왜?"

그러나 민재는 대답하지 않고 속으로만 생각했다. 그 문을 열어보는 게 아니었다고.

대체 자신이 왜 그날따라 에덴 병원에 찾아가는 것에 그토록 집착했을까. 그건 정말 피할 수 없는 운명의 덫이었을까? 그런 끔찍한 결과로 이어지는.

정연우

"그럼 이제 긴급회의를 시작하겠습니다."

벽 앞에 있던 이동식 칠판이 옆으로 치워지고 스크린이 내려왔다. 불을 끄고 창문의 블라인드를 전부 내리자 사무실 내부가 어둑해졌다. 심 팀장이 포인터를 작동하자 스크린에 살해 당시 피해자의 모습이 떠올랐다.

"오늘 새벽 3시경, 에덴 병원에서 차요한 원장이 살해당했다."

심 팀장은 포인터를 작동해 화면을 넘겼다. 병원 뒷산 철책 사진이었다.

"그리고 우리는 오늘 오전 9시 30분경, 이곳에서 살해 도구로 추정되는 볼펜을 발견했다. 그 볼펜에서는 다름 아닌 유민희 간호사의 지문이 발견됐다. 우리 대원들은 유민희를 긴급체

148

포했지만, 아직도 유민희는 범행을 자백하지 않고 버티는 중이다."

심 팀장은 잠시 말을 멈추고 대원들을 쓱 둘러보더니 말을 이었다.

"그리고 모두들 이미 알고 있겠지만, 오늘 취조실에서 약간의 이례적인 일이 발생했다. 변호사 때문에 약간 혼란스러웠던 것이 사실이다."

그 말에 대원들이 웅성대기 시작했다. 연우와 상혁은 서로를 돌아봤다. 차도진 변호사의 정체를 파악했을 때 그들은 그제야 모든 것을 이해할 수 있게 되었다. 차도진 변호사는 사건의 개요를 듣자마자 충격을 받은 얼굴로 취조실을 도망치듯 빠져나갔다. 그때부터 연락이 두절된 상태였다. 사건이 새로운 국면으로 접어든 것이다.

그런데 잠시 뒤 이어지는 심 팀장의 발언을 듣고 연우는 황당함을 느꼈다.

"그렇지만 곧 본인이 해명했고 일단락되었다. 그러니 더 이상 쓸데없는 데 에너지 쏟지 말고 본질에 집중하기를 당부한다. 이상!"

"그게 무슨 말씀입니까?" 연우가 반발하자 대원들의 시선이 맨 뒷자리에 앉은 연우에게 쏠렸다.

"무슨 말이라뇨. 말 그대로입니다. 유력한 용의자가 체포되었고, 명확한 증거가 나왔는데 더 할 말이 있겠습니까? 서울 사람들은 일을 복잡하게 만드는 게 특기인가……."

"지금 차도진 변호사는 연락이 두절된 상태입니다. 그는 우리가 사건의 용의자로 유민희를 특정하기도 전에 이미 유민희의 변호를 맡은 것 같았고요. 이게 뭘 의미하겠습니까? 이 사건에는 제삼자가 있는 게 틀림없습니다. 누군가 차도진 변호사에게 의도적으로 유민희의 사건을 맡긴 것이란 말입니다!"

"증거라도 있습니까? 말 그대로 모든 게 정 경위 추측 아닙니까?"

"명확한 증거는 없지만 심증이란 것이 있지 않습니까? 게다가 심 팀장님은 취조실 상황을 지켜보고 있었으니 누구보다 지금 이 사안을 그냥 넘길 수 없다는 사실을 잘 알고 있을 텐데요."

"제가 그 상황을 지켜봤기 때문에 하는 말입니다." 심 팀장이 성가시다는 듯 말했다.

"그게 무슨 소립니까?"

"차도진 변호사가 말하지 않았습니까? 유민희 의뢰를 받고 내려온 것은 아니었다고요! 우연이 겹쳐서 묘한 상황으로 보이는 것뿐입니다."

"심재훈 팀장님!" 연우가 목소리를 높이자 상혁이 팔을 붙잡았다.

"아니, 이거 봐. 이건 그냥 넘길 사안이 아니야." 연우가 상혁의 팔을 뿌리치며 소리치자 심 팀장도 목소리를 높였다.

"그래서요, 그냥 넘기지 않으면 어쩔 생각입니까? 그 변호사가 용의자라도 됩니까? 구속영장 청구해볼까요?"

"이 사건 분명히 뭔가 더 있습니다. 정말 왜 이러는 겁니까? 혹시 사건을 속전속결로 마무리 짓고 싶은 다른 이유라도 있습니까?"

사무실 내부의 분위기가 싸늘해졌다. 정 경위와 심 팀장의 날카로운 대립각을 지켜보며 대원들은 조용해졌다. 그때 누군가 조심스럽게 끼어들었다.

"저기요, 제가 생각해도 유민희가 범인이라고 단정 짓기에 조금 석연찮은 점이 있는 것 같습니다." 민기욱 경사였다.

"자네까지 왜 그래! 몰라서 그래? 지금 우리 상황이 어떤지?" 심 팀장이 언성을 높이자 민기욱이 곧 입을 다물었다.

"지금이 어떤 상황이냐니, 그게 무슨 말입니까?" 연우가 따져 묻자 심 팀장이 한숨을 내쉬었다. 그러곤 연우를 무시하기로 작정한 사람처럼 대원들을 돌아보며 목소리를 높였다.

"우리 서에 새로 부임하시는 곽철호 서장님께서 이번 사건 때문에 예정보다 이틀이나 앞당겨 오시게 되었다. 바로 내일 아침부터 우리 서에 당장 부임하신다. 그러니 모두 쓸데없는 것에 신경 팔지 말고, 빠르게 이 사건을 종결지을 수 있도록 노력해주길 바란다."

"그것 때문입니까?" 연우가 날을 세우자 심 팀장은 옷깃에 차고 있던 마이크를 신경질적으로 빼서 던지더니 사무실을 박차고 나갔다. 책상에 아무렇게 던져진 마이크에서 삑 소리가 났다. 민기욱 경사가 앞으로 나가 마이크를 껐다. 대원들은 눈치를 살피며 제자리로 돌아갔다.

연우가 지나가는 민기욱을 붙잡았다.

"민 경사님."

"네?" 민기욱이 덩치에 어울리지 않게 소심한 표정으로 돌아봤다.

"조금 전에 뭔가 석연찮은 점이 있다고 하셨는데, 그게 뭡니까?"

"아, 네. 저, 사실은……." 민기욱이 주변의 눈치를 살피더니 제 자리로 돌아가 파일함을 들고 왔다. 연우가 받아 열어보자 그것은 통신사에서 보내온 유민희 간호사의 최근 통화 기록이었다. 유독 자주 눈에 띄는 번호가 있었다.

"이 사람은 누군가요?"

"그 남자는 유민희와 연인 관계인 것 같습니다."

"수상한 점이라도 있던 겁니까?" 연우의 질문에 민기욱이 머리를 긁적이며 답했다.

"그 남자, 전과가 있습니다. 사기죄로 1년 복역하고 서울구치소에서 출소한 지 10개월밖에 안 됐습니다."

연우는 통화 기록을 살피다 이상한 점을 발견했다. 하루도 거르지 않고 연락해오던 그 번호가 하필이면 사건 발생 3일 전부터 갑자기 연락이 두절된 것이다. 3일 전부터는 유민희만 일방적으로 수차례 연락이나 문자를 보냈고 그쪽에선 묵묵부답이었다.

"우연이라기엔 약간 이상하군요. 하필 사건 발생 며칠 전부터 연락 두절이라니요."

"저도 그게 뭔가 찝찝해서 이것저것 뒤져본 겁니다."

"일단 이 사람 전과 기록 좀 볼 수 있을까요?"

"여기 있습니다."

연우는 민기욱이 내민 자료를 확인했다. 사진 속에는 날카로운 눈매에 두툼한 입술을 가진 덩치 큰 남자가 카메라를 응시하고 있었다. 분명 사나운 인상이었지만 동시에 무력해 보이는 표정이었다.

그 남자의 이름은 김민재였다.

*

"선배, 차도진이 여기에 올까요?" 상혁이 차의 시동을 끄고 염려되는 목소리로 물었다. 아직 밤 9시가 되지도 않은 시각인데 에덴 병원 본관은 어둠에 잠겨 있었다. 본관과 기역 자로 붙어 있는 장례식장 건물만 불빛이 환히 새어나오고 있었다. 그곳에서는 아직 시체가 부검실에서 돌아오지조차 않은 차요한 원장의 장례식이 진행 중이었다.

"아버지가 살해당한 것을 알게 되었으니 당연히 오지 않을까? 그런데 차도진은 어떻게 아버지가 살해당한 것도 모르고 있었지?"

"저도 그 점이 이상합니다. 차도진 형이 여기 에덴 병원 부원장이던데요. 그렇다면 모를 수가 없었을 텐데요. 게다가 변호사가 자기가 맡은 사건이 뭔지도 모르고 있었다는 것도 이해가 안 갑니다. 무슨 막장 드라마도 아니고 말이죠."

"네가 아직 뭘 모르는구나. 원래 막장 드라마도 현실은 못 따라오는 법이야."

"네?"

연우는 차에서 내려 먼저 장례식장을 향해 걸어갔다. 상혁이 뒤늦게 따라오며 말했다.

"그러고 보니 예전에도 선배 따라 피해자 장례식장에 들렀던 기억이 나네요."

"맞아. 죽은 피해자는 말이 없으니까. 피해자 주변에 대해 최대한 많이 알아보려면 여기 오는 게 제일이야."

"저는 초대받지 않은 불청객 같아서 좀 찝찝합니다."

"우리 같은 일 하는 사람들이 뭐 어디 가면 환영받겠어? 얼른 가자." 연우가 장례식장 문을 열고 먼저 들어갔다.

1층 로비에서 지하 빈소까지 벽과 계단을 따라 화환들이 빈틈없이 늘어서 있었다.

"와, 듣던 대로 명성이 대단했던 모양입니다."

연우는 그 화환의 대부분이 제약 회사에서 보낸 것들임을 눈여겨봤다. 연우가 알고 있는 유명한 회사들의 이름도 눈에 띄었다.

잠시 뒤 피해자의 빈소에 도착하자 부유해 보이는 한 노부부가 영정 사진 앞에 국화꽃을 올리고 있었다. 노부부와 인사하고 있는 중년 남성의 상복 왼팔엔 상주라는 표시가 되어 있었다.

"저쪽이 피해자의 장남 차정진인가보네요."

"음, 그런 것 같아. 차도진 변호사랑 분위기가 닮았어."

노부부가 빈소에서 물러가고 연우와 상혁의 차례가 되었다. 영정 사진 앞에 국화꽃만 내려놓은 상혁과 달리 연우는 잠시 더 묵념의 시간을 가졌다.

"안녕하십니까. 먼 길 오시느라 애쓰셨습니다." 상주인 차정진이 점잖게 인사를 건넸다. 피해자가 이미 식물인간 상태였기 때문일까? 차정진의 얼굴에서 슬픈 감정은 별로 느껴지지 않왔다.

"위로의 말씀을 드립니다."

"저희 아버님과는 관계가 어떻게 되시는 분들인지요?"

"사실 저희는 이번 살인 사건을 조사하고 있는 형사들입니다. 차정진 부원장님 맞으시죠?" 연우가 신분을 밝히자 남자의 얼굴이 다소 경직되었다.

"그렇잖아도 경찰서에서 참고인 진술을 받고 싶다는 연락이 왔었는데요. 제가 아직 이러고 있느라 가 뵈지를 못하고 있었습니다. 그래서 직접 오신 거군요."

"아니요, 사실 저희는 동생분을 만나러 온 겁니다."

"제 동생을요?" 차정진의 눈빛에 긴장하는 기색이 어렸다.

"네. 이분이 동생분 맞으시지요?" 연우가 취조실에서 받았던 차도진 변호사의 명함을 내밀자 그는 자신 없는 말투로 답했다.

"네…… 맞는 것 같습니다. 그런데 제 동생은 왜 찾으시는 겁니까?"

"아직 잘 모르고 계시는 것 같군요."

"뭘 말씀입니까?"

"동생분께서 오늘 사건의 용의자로 지목된 유민희 간호사의 변호를 맡으셨습니다."

"뭐라고요? 그게 사실입니까?" 차정진의 눈빛이 크게 흔들렸다.

"네, 사실입니다. 취조실에 용의자의 변호인 신분으로 왔었습니다. 그렇지만 사건의 피해자가 차요한 원장님이라는 사실을 듣더니 그길로 사라져서 지금껏 연락 두절입니다. 혹시 동생분이 지금 어디에 있는지 모르십니까?"

"모릅니다."

"왜 이런 행동을 하는지 짐작 가는 바는 없으십니까? 가족 간에 갈등이 있었다든지, 아니면 유산상속 문제가 있었다든지……. 그게 무엇이든 말씀해주십시오."

잠시 뜸을 들이던 차정진은 뜻밖의 말을 꺼냈다.

"저와 동생은 그런 갈등 자체를 겪을 수가 없습니다."

"그게 무슨 말씀이시죠?"

"동생은 가족과 연을 끊고 지낸 지 제법 오래되었습니다."

"연을 끊었다고요?"

"네. 저도 동생을 못 본 지 15년은 되었습니다."

그 말에 연우와 상혁은 서로를 돌아봤다.

"15년 전에 무슨 일이 있었던 겁니까?"

"그건 저도 잘 모르겠습니다." 차정진의 목소리가 싸늘했다. 연우는 그가 자신의 시선을 피한다고 느꼈다. 무슨 일인가 있었던 것이 틀림없다. 그때 그 일이 이번 사건과 관련이 있는 것이 아닐까? 그렇지 않고서야 차도진이 갑자기 선양에 돌아온 것이 수상하다. 게다가 차도진은 아버지가 살해당한 것도 모르고 있었다.

"혹시 동생분이 이곳에 오면 저희에게 연락을 주시겠습니까?"

"네, 그렇게 하겠습니다. 동생이 여기에 올지는 모르겠지만요."

"평소 아버님께 원한을 갖고 있던 사람은 없었습니까?"

"저기…… 다른 건 아버님 발인 마치고 제가 직접 찾아가서 말씀드리겠습니다."

연우가 고개를 돌리자 빈소 앞엔 조문객들이 차례를 기다리고 있었다.

"네, 그럼 그렇게 하시죠."

연우와 상혁은 일단 어쩔 수 없이 빈소에서 물러났다.

"대체 어떤 일이 있었길래 그렇게 오랫동안 연을 끊고 지냈을까요?" 빈소에서 멀어지자 상혁이 연우의 생각을 물었다.

"글쎄. 확실한 건 차도진은 분명 사건 때문에 여기에 내려온 게 틀림없다는 거야. 그렇지 않고서야 15년이나 발길을 끊었던 선양에 갑자기 내려올 이유가 없잖아? 즉, 차도진은 우리가 유민희 지문을 발견하기 전부터 유민희가 체포될 거라는 사실을 알고 있었던 거야."

"그렇다면 누가 의뢰를 한 걸까요?"

연우의 머릿속에는 잠시 민기욱이 보여주었던 김민재의 얼굴이 떠올랐다. 그런데 그때 누군가 연우를 알은체했다.

"어, 정 경위님 아니십니까?" 분명 회의를 하다 연우과 격하게 싸우고 나갔던 심 팀장이 계단을 내려오며 억지웃음을 짓고 있었다. 심 팀장 뒤로 한 사람이 더 내려오고 있었다. 그는 경찰 정복 차림을 한 남자였다. 무궁화 네 개가 달린 견장을 확인한 연우는 곧 90도로 인사를 했다.

"인사드리시죠. 이분은 저희 선양 경찰서에 새로 부임해 오신 곽철호 서장님이십니다. 원래는 이틀 뒤 부임하실 예정이었는데, 이 사건이 일어나는 바람에 예정보다 일찍 내려오신 겁니다." 심 팀장이 옆에 서 있는 정복 차림의 남성을 소개하며 말했다.

"잘 알고 있습니다." 연우가 딱딱한 목소리로 대꾸하자 상혁이 옆에서 눈치를 줬다.

"안녕하십니까. 저는 정연우 경위이고 이쪽은 김상혁 경사입니다. 저희는……." 연우의 말을 자르고 곽철호 서장이 알은체를 했다.

"아, 황 과장님께서 특별히 수사 파견 보내주신 대원들이 아닙니까? 능력이 아주 출중하다고 들었습니다. 반갑습니다." 곽철호 서장이 악수를 청했다. 연우는 그 손을 맞잡으며 그의 인상착의를 훑었다. 경찰 정복 차림의 곽 서장은 황 과장과는 여러모로 대비되는 인상이었다. 거구인 황 과장과 달리 곽 서장은 마른 편이었다. 곽 서장이 웃음을 지을 때마다 뺨에 난 흉터가 꿈틀댔다.

"예리한 눈을 가진 형사라고 들었는데 역시 대단하군요. 덕분에 용의자도 벌써 확보했다고요. 황 과장님 말씀대로입니다."

"아직 용의자로 확정하기엔 여러모로 수상한 점이 많습니다."

"수상한 점이 많다고요?" 곽 서장이 그렇게 묻곤 흘끗 곁에 서 있는 심 팀장을 돌아봤다. 그러자 심 팀장의 표정이 눈에 띄게 굳었다.

"저녁 식사는 했습니까?" 곽 서장이 연우에게 물었다.

"아직 안 먹었습니다. 그렇지만…….."

"그럼 잠시 뒤에 식당에서 보지요." 곽 서장은 일방적으로 약속을 잡고 피해자의 빈소로 향했다. 그가 지나간 자리에 서늘함이 감돌았다.

연우는 곽 서장이 피해자의 영정 앞에 서서 향을 올리는 뒷모습을 지켜봤다. 심 팀장은 엉거주춤 그 뒤를 지키고 서 있었다.

"어떡하죠?" 상혁이 연우의 눈치를 살피며 목소리를 낮춰 말했다.

"잠깐만 앉았다 가야지 어쩌겠어."

*

식당에는 수십 명의 조문객이 대화를 나누는 소리가 천장에 울리고 육개장 끓이는 냄새가 났다. 연우와 상혁이 자리를 먼저 잡자 잠시 뒤 곽철호 서장과 심재훈 팀장도 합석했다. 곽 서장은 장례식장 직원이 상차림을 마치고 자리를 뜨자 입을 열었다.

"하필이면 제가 부임도 하기 전에 이런 사건이 발생하다니요. 고생들이 많습니다."

"아닙니다."

"그럼 아까 못 들은 이야기를 마저 들어볼까요? 정 경위, 아직 해결되지 않은 수상한 점이 있다고 했지요. 그게 뭔가요?"

"그게 사실은……." 연우가 설명하려 하는데 심 팀장이 끼어들었다.

"별것 아닙니다. 그러니 신경 쓰지 마시죠. 이제 용의자 자백만 받아내면 끝납니다."

"저는 정 경위에게 물었습니다." 곽 서장의 말에 심 팀장은 곧 입을 다물었다.

연우가 다시 설명을 시작했다.

"오늘 검거된 용의자 유민희 말입니다. 그 유민희의 담당 변호인이 다름 아닌 피해자의 아들이었습니다."

"피해자의 아들이라면…… 누굴 말하는 겁니까?"

"차남인 차도진 변호사를 말씀드린 겁니다."

"방금 차도진이라고 했습니까?"

"네, 그렇습니다. 서장님, 혹시 차도진 변호사를 아십니까?"

"아니요, 그럴 리가요."

그러나 연우는 곽 서장의 얼굴에 어리는 당혹감을 놓치지 않았다. 뭔가를 감추고 있는 것 같았다.

"저…… 서장님, 제가 차츰 보고드릴 생각이었습니다. 그게 그러니까 어떻게 된 거냐면 말이죠……." 안절부절못하며 말을 덧붙이려는 심 팀장을 향해 곽 서장이 차갑게 응수했다.

"됐습니다."

곽 서장은 곧 경찰 정복 주머니에서 담뱃갑을 꺼냈다. 담배 한 개비를 꺼내자마자 곁에 있던 심 팀장이 두 손으로 불을 붙였다. 곽 서장이 담배를 한 모금 피우려 하자 지나가던 직원이 주의를 줬다.

"병원 안은 금연입니다."

"이젠 담배도 한 대 편히 못 피우는군요." 곽 서장은 쓴웃음을 지으며 물컵에 미련 없이 담배를 껐다. 유리컵 안의 물이 더러워졌다.

곽 서장이 소주병을 향해 손을 뻗자 심 팀장이 서둘러 소주병을 들어올리고 곽 서장의 잔에 따랐다.

"혹시 예전에도 선양에 오셨던 적이 있습니까?" 연우의 질문에 곽 서장의 미간에 돌연 주름이 잡혔다.

"내가 정 경위 나이만 할 때였지요? 그때 여기서 사건 하나를 맡았던 적이 있습니다. 뭐, 워낙 오래된 일이라 기억도 잘 나지 않지만요. 그런데 그건 어떻게 알았나요? 역시 듣던 대로 예리하군요."

"아닙니다. 그냥 왠지 그런 느낌이 들어서 여쭤봤습니다."

곽 서장은 잠시 소주병을 들어올려 상표에 그려진 검은 산맥을 바라봤다. 연우도 덩달아 그것을 보니 이 지역에서만 판매하는 금산 소주였다.

"한때 이곳이 탄광 개발로 한창 재미를 봤다고 하더군요. 그때 이곳 사람들이 광산에 붙여준 이름이 금산이었다지요? 말그대로 검은 금이 나오는 산이라 금산."

"그렇지만 이젠 똥산이지요." 심 팀장이 얼른 맞장구를 쳤다.

그 말에 곽 서장은 인상을 찌푸렸다. 그러곤 다시 화제를 돌렸다.

"아까 말했던 그 차도진 변호사 말입니다. 왜 그런 짓을 했는지는 알아본 겁니까?"

"아니요. 사실은 취조실에서 갑자기 사라졌는데, 그 뒤로 연락이 두절되었습니다. 혹시 이곳에 오면 만날 수 있지 않을까 싶어서 와봤던 겁니다."

"사라졌다고요? 그것참 희한한 일이군요."

곽 서장은 그때부터 생각에 잠긴 듯 한동안 조용히 술잔만 들이켰다. 연우는 초조한 마음으로 손목시계를 흘끗 살폈다. 더 이상 여기서 시간을 지체할 수 없었다. 곁에 있는 상혁을 향해 이제 그만 가자고 눈치를 줬다. 상혁도 알겠다는 의미로 고개를 끄덕였다.

"그럼…… 이제 저희는 그만 일어나보겠습니다."

"내가 바쁜 사람들을 너무 오래 붙들었네요."

"아닙니다."

연우가 자리에서 일어나려 하는데 곽 서장이 불쑥 말했다.

"정 경위, 내가 부탁 하나만 하죠."

"네, 말씀하시죠." 연우는 자리에서 일어나려다 동작을 멈추고 곽 서장을 바라봤다.

"만일 오늘 밤 차도진 변호사를 찾으면 먼저 나에게 데려와 주시죠." 연우가 선뜻 답변을 하지 않자 곽 서장이 고개를 들어 연우를 쳐다보며 다시 물었다.

"그렇게 해줄 수 있겠습니까?" 부탁하는 말투와는 달리 강압적인 목소리였다.

"네, 그렇게 하겠습니다."

곽 서장은 대답 없이 고개만 끄덕였다. 연우와 상혁은 고개를 숙여 인사를 하곤 식당을 벗어났다.

"오랜만에 따뜻한 밥 좀 먹나 했더니 한 숟갈도 못 먹었습니다." 상혁은 빈소들이 늘어서 있는 지하에서 층계를 올라오며 한숨을 내쉬었다.

"뭔가 좀 이상하지 않았어?"

"네. 심 팀장님이 곽 서장님께 차도진 얘기는 감춘 것 같더라고요."

"아니, 그게 아니고, 차도진 얘기 나왔을 때 곽 서장 반응 말이야. 마치 차도진을 예전부터 알고 있는 것처럼 보였단 말이지. 표정이 불편해 보였어. 넌 못 느꼈어?"

"차도진을 곽 서장님이 어떻게 알겠습니까?"

"그런데 아까 내가 피해자의 아들이라고 말했을 때, 곽 서장이 어떤 아들을 말하는 거냐고 물었어. 분명 차도진 변호사를 알고 있는 것 같은데……."

"좀 이상하긴 하네요."

"그래서 선양에 부임했던 적이 있었는지 물어본 거야."

"흠……. 혹시 이미 피해자 가족 관계를 파악하고 왔기 때문이 아닐까요?"

그러나 연우는 여전히 석연찮은 표정이었다.

앞장서서 걷던 상혁이 장례식장 출입구 유리문을 밀자 실내로 찬 바람이 불어닥쳤다.

"선배, 그새 눈이 엄청 왔는데요?"

"어, 그러네." 생각에 빠져 있던 연우는 그제야 바깥에 굵은 눈송이가 쏟아지고 있는 것을 보았다. 장례식장 지하에 머문 사이 주차장에 늘어선 차량은 뚜껑처럼 눈을 덮어쓰고 있었다.

"차도진이 과연 다시 올까요? 15년 동안이나 연을 끊었다잖아요. 이제 잘 모르겠습니다."

연우는 대꾸 없이 묵묵히 앞으로 걸어갔다. 발목까지 쌓인 눈을 헤치고 걸어가는 연우를 뒤따르며 상혁이 다급해진 목소리로 물었다.

"어, 선배! 지금 어디 가는 겁니까?"

연우는 말없이 차량의 조수석 문을 열고 탑승했다. 뒤따라 곧 운전석에 탑승한 상혁이 연우를 돌아보며 말했다.

"여기서 잠복할 생각은 아니겠죠? 차도진이 온다는 보장도 없는데요?"

"잠깐 눈이나 붙여. 내가 보고 있을 테니까."

상혁은 툴툴대며 시동을 켰다.

"시동은 꺼. 우리가 있는 거 눈치채면 또다시 도망갈 수도 있으니까."

"지금 영하 20도는 되겠습니다."

연우는 마치 자신의 자동차인 것처럼 익숙하게 조수석의 대시보드를 열었다. 예전에 같이 다닐 때에도 그랬듯이 여전히 그곳에는 핫팩이 수북이 쌓여 있었다. 연우는 핫팩 하나를 꺼내 상혁에게 던졌다. 상혁이 얼떨결에 그것을 받았다.

"그거면 몇 시간은 버티겠지."

"선배, 그거 제 건데요. 거기 핫팩 있는 건 또 어떻게 알았습니까? 하, 아무래도 전 먼저 돌아가보겠습니다."

상혁은 운전석 문을 열고 차에서 내렸지만 곧 다시 들어왔다. 그러더니 한숨을 푹 내쉬곤 포기한 듯 핫팩 포장지를 벗기고 끌어안으며 중얼거렸다.

"선배는 정말 그때나 지금이나 독불장군입니다."

"알아. 그래서 네가 그렇게 말 한마디 없이 가버렸던 거잖아."

연우는 순간 말을 꺼내놓고 아차 싶었다. 6개월 만에 다시 만난 상혁과 서로 약속이라도 한 듯 꺼내지 않고 있던 옛날얘기가 자신도 모르게 툭 튀어나온 것이다. 차 안에 잠시 어색한 침묵이 흘렀다.

"춥네. 나도 핫팩 하나 써야겠다." 연우가 괜히 어색함을 물리려고 대시보드를 열어 핫팩 하나를 더 꺼내 부스럭대며 포장지를 벗겼다.

"선배." 그렇게 부르는 상혁의 목소리가 사뭇 진지했다.

"왜." 연우는 담담한 척 대꾸했다.

"그때…… 전 정말 선배를 이해할 수가 없었어요. 사실 지금도 완전히 이해가 가는 건 아닙니다."

"……."

연우는 어쩔 수 없이 6개월 전 그날의 기억을 떠올렸다.

장마철이었던 여름, 서울시 재개발 지구에서 부녀자 성폭행 사건이 연달아 발생했다. 피해자들은 대부분 우유 배달원으로 범인이 등에 칼을 대고 위협하는 바람에 아무도 범인의 얼굴을 목격하지 못했다. 게다가 범인이 악천후인 날에 CCTV 사각지대만 노려 범행을 저질렀기 때문에 사건은 미궁에 빠졌다. 연우는 함정수사를 건의했지만 위험하다는 이유로 여러 차례 반려되었다. 수사가 길어지면서 피해자가 계속 발생했다. 그러던 중 결국 과다 출혈로 사망한 피해자가 발생했다. 연우는 장례식장에서 피해자가 남기고 간 젖먹이 아기를 보고 더 이상 미룰 수 없단 판단이 섰다. 팀원들에게는 비밀로 부치고 단독으로 함정수사를 진행했다. 매일 새벽 우유 배달원 복장을 하고 현장을 누볐다. 점점 피로가 누적되고 체력이 고갈되었기 때문일까. 그날 새벽 연우는 안개가 자욱한 빗길을 수색하다 범인이 등 뒤에서 다가오는 기척을 놓치고 말았다. 뒷머리를 급습하는 벽돌에 맞아 쓰러졌고, 무력한 상태에서 범인에게 속수무

책으로 당할 뻔했다. 정신을 차리고 반격을 가했을 때 당황한 범인의 칼이 연우의 하복부를 깊게 파고들었다. 연우는 그 와 중에도 범인의 손목을 부여잡고 기어이 고개를 쳐들어 범인의 얼굴을 확인했다. 범인은 그런 연우의 얼굴을 주먹으로 가격한 뒤 도망쳤다. 목숨을 던진 노력 끝에 범인을 검거했다. 몽타주 를 확보했기에 가능한 일이었다.

그러나 그 사건 이후 상혁은 한마디 상의 없이 강력반을 떠 났다. 연우와 상혁은 그 전까지 3년간 한시도 떨어진 적 없는 파트너였다. 눈치가 빠른 상혁과 발이 빠른 연우는 쿵짝이 잘 맞았다. 둘이 해결한 사건 수는 기록적일 정도였다. 그랬던 상 혁이 돌연 상의도 없이 사라진 것이었다.

조용히 앉아 있던 연우가 입을 열었다. 굵은 눈발이 차창에 떨어지는 소리가 들릴 정도로 사방은 고요했다.

"그렇지만 그때 내가 그렇게 하지 않았다면 더 많은 사람이 다쳤을 거야. 나는 형사로서 당연히 해야 할 일을 했다고 생각 해." 연우가 상혁을 돌아봤다. 상혁은 연우를 보지 않은 채 무겁 게 입을 열었다.

"네, 그렇죠. 선배는 형삽니다. 그렇지만 형사이기 이전에 인 간이기도 합니다. 그때 전…… 선배가 죽는 줄 알았습니다."

"무슨 말인지 알아. 그렇지만 난 다시 그때로 돌아간다 해도 똑같은 결정을 내릴 거야."

"선배, 그렇지만요……." 상혁이 연우를 돌아보는데 갑자기 어디선가 비명이 들렸다.

"방금 뭐죠?"

"조용히 해봐." 그러나 더 이상 비명은 들리지 않았다.

"내가 나갔다 올 테니까 넌 여기에서 기다려."

"아니요, 저도 가겠습니다."

"한 사람은 차도진을 기다려야지." 연우가 단호하게 말하자 급격히 얼굴이 어두워진 상혁이 마지못해 대답했다.

"무슨 일 있으면 바로 연락하세요."

아무래도 그때의 일이 다시 떠오른 눈치였다. 그렇지만 지금 이 순간을 놓쳐선 안 된다는 본능적인 판단이 연우의 뇌리를 스쳤다. 사방은 안개가 낀 듯 자욱했다. 방금 전 고요한 어둠을 가르고 들려왔던 그 비명에서 연우는 절박함을 감지했다. 그렇지만 몰아치는 눈발 속에서 비명이 들려온 방향을 감지하기가 어려웠다. 그때, 연우를 인도하듯 한 번 더 비명이 허공에 울렸다. 연우는 곧 방향을 잡았다. 비명이 들려온 곳은 에덴 병원 본관이었다. 연우는 지체 없이 그곳으로 달렸다.

차도진

결국 다시 이곳에 왔다. 에덴 병원 폐쇄 병동. 지난 15년간 도망쳤지만 결국 또다시 원점으로 돌아왔다. 넌 여기서 벗어날 수 없어. 철문이 그렇게 말하고 있는 것 같았다. 선양 슈퍼를 지키고 있던 중년 남자는 허윤석을 만나려거든 에덴 병원의 정신병동에 가보라고 말했다. 그 사건이 허윤석을 그렇게까지 망가뜨린 것일까? 차도진은 코트 주머니에 들어 있는 협박 편지를 구겨 쥐었다. 그렇다면 에덴 병원 봉투에 협박 편지를 넣어 자신에게 보낸 자도 허윤석일까? 허윤석이 자신의 아버지도 살해한 것일까?

도진은 긴장으로 경직된 손으로 정신병동 철문 옆의 인터폰 벨을 눌렀다. 잠시 뒤 복도 깊숙이 휘돌아나온 벨소리가 멈추고 남자의 메마른 목소리가 들려왔다.

"누구시죠?"

"유민희 간호사 변호를 맡은 차도진 변호삽니다. 사건 때문에 질문할 것이 있습니다."

잠시 뒤 딸깍 소리가 나면서 통제구역의 문이 열렸다. 안으로 들어서자 쾅 소리를 내며 철문이 닫혔다.

"뭐 때문에 그러시죠?" 삼십대 초반쯤으로 보이는 푸른 간호복 차림의 남자가 도진을 향해 물었다.

"허윤석이란 환자가 여기에 입원해 있습니까?"

"그 환자가 이 사건과 무슨 관련이라도 있습니까?"

정말로 허윤석이 이곳에 입원해 있다. 그 사실을 확인하자 도진은 피가 싸늘해지는 기분이 들었다. 그렇지만 최대한 태연한 척 대답했다.

"네. 사건 조사차 그 환자에게 몇 가지 확인할 것이 있습니다."

"그 환자가 유민희 간호사 담당이긴 했었죠. 그렇다 하더라도 오늘은 안 됩니다. 이미 면회 시간이 끝났거든요. 날이 밝으면 다시 오시죠."

예상치 못한 상황에 도진은 흠칫 눈을 들어 간호사를 바라봤다. 취조실에서 잠깐 봤던 그 여자, 협박 편지에 적혀 있던 그 유민희가 허윤석의 담당 간호사라는 것이다.

"왜 그러시죠?"

"아무것도 아닙니다. 허윤석 환자를 꼭 만나야 합니다. 부탁입니다."

"돌아가시죠."

"저는 변호사이기 이전에 오늘 살해당한 원장님의 아들 차도진입니다. 확인해보시죠."

도진의 말에 이번에는 남자 간호사가 놀란 표정으로 도진을 바라봤다.

"그런데 왜 유민희 간호사의 변호를 맡으신 겁니까?"

"이해하긴 어렵겠지만 사건의 진상을 규명하기 위해 어쩔 수 없었습니다." 도진은 즉흥적으로 그럴싸한 변명을 지어냈다.

"5분 안에 끝내셔야 합니다. 규정 위반이어서요."

"알겠습니다."

"이쪽으로 오시죠."

도진은 남자 간호사를 따라 복도를 걸었다. 통제구역인 이곳에 오래전 찾아왔던 기억이 되살아났다. 도진의 등이 식은땀으로 젖었다. 그때처럼 지금도 이곳은 형무소를 연상시켰다. 조도가 낮은 불빛 아래 죽 이어진 병실마다 작은 유리창이 나 있고, 그 창마다 쇠창살이 가로막혀 있었다.

"여깁니다." 남자 간호사가 걸음을 멈춘 병실은 하필이면 사건이 발생한 509호 바로 아래 호실이었다. 도진은 409호 병실의 쇠창살 너머를 바라봤다. 희미한 약 냄새가 코끝을 스쳤다.

"허윤석 환자는 지난 새벽에 발작을 일으켜서 진정제를 맞고 있습니다."

"새벽 몇 시경이었습니까?"

"그게…… 아마 새벽 4시가 조금 지났을 때였을 겁니다."

"그렇군요."

"5분 뒤에 다시 오겠습니다."

"네, 알겠습니다."

남자 간호사가 돌아가고 난 뒤 도진은 잠시 생각을 정리했다. 허윤석은 사건이 발생한 어제 새벽 발작을 일으켰다. 이 모든 것이 짜 맞춘 것처럼 들어맞는다.

도진은 숨을 고른 뒤 조용히 병실 문을 열고 들어섰다. 실내로 들어서자 다섯 평 남짓한 병실은 불이 꺼져 있었다. 그 어둠 속에서 한 남자가 휠체어를 타고 뒤돌아 앉아 있었다. 도진의 맥박이 거세게 뛰기 시작했다. 만일에 협박범의 실체가 허윤석이라면 무슨 말부터 꺼내야 할까? 왜 그런 짓을 저질렀느냐고? 원하는 것이 뭐냐고?

"나가주세요." 허윤석은 뒤를 돌아보지 않고 말했다. 힘없이 떨리는 목소리였다.

"나야." 도진이 무겁게 입을 열자 병실은 한층 고요해진 듯했다.

잠시 뒤 허윤석은 휠체어를 돌려세웠다. 도진은 마침내 시야에 드러난 허윤석의 모습에 소스라치게 놀랐다. 허윤석은 거의 미라나 다름없었다. 머리칼이 모조리 빠진 민머리에 얼굴은 살점이 말라붙은 해골처럼 보였다. 자신을 향해 움직이는 퀭한 눈동자가 아니었다면 시체인 줄 알았을 것이다.

"차도진? 정말 너니?" 허윤석이 쉰 목소리로 속삭이듯 물었다.

"대체 어떻게 된 거야?" 도진의 입에서는 그 말부터 튀어나갔다.

허윤석은 지금 바로 죽는다 해도 전혀 이상할 것이 없어 보였다. 환자복 사이로 드러난 팔뚝과 종아리 모두 앙상하다 못해 비틀려 있는 느낌이었다. 그 죽어가는 몸을 뚫고 잔디처럼 털들만 무성히 자라 있었다. 아마도 그 몸에 수명을 잇고 있는 것은 공중에 매달린 채 끝없이 투여되고 있는 링거액인 듯싶었다. 저런 몰골이면 살인은 고사하고 협박 편지를 쓸 힘조차 없어 보였다. 도진은 혼란스러웠다. 모든 것이 허윤석을 지목하고 있었다. 그러나 정작 허윤석을 만나자 아니라는 확신이 들었다. 허윤석은 아니다. 이건 함정이다. 그렇다면 이 뒤에 누군가 숨어 있는 것일까?

그런 도진에게 힌트라도 던져주듯 허윤석이 의미심장한 말을 꺼냈다.

"정말이네. 네가 올 거라고 하더니."

"누가?" 도진이 충격받은 목소리로 물었다. 누군가 자신이 올 거라고 말했다면 그자가 바로 협박 편지를 보낸 당사자일 것이다.

허윤석은 질문엔 답하지 않고 혼자서 피식 웃으며 혼잣말을 중얼댔다. 마치 눈에 보이지 않는 누군가와 끝없이 대화라도 나누고 있는 듯 보였다.

"김민재구나. 그 자식이 여기에 와서 너한테 그렇게 말한 거지?" 도진의 목소리가 긴장감으로 굳어 있었다.

"아니. 민재는 여기에 온 적 없어." 윤석의 입가에 어렸던 웃음기가 가셨다.

"그럼 누가 너한테 그런 말을 했는데? 그 자식 말고는 그런 말을 할 사람이 없잖아?"

윤석은 이번에도 대답하지 않고 누군가의 눈치를 살피듯 허공을 흘끔대며 머뭇거렸다. 그러더니 천연덕스러운 목소리로 물었다.

"왜 없어?"

"다 죽었으니까."

윤석이 가까이 다가오라는 듯 손짓했다. 도진은 마지못해 그 앞으로 천천히 다가섰다. 그러곤 고개를 숙이자 허윤석이 도진의 귓가에 대고 속삭였다. 약물 냄새가 뒤범벅된 목소리가 도진의 귀를 간질였다.

"서현이가 그랬어. 너가 곧 여기에 올 거라고……."

"뭐라고?" 도진의 눈빛이 흔들렸다. 이서현은 분명히 15년 전에 죽었다. 이서현도 이한도 이제 이 세상에 없다.

"분명 어제 새벽에 서현이가 와서 말해줬어."

"제발 정신 차리고 다시 기억해. 서현이였을 리가 없어." 도진이 인내심의 한계를 느끼며 말했다.

"내가 똑똑히 봤는걸?"

"그럴 리가 없어. 이서현은 죽었다고!" 도진이 목에 핏대를 세웠다.

어디서 그런 힘이 솟구친 것일까? 윤석이 갑자기 자리를 박차고 일어났다.

"죽지 않았어! 서현이는 살아 있다고!" 허윤석은 비명을 지르며 링거병을 바닥에 집어던졌다. 그러곤 제 손등에 꽂혀 있는 바늘을 거칠게 잡아 뜯었다. 도진의 얼굴에 섬뜩한 핏방울이 튀었다.

"윤석아, 그만해."

윤석은 곧 졸도할 것 같은 얼굴로 숨을 헐떡이더니 바닥에 쓰러졌다. 잠시 뒤 관절 마디가 꺾이는 소리가 툭툭 울리기 시작했다. 병실 문 너머에서 간호사가 뛰어오는 소리가 들렸다. 간호사는 문을 벌컥 열고 들어오더니 이런 일에 익숙한 듯 주사기를 꺼냈다. 그러곤 앞니로 주사기 캡을 벗겨낸 뒤 허윤석의 몸에 찔러넣으려 했다. 허윤석은 다시 비명을 질러대며 몸을 뒤척여 저항하기 시작했다.

"좀 도와주시죠." 남자 간호사가 도진을 향해 소리쳤다. 도진은 주춤대며 다가섰다. 바닥에 쓰러진 채 버둥거리고 있는 허윤석의 몸을 어떻게든 붙잡았다. 허윤석이 도진을 향해 고개를 비틀어 입을 벌렸다. 그 순간 도진은 이빨이 모조리 녹아내려 컴컴한 입 구멍을 보았다.

"돌아가."

컴컴한 입 구멍에선 절박한 비명이 새어나왔다. 그러나 약물이 주사되자 허윤석의 몸이 축 늘어졌다.

잠시 뒤 간호사는 허윤석을 들어서 침대에 눕히고, 바닥의 피를 닦아냈다.

"이제 그만 돌아가시죠." 남자 간호사는 도진을 향해 돌아서더니 말했다.

"마지막으로 하나만 묻겠습니다. 혹시 어제 허윤석 환자를 면회하러 온 사람이 있습니까?"

"돌아가시죠."

"대답해주시죠. 그자가 범인일지도 모릅니다."

"변호사님, 경비를 부르겠습니다."

"아니요, 대답해주기 전까지는 돌아갈 수 없습니다."

그때였다. 병실 문이 열리고 누군가 다급히 뛰어들어왔다. 육십대 초중반쯤 되어 보이는 그 남자는 검은 정장 차림이었다.

"김 실장님이 여긴 웬일이십니까?" 간호사가 그 남자를 향해 물었다.

"정 간호사, 얼른 나가봐. 지금 여기에 경찰이 와 있어." 김 실장이란 남자가 목소리를 낮춰 말했다.

그 소리에 도진은 몸이 굳었다. 경찰들이 왜 여기에 온 것일까? 설마 자신을 찾고 있던 것일까?

"일단 김 간호사가 상대하고 있는데, 아무래도 자네가 가보는 게 좋겠어."

"네, 알겠습니다."

간호사가 다급히 뛰어나가는데 김 실장이 그를 붙잡았다.

"잠깐만 기다리게."

"왜 그러시죠?" 간호사가 뒤를 돌아보자 김 실장이 뜻밖의 말을 꺼냈다.

"여기에 차도진 변호사가 왔단 말은 절대 하지 말게. 경찰이 혹 무슨 질문을 해도 다 모른다고 답하게."

"네, 알겠습니다."

간호사가 뛰어나가고, 이제 병실에는 약 기운에 기절한 허윤석을 제외하면 김 실장과 도진만 남아 있었다. 도진은 어둠 속에서 창살 밖을 불길한 표정으로 내다보고 있는 김 실장이란 남자를 빤히 바라봤다. 그가 분명 자신의 이름을 똑똑히 언급했다.

"저를 아십니까?" 도진이 조심스럽게 질문했다.

"자네야말로 여기 왜 내려온 건가? 분명 차 원장님께서 자네에게 앞으로 다시는 선양에 내려오지 말라고 경고를 했을 텐데." 그 특유의 허스키한 목소리를 들은 도진은 대번에 그가 누군지 알아챘다. 그는 다름 아닌 김민재의 아버지, 김형근 체육관장이었다.

"아저씨가 여기에 왜 있는 겁니까?" 도진이 따지듯 소리치자 그가 고개를 돌려 조용히 하란 듯 검지를 입술에 가져다 댔다. 그러곤 김 실장은 도진에게 가까이 다가왔다. 어둠 때문에 잘 보이지 않던 그의 얼굴이 비로소 눈에 들어왔다. 눈가에 잔주름이 자글자글했지만 특유의 날카로운 눈빛은 그대로였다.

"나는 여기 에덴 병원에서 오래전부터 일하고 있었네."

"체육관은 없어졌던데요. 언제부터 여기서 일을 하신 겁니까?"

"지금 그게 중요한가?"

"네, 아주 중요한 문제입니다."

"그렇다 하더라도 지금은 설명할 시간이 없어. 못 들었나? 지금 여기 경찰이 와 있어. 비상계단으로 빠져나가. 어서."

"아니요, 말씀해주시죠. 아저씨가 왜 여기에 있는지 알아야겠습니다."

도진의 목소리가 커지자 그는 긴장된 눈빛으로 문 쪽을 돌아보더니 도진을 벽으로 밀어붙였다. 그러곤 추궁했다.

"자네가 유 간호사의 변호를 맡았다던데 사실인가? 대체 왜 지금 이런 짓을 하는 건가? 15년 전 그 일이 밝혀지기를 바라고 있는 것은 아니겠지?"

그 질문에 도진은 숨 막히는 긴장감을 느꼈다.

"협박을 받았습니다."

"누가 자네를 협박했단 말인가?"

도진은 협박 편지를 꺼내 김형근에게 내밀었다. 그것을 다급히 펼쳐 보던 그의 얼굴이 굳어졌다.

"이런 짓을 할 사람이 누구겠습니까?"

김형근의 눈빛이 심하게 흔들렸다.

"설마 지금 우리 민재가 이런 짓을 했다고 생각하는 건가?"

"그렇다면 허윤석이겠습니까?" 도진이 손끝으로 침대에 산송장처럼 늘어져 있는 허윤석을 가리키며 반문했다.

"함부로 말하지 말게. 우리 민재는 절대 아니야."

"어떻게 그렇게 확신하는 거죠?"

그 질문에 김형근이 시선을 피했다.

"뭔가 알고 계시군요?"

"민재의 짓은 아니었어."

"제가 알아듣게 얘기를 해주시죠."

"내가 현장에 갔을 때 원장님 몸이 비틀려 있었네."

"그게 무슨 말입니까?"

"그게 무슨 말인지 정말 몰라서 묻는 건가?"

도진이 잠시 머뭇대다 말했다.

"그때의 일이 모두 기억나는 건 아닙니다. 그러니 설명해주시죠. 대체 무슨 일 때문에 김민재가 이런 짓을 벌이고 있는 겁니까?"

"뭐라고? 정말로 하는 말이야?"

"네."

"그 모든 것을 다 기억하지는 못한단 말인가?" 도진이 고개를 끄덕이자 김형근의 입가가 일그러졌다.

"모두를 지옥으로 보내놓고, 본인은 기억하지 못한다니……."

"알아듣게 말씀해주시죠."

"됐네. 지금은 이것만 기억해. 우리 민재는 절대 범인이 아니야. 그러니 괜히 쓸데없는 짓거리 하지 말고 당장 서울로 돌아가게!"

"김민재가 범인이 아니란 사실을 어떻게 입증하실 겁니까?"

"아까 말하지 않았나? 원장님의 사지가 비틀려 있었다고! 설마 그것까지 잊은 건 아니겠지? 그 약 말일세. 우리 민재는 그 약이라면 질색을 해." 김형근이 도진을 똑바로 바라보며 목소리를 낮춰 발했다.

도진의 눈동자가 흔들렸다. 15년간 잊으려고 노력했던 기억들이 스멀스멀 떠오르고 있었다. 비명, 끈적이는 피비린내, 거센 바람 소리, 그리고 약병.

"그렇다면 아버지를 죽인 게 약물이란 말입니까?"

"그래. 경찰이 그 약물을 조사하기 시작하면 골치가 아파지니 신고하기 전에 위세척을 했다네."

"죽은 사람의 위세척을 했단 말입니까? 그런다고 그게 완벽히 사라지겠습니까?"

"서울에서 형사들만 내려오지 않았더라도 문제없이 넘어갈 수 있었어."

도진이 자신의 머리를 붙잡았다. 모든 것이 엉망진창이었다.

"똑똑히 들어. 우리 민재는 그 약이라면 지금도 혐오감에 치를 떨어. 그만큼 모질지가 못한 애야. 그런데 우리 민재가 그 약으로 원장님을 살해했겠나? 그건 말이 안 돼."

"저는 아저씨를 믿지 못하겠습니다. 위세척은 정말 약물이 발견될까봐 한 게 맞습니까? 그렇게까지 한 걸 보니 김민재가 살인범이란 것을 알고 있었던 것 아닙니까?"

김형근이 도진의 멱살을 잡고 충혈된 눈으로 말했다.

"그때 우리 민재가 자네 때문에 어떤 일을 했는 줄 아나? 이번엔 자네가 갚게. 우리 민재는 절대 아니야. 설사 우리 민재가 이번 일에 얽혔다 하더라도 자네는 앞으로 무조건 우리 민재를 보호해야 하네. 그래야 공정한 거야. 알겠어?"

"그게 무슨 말입니까? 민재가 절 위해서 무슨 짓을 했단 말입니까? 어쩌면 그것 때문에 저를 협박하고 있는 것일지 모릅니다. 얼른 말해주시죠."

망설이던 김형근이 입을 열려고 할 때였다.

"거긴 안 됩니다!"

그 소리와 함께 병실 문이 벌컥 열렸다. 복도에서 어두운 병실로 빛이 들어오고, 곧 여자 형사가 들어왔다.

"김형근 실장님과 차도진 변호사님이시군요. 지금 두 분이 왜 여기에 같이 계시는 겁니까? 그 이유를 제가 좀 알 수 있을까요?"

15년 전

"야, 너네 이거 만들 줄 아냐?"

김민재는 고등학교 옥상에서 후배들을 모아두고 담배 연기로 도넛 만드는 시범을 보여주는 중이었다. 진눈깨비가 날리고 있는 하늘을 배경으로 오늘따라 고심이 많아 보이는 민재를 향해 후배 한 명이 물었다.

"선배님, 근데 그 누나……하곤 이제 헤어지셨나봐요?"

민재가 입에서 도넛을 연신 뿜어대며 되물었다.

"갑자기 뭔 소리? 누굴 말하는 거야?"

"왜, 그 귀엽게 생긴 누나요." 후배가 쑥스러운 표정을 지으며 말했다.

민재는 허리를 숙여 사레들린 듯 숨넘어가는 소리를 냈다.

"아아, 이서현 말하는 건가? 그러니 내가 못 알아들었지. 걔 누나 아니야. 형이야, 형."

"네에?"

그렇지만 후배들은 호기심 가득한 눈으로 민재를 바라보고 있었다.

"그리고 나 걔랑 사귄 적 없어. 내가 남자랑 왜 사귀냐." 민재는 뻘쭘해진 얼굴로 그 후배를 비스듬히 쳐다보며 물었다.

그러자 또 다른 후배가 방금 질문했던 후배의 옆구릴 툭툭 치며 눈치를 줬다.

"야, 그 누난 잘생긴 형으로 갈아탄 지 오래야."

"그게 무슨 말이야? 잘생긴 형이라니? 우리 학교에 나보다 잘생긴 놈이 있었어?" 민재가 손끝으로 방금 전 말한 후배를 지목하며 진지하게 물었다.

그러자 후배들이 비죽비죽 웃음이 새어나오는 얼굴로 서로의 눈치만 봤다. 민재가 기합을 주듯 소리쳤다.

"이것들이. 같이 맞담배 하니까 내가 니들 친구로 보이지. 얼른 똑바로 말 안 해?"

그러자 후배들이 군기가 들어간 듯 힘준 목소리로 일제히 답했다.

"아닙니다. 김민재 선배님이 최고 잘생기셨습니다."

민재가 흡족한 얼굴로 고개를 끄덕이더니 살짝 인상을 구기며 물었다.

"근데, 아까 그 말은 뭐야? 다시 해봐."

그러자 잘생긴 형 어쩌고 떠들었던 후배가 흘긋 민재의 눈치를 살피더니 입을 열었다.

"그 누나 말이에요, 어떤 잘생긴 형이랑 손잡고 걷는 거 제가 봤어요."

그러자 옆에 있던 아이들이 열심히 고개를 끄덕였다.

"언제?"

"그게…… 한 일주일 됐나?"

"확실해?"

"네! 정말로 두 분이서 사귀는 것 같았습니다."

"그래애?" 민재의 얼굴에 의미심장한 표정이 떠올랐다.

그때 수업 종이 울렸다.

"안 가십니까? 쉬는 시간 끝났는데요."

"너네나 얼른 가. 수업 늦으면 못쓰지." 민재는 성가시단 듯 손사래를 쳐 후배들을 쫓았다. 그러자 후배들은 그물망에서 풀려난 피라미 떼처럼 옥상 문을 열고 사라졌다. 민재는 도넛 만들기에 흥미를 잃은 듯 옥상 난간에 팔을 기댄 채 운동장을 내려다보았다. 밤새 내린 눈이 전부 녹아 운동장이 진흙이 되어 있었다. 이서현과 이한. 조금도 눈치채지 못했다. 이것들이…… 우리를 감쪽같이 속였단 말이지? 만일에 며칠 전에 이 사실을 알게 되었다면 민재는 지금쯤 특종기사를 문 기자처럼 호들갑을 떨었을 것이다. 그러나 지금은 그럴 수가 없었다. 이틀 전 에덴 병원에서 그 문을 열어본 이상, 민재는 그 무엇에도 예전처럼 들뜨고 즐거워할 수가 없었다. 수업 종이 치자 운동장은 깨끗이 씻어 엎어놓은 그릇처럼 조용했다. 민재는 바닥을 향해 침을 뱉었다. 멀리 바닥에 떨어지는 침을 바라보다가 자기도 그냥 떨어지면 어떨까 하는 엉뚱한 생각이 들었다.

*

이틀 전 에덴 병원에서 험악한 남자들에게 붙들려 있다가 겨우 빠져나온 뒤 아이들은 집으로 돌아가지 못하고 병원 정문 앞을 서성였다. 아직 이한이 병원에서 나오지 않았기 때문이었다. 아무리 전화를 걸어도 연락을 받을 수 없다는 불길한 안내음만 계속 흘러나왔다. 민재는 그때 머릿속으로 별의별 생각이 다 들었다. 두 갈래의 길에서 출구와 반대 방향으로 뛰어가던 이한의 뒷모습이 눈앞에 계속 아른댔다. 그때 같이 따라갔어야 했나? 자기만 살자고 뛰쳐나온 것 같아서 민재는 몸이 떨렸다.

병원 앞을 계속 서성이던 민재는 판단이 잘 서질 않았다. 경찰에 연락하자니 일을 더 키우는 느낌이고, 그렇다고 아이들에게 말하자니 도진이 마음에 걸렸다. 도진은 아직 아무것도 몰랐다. 아니, 민재는 본능적으로 도진이 그 사실을 알면 안 된다는 생각이 들었다. 평소에 도진이 자기 아버지를 저주한다고 자주 말했지만, 아무리 그래도 도진이 진실을 알게 된다면……. 민재는 본능적으로 알 수 있었다. 도진은 감당할 수 없을 것이다. 그래서 입을 다물기로 했다. 그러나 문제는 이한이었다. 설마 아무 일 없겠지……. 설마 이한을 죽이진 않겠지? 아니, 이한은 나랑 달라. 성적 장학생을 놓치는 법이 없는 놈이잖아? 책도 무지 많이 읽고 어려운 수학 문제도 척척 설명하는 걸 보면 예사롭지 않지. 그럼 그럼, 돌아올 거야. 초조하게 발을 구르고 있던 민재는 차바퀴 소리에 뒤를 돌아봤다. 자신들을 향해 직선으로 비추는 헤드라이트 불빛 때문에 눈을 뜰 수가 없었다. 잠시 뒤 불빛이 꺼졌지만 여전히 눈앞이 희게 번져 보였다. 차 문이 열리고 누군가 내리는 소리가 들렸다.

"누구세요! 누구야! 누구!" 민재가 당황해서 소리쳤다.

"너희 지금 여기서 뭐 하고 있는 거냐!" 민재는 그 목소리가 누구의 것인지 바로 알아차렸다. 차요한 원장님, 그러니까 자신의 곁에서 막 얼어붙은 도진의 아버지였다. 민재는 흘끗 곁에 있는 도진을 봤다. 도진은 늘 아버지를 저주하고 아버지에게 욕설을 퍼부었다. 그렇지만 민재는 알고 있었다. 그건 단지 도진이 친구들과 있을 때 부리는 객기일 뿐이었다. 도진은 막상 아버지 앞에서는 지금처럼 찍소리도 못했다. 그동안 민재는 이해가 되지 않았다. 아버지가 그렇게 무섭단 말인가? 그렇게 싫으면 자기 아버지랑 바꾸면 좋겠다고 생각한 적도 있었다. 도진의 아버지는 병원장에다가 엄청난 부자 아닌가? 하지만 이제 민재는 도진이 왜 아버지를 무서워하는지 알 것 같았다. 왜냐하면 민재도 지금 차요한 원장님 앞에서 찍소리를 내지 못하고 있었으니까.

"야, 어떻게 할 거야?" 서현이 민재의 옆구리를 쿡쿡 찌르며 말했다. 민재는 그제야 정신을 차리고 도진이 차요한 원장에게 끌려가고 있는 것을 보았다. 도진은 말없이 차요한 원장의 차에 올라타다 말고 흘끗 민재를 돌아봤다. 도와달라고 말하고 있는 것 같았다.

"원장님, 잠시만요!"

차요한 원장이 차에 타려다 말고 민재를 돌아봤다.

"이한이 병원에서 아직 돌아오지 않고 있어요. 병원의 그 남자들이 이한을 죽일지도 몰라요. 도와주세요!"

"지금 그게 무슨 말이냐?"

그런데 그때 서현이 팔꿈치로 민재의 옆구리를 찔렀다.

"왜! 원장님에게 도움을 청해야지. 그 사람들이 이한을 죽일지도 모른다고!" 민재가 얼굴이 벌게져서 서현에게 소리쳤다.

어느덧 차요한 원장은 민재의 코앞까지 다가와 있었다. 민재는 뭔가 숨 막히는 긴장감을 느꼈다. 이제껏 스치듯 봤던 차 원장은 그냥 약간 무뚝뚝한 과학자 같은 느낌이었다. 그러나 지금 민재는 자신의 코앞까지 다가온 차 원장에게서 그동안 느끼지 못했던 어떤 섬뜩함을 느꼈다.

"민재야, 병원에서 뭘 본 거냐?"

뭘 봤느냐고? 민재는 순간 싸늘한 느낌을 받았다. 먼저 이한에게 무슨 일이 있느냐고 물어봐야 하는 거 아닌가?

차 원장의 눈동자가 민재를 빤히 바라보고 있었다. 민재는 속을 읽히는 느낌이 들었다.

"저기…… 그게……."

"시체를 봤어요." 서현이 말하자 순간 민재는 뜨악한 얼굴로 서현을 돌아봤다.

"그게 무슨 소리야, 이서현." 민재가 말했다.

"봤잖아, 아까 염습실에서 할아버지 시체. 이한이 구토가 난다고 뛰어갔는데, 그 뒤로 보이질 않아요. 저희는 그래서 이한을 찾고 있었어요."

서현이 그렇게 말한 뒤 민재를 향해 콧잔등을 찡긋댔다. 그건 나대지 말고 눈치껏 가만히 있으란 사인이었다. 민재는 서현이 일부러 거짓말을 하고 있단 사실을 깨달았다.

"그러니까…… 너희가 본 게 시체란 말이니?" 차 원장이 서현에게서 시선을 돌려 다시 민재를 바라보며 물었다.

"네. 이한이 정말 걱정돼요. 아직도 거기서 길을 잃고 헤매고 있을 것 같아서요."

"그렇다면 이제 걱정하지 말고 집에들 돌아가라."

"그게 무슨 말씀이세요! 저희는 이한을 찾아야 한다니까요!" 서현이 따지듯 소리쳤다.

"그 아이는 이미 집에 돌아갔다. 내가 여기로 온 게 그 아이가 너희들이 여기서 추위에 떨고 있을 거라고 알려줘서란다."

"네?" 아이들은 모두 충격으로 얼어붙었다. 뭐가 잘못된 건지 알 수가 없었다. 분명 자신들은 병원 지하에서 도망칠 때 이한을 놓고 나왔다. 그 뒤로는 쭉 이곳 병원 정문 앞에서 눈을 똑바로 뜬 채 이한을 기다리고 있었다. 특히 민재는 굉장한 혼란을 느꼈다. 이한이 무사하다니, 엄청난 안도감이 밀려들었지만 한편 이게 어떻게 된 일인지 전혀 짐작되지 않았다. 이한이 이미 집에 돌아갔다고? 게다가 원장님에게 자신들을 데리러 가달라고 부탁했다고? 그때 또 한 대의 차량이 어둠 속 경사로를 털털대며 달려오는 소리가 들렸다. 고물 차의 힘겨운 엔진 소리. 민재는 익숙한 그 소리를 알아챘다. 잠시 뒤 눈앞에 김형근 체육관 봉고차가 멈춰 섰다. '겨울방학 특강 모집'이라고 쓰인 철 지난 현수막이 강한 바람에 펄럭대는 소리가 요란했다.

"아이고, 차 원장님. 바쁘신 분인데 죄송하게 됐습니다." 김형근 체육관장은 차요한 원장을 만나자마자 90도로 허리를 숙이고 죄인처럼 읊조렸다.

"아닙니다. 쉬셔야 하는데 연락을 드려서 제가 송구합니다. 그럼 저는 이만 가보겠습니다." 차 원장이 점잖게 답했다.

"아, 그럼요." 김형근 체육관장은 후딱 달려가 차요한 원장의 차량 운전석 문을 손수 열어줬다. 민재는 쪽팔림에 고개를 숙였다. 그동안 누구 앞에서도 주눅 들지 않던 전직 국가 대표 챔피언 아버지였다. 그런 아버지가 차요한 원장 앞에선 마치 나이키 앞에 월드컵 운동화같이 느껴졌다. 자기 아버지 김형근뿐만이 아니었다. 이 동네 사람이라면 누구나 차 원장 앞에서 굽신대고 그를 우러러보기 바빴다. 그렇지만 만약 아까 자신이 본 게 진실이라면? 진실을 알게 되면 사람들의 표정이 어떻게 될지 민재는 문득 궁금해졌다.

김형근 체육관장은 꼿꼿이 선 채로 차요한 원장의 차를 배웅했다. 김형근 체육관장은 마침내 원장의 차가 사라지자 얼음땡에서 풀린 사람처럼 움직였다. 봉고차 문을 드르륵 열어놓고 멀찌감치 떨어져 있는 세 아이를 향해 소리쳤다.

"타!" 비로소 본래의 거친 모습으로 돌아온 것이다.

아이들은 낡은 봉고차에 한 명씩 올라탔다. 그러곤 덜컹대는 봉고차 안에서 숨죽인 채 창밖만 바라보고 있었다. 앙상한 나뭇가지 사이로 에덴 병원의 건물이 멀어지고 있었다.

그날 김형근 체육관 봉고차는 윤석을 슈퍼마켓 앞에 내려주고 서현을 집 근처 골목길 앞에 내려줬다. 아이들은 마주 보는 좌석에 앉아 집 앞에 도착할 때까지 서로의 눈치만 살필 뿐 아무 말도 나누지 못했다. 그때까지만 해도 민재는 곧 해만 뜨면 패거리와 만나 이야기를 나눌 수 있을 거라고 생각했다. 그동안 패거리에게 무슨 일이 생길 때마다 그랬듯이. 예전에 치킨집 사장을 혼내주기 위해 그랬던 것처럼 이번에도 패거리는 머리를 맞대고 난관을 벗어날 수 있을 거라 기대했다. 특히 이한에게 대체 무슨 일이 있었던 것인지 알게 될 거라고. 하룻밤만 지나면 민재는 체육관에서 뛰쳐나갈 준비를 하고 있었다. 그렇지만 그것은 순진한 착각이었다.

그다음 날부터 이날까지 무려 이틀 동안 아이들은 연락이 두절되었다. 민재는 그 이유를 짐작할 수 있었다. 아버지 김형근 체육관장은 아침 식사로 식은 만두를 먹고 있는 민재에게 윽박을 질렀다. 오늘부터 허락 없이 외출을 해서 그놈들을 만났다간 제 손에 죽을 거라는 요지였다. 차요한 원장. 속을 알 수 없는 도진의 아버지. 그 사람이 패거리의 부모님들을 단속한 것이 틀림없었다. 뭐라고 설득했을까. 체육관 바닥을 마대 걸레로 닦다가도, 링 위에서 마우스피스를 문 채 고객들에게 얻어터지다가도, 수건을 널다가도 민재는 멍을 때렸고, 그때마다 체육관의 전신 거울 너머에선 아버지 김형근이 그런 자신을 감시하듯 바라보고 있었다.

하지만 곧 개학이었다. 설마 패거리의 부모들이 자녀들을 학교에도 나가지 못하게 막진 않을 것이 아닌가? 그리고 제아무리 차 원장이라 할지라도 학교에서 패거리들이 만나는 것까지 감시의 손길을 뻗칠 순 없을 것이다. 그렇지만 혹시 모른다. 선양에는 차 원장의 힘이 미치지 않는 곳이 없다. 민재는 그동안한 번도 곰곰이 생각해보지 않았던 그 문제에 대해 실감하고 있었다. 그러고 보니 학교 운동장에 세워진 거대한 시계탑—개인적으로 그 쓸데없이 높고 우아한 디자인의 시계탑 때문에 학교의 으스스한 느낌이 한층 더해졌다—에도 버젓이 차요한 원장의 이름이 새겨져 있지 않은가? 게다가 도서관에도 에덴 병원기증 도서가 적어도 수백 권은 꽂혀 있었다. 심지어 컴퓨터실에놓여 있는 컴퓨터엔 모두 에덴 병원 스티커가 붙어 있었다.

그러고 마침내 개학 날이 되었다. 그토록 고대하던 개학 날이었지만 민재는 신중하게 행동하는 중이었다. 후배들은 민재가 옥상에서 하릴없이 시간을 죽인다고 생각하겠지만 그렇지않았다. 아까부터 민재는 이곳에서 운동장을 내려다보며 전략을 구상하는 중이었다.

학교에도 분명 패거리를 감시하는 눈들이 있을 것이다. 요주의 인물들이 민재의 머릿속을 스쳐지나갔다. 체육대회 날이면 차 원장과 회식을 나가는 교장과 교감은 물론, 은연중에 도진을 차별 대우 하는 학주부터 몇몇 음흉한 교사들. 당분간은 조심하는 게 좋을 것이다. 아무리 간이 배 밖으로 나왔단 말을 밥 먹듯 듣고 사는 민재였지만 이번만큼은 예삿일이 아님을 느낄 수 있었다. 패거리와 접선을 시도하기 위해 그 모든 요주의 인물을 따돌릴 만한 장소가 필요하나. 그런데 과연 그런 장소가 있긴 있나? 코딱지만 한 학교엔 어디나 차요한 원장의 끄나풀들이 우글댄다. 그 순간 민재의 머릿속에 떠오른 선생의 얼굴이 있었다. 학교에 새로 부임한 양호 선생. 대학을 갓 졸업하고 처음으로 선양고등학교에 배정받은 양호 선생은 민재가 보기에 이 세계에 적응하지 못하고 도태된 것으로 보였다. 급식실에서 선생들과 동떨어진 자리에서 밥도 혼자 먹는데다가 학생들에게조차 유령 취급을 받는 그 조용한 선생이라면 패거리가 무슨 말을 하든 신경 쓰지 않을 것이다.

"앗 뜨거!"

민재는 어느덧 손가락 틈새에서 모조리 타들어간 담배 불기에 화들짝 놀랐다. 호들갑을 떨다가 누군가 자신을 바라보고 있는 듯한 느낌에 휙 뒤를 돌아봤다. 그러나 후배들이 방금 빠져나간 철문이 바람에 끽끽대며 흔들리고 있을 뿐 그 누구도 없었다.

그날 그 장면을 목격한 이후 작고 사소한 모든 것이 무서워졌다. 어릴 때부터 지겹게 들었던 선양의 바람 소리도, 회원들이 줄넘기를 넘는 소리도 민재를 깜짝깜짝 놀라게 만들었다. 얼른 패거리를 만나고 싶었다. 특히 이한을 만나고 싶었다. 이한이라면 뭔가 대책이란 게 있을 것이다. 민재는 주머니에서 휴대폰을 꺼내 조속히 문자판을 두들기기 시작했다. 일단 이한을 먼저 만나는 게 좋을 것이다.

[양호실. 10분 뒤. 너만 몰래 와!]

*

옥상에서 내려온 민재는 복도를 슬금슬금 걷다가 이한의 교실 창문 너머를 흘끗 쳐다봤다. 맨 뒷자리에 앉아 있는 이한의 뒷모습이 눈에 들어왔다. 저 자식, 내 문자 본 거야? 그런데 앞자리 학생이 이쪽을 흘끗 쳐다봤다. 이한과 같은 반인 서현이었다. 악! 민재는 창문 밑으로 머리를 숙였다. '기집애. 눈치 하난 빨라가지고.' 민재는 일단 다른 애들 모르게 이한과만 조용히 만나고 싶었다. 그날 그 문을 열어본 이한과 자신이 이 문제를 해결해야 한다는 생각이 들었기 때문이다. 분위기상 이 일에 패거리를 깊이 끌어들이면 좋을 게 없을 것 같았다.

층계를 올라 양호실 문 앞에 도착한 민재는 손바닥에 침을 묻혀 앞머리를 납작하게 눌렀다. 뜨거운 주전자에 이마를 대고 있는 게 최고인데 지금으로선 어쩔 수 없었다. 양호실 문을 열자마자 양호 선생 서영인이 고개를 돌려 민재를 봤다. 오늘도 역시 서영인은 특유의 뿔테 안경을 쓰고 머리는 헝클어져 있었다. 그리고 두꺼운 책을 앞에 펼쳐두고 있었다.

"어디가 아파서 온 거예요?" 두꺼운 안경알 너머 흐릿한 눈동자가 민재를 향했다.

민재가 가슴팍을 쥐어뜯는 시늉을 하며 등받이 없는 둥근 의자에 털썩 주저앉았다.

"선생님, 제가 원래 위경련이 심해서요······."

"이상하네. 거긴 위장이 아닌데요?" 서영인이 어눌한 목소리로 정곡을 찔렀다.

"아······ 그러고 보니 여기가 더 아픈 거 같네요." 민재는 황급히 손을 아래로 옮기며 조심스럽게 말했다.

"흐음. 화장실은 언제 갔어요?" 서영인 선생은 아주 진지한 표정으로 말했다.

"오늘 아침, 아, 그게 아니라······ 그러고 보니까 지난주 목요일? 아니, 금요일인가?"

"여기요. 가스가 찼을 수 있어요."

민재는 양호 선생이 내민 알약과 보리차를 꿀떡 삼키고 물었다.

"좀 쉬었다 가도 좋을까요?"

선생이 양호실 안에 나란히 놓여 있는 침대를 가리키며 말했다.

"핫팩 올려줄 테니까 30분만 누워 있다가 가요."

민재는 힘겨움을 연출하기 위해 발을 교실 바닥에 질질 끌며 침대에 끙 하고 무거운 몸을 내려놓았다. 희한하게 양호실 침대에 누워 흰 천장을 바라보면 잠이 솔솔 올 것 같은 달콤한 기분이 들었다. 그렇지만 오늘은 머릿속에 고민이 많아서 잠이 올 것 같지 않았다.

서영인 선생이 다가왔다. 선생의 손엔 핫팩이 놓여 있었다.

"뜨거울 거예요."

민재는 죽어가는 표정으로 고개를 끄덕이다가 곧 이를 악물었다. 핫팩에 살갗이 찢어지는 느낌이 들었다.

"선생님, 너무 뜨거운데요? 괜찮을까요?"

선생이 민재를 바라보며 단호한 표정으로 말했다.

"참아요!"

"저…… 제가 방금 먹은 약은 뭘까요?"

민재는 의외로 건강 염려증이 있었기 때문에 선생에게 조심스럽게 물었다. 어느덧 자신의 자리로 돌아간 선생이 대수롭지 않단 듯 말하고 다시 책에 집중하기 시작했다.

"변비약이에요."

"아, 그렇군요. 감사합니다."

　잠시 뒤 조심스러운 노크 소리와 함께 드르륵 문이 열렸다. 그리고 며칠 만에 보는 이한이 모습을 드러냈다. 민재는 흘끗 한쪽 눈을 떠 이한을 봤다. 못 본 사이 이한의 얼굴이 더 해쓱해진 것 같았다.

　"어디가 아파요?" 서영인 선생의 목소리에 이번엔 진심이 느껴졌다. 민재가 봐도 이한은 정말 아파 보였다.

　"선생님, 눈앞이 잘 보이질 않습니다." 이한은 눈 하나 깜짝 않고 진지하게 말했다. 하도 진지해서 민재까지 하마터면 속을 뻔했다. 설마 그날 눈이 어떻게 된 건 아니겠지?

　"어머! 그런데 여기까진 어떻게 왔죠?"

　"제가…… 감이 좋은 편입니다."

　"정말 좋은 편이네요. 그나저나 안과에 가봐야 할 것 같은데?"

　"너무 걱정 마시죠. 제가 병원에 가서 진단을 받았는데 스트레스성이라고 하더라고요. 눈엔 아무런 문제가 없다고 했어요. 다만 이런 증세가 일어날 땐 잠시 안정을 취하라고 했습니다."

　"어서 침대에 누워요."

　"감사합니다."

민재는 이한을 설마 하는 눈빛으로 돌아봤다. 이한은 정말 앞이 보이지 않는 사람처럼 침대를 더듬었다. 그러곤 느리게 침대 위로 올라가 누웠는데 그 모습이 장난 같지 않았다. 설마…… 이한…… 그날 정말로 눈을 다친 것일까? 차마 민재는 서영인 선생 앞에서 대놓고 물어볼 수가 없어서 갑갑해 미칠 지경이었다. 심장 뛰는 것이 느껴졌다. 심장이 어디에 있는지 알 것 같았다. 서영인 선생이 멀어지자마자 민재는 이한을 돌아봤다. 잠시 뒤 이한이 민재를 돌아보며 한쪽 눈으로 윙크를 날렸다.

"아, 미친……." 민재가 자기도 모르게 욕설을 내뱉자 서영인이 가다 말고 뒤를 돌아봤다.

"학생, 방금 뭐라 했어요?"

"아니, 아니요. 핫팩 올려놓으니까 미치게 좋네요. 하하. 너무 따뜻해요. 그런데요, 선생님, 옆에 이 학생은 핫팩을 올리지 않아도 될까요?"

"아. 학생도 하나 올려줄까?

"아닙니다, 선생님. 과도한 열기는 지금 제게 도움이 되지 않을 것 같은데요."

"아, 그래요. 그럼 내가 보리차 한 잔 줄게요."

곧 이한은 선생이 내민 보리차를 마신 뒤 민재를 향해 승리의 브이 자를 그렸다.

"그럼 난 일 좀 보고 올 테니까 학생들은 푹 쉬어요." 잠시 뒤 서영인은 두꺼운 책을 챙겨 양호실 문 밖으로 살금살금 걸어나 갔다. 민재는 곧장 큰 소리로 방구를 뀌었다.

"더러운 자식."

이한이 손사래를 치며 자리에서 벌떡 일어나더니 침대에서 내려왔다. 그러곤 창문을 활짝 열고 밖을 내다봤다.

"저기요, 잘 안 보인다 하지 않으셨어요? 풍경이 어떤가요? 앞이 아주 잘 보이시는 것 같네요."

"그쪽은 이제 방구가 나왔으니 그만 퇴원하시죠." 이한이 맞 장구를 치고 성가시단 듯 말했다. "그나저나 왜 부른 거야? 나 수업 들어야 해. 너랑 이러고 노닥거릴 시간 없다고."

"야! 너 그걸 말이라고 해? 내가 널 여기로 왜 불렀는지 진짜 몰라서 그러는 거야?" 민재는 그동안 쌓였던 서러운 감정이 폭 발했다. 지난 이틀 동안 이한을 만나기만을 기다렸다. 그날 병 원에서 헤어진 뒤 민재는 자기가 이한을 내버려두고 도망쳤다 는 죄의식에 태어나 처음으로 후회와 반성으로 가득한 시간을 보냈다. 그런데 지금 이한은 마치 그동안 아무 일도 없었다는 듯 수업 얘기나 하고 있는 게 아닌가.

"야, 너 얼른 말해봐. 그날 어떻게 집에 우리보다 먼저 갔던 거야? 차요한 원장이 그날 우리를 데리러 와서 너가 우리한테 가보라고 했다는데 얼마나 식겁했는지 알아?" 그러나 민재가 쏟아내는 질문에 이한은 대답 대신 엉뚱한 말을 했다.

"참 대단하지?"

"그게 갑자기 뭔 헛소리야?" 민재는 핫팩을 집어던지고 침대에서 벌떡 일어났다. 그러곤 이한이 바라보고 있는 쪽을 쳐다봤다. 거기엔 우뚝 솟은 시계탑이 보였다. 시계탑의 그림자가 운동장을 가로지르고 있었다. 오늘따라 민재의 눈에 그 시계탑이 더 우람하고 웅장해 보였다.

"야, 너 왜 나한테 아무 말도 안 하는 거야? 그날 분명히 너도 봤잖아. 그런데 왜 아무 일 없었던 것처럼 구는 거냐고?"

"그냥. 조용히 하자. 우리만 입 다물면 아무도 안 다쳐."

"그게 무슨 소리야? 이한! 너 차요한 원장한테 협박당한 거구나! 그렇지?"

그때였다. 교실 문이 거칠게 열렸다. 눈앞에 나타난 얼굴을 보고 민재도 이한도 얼어붙었다.

"야, 김민재! 이한! 너네 둘이 나만 빼놓고 지금 뭐 하는 거야?"

"야, 이서현, 넌 어떻게 알고 여길 온 거야?" 민재가 골치 아프게 되었단 듯 인상을 찌푸렸다.

그러나 서현은 자신이 보러 온 것은 민재가 아니라 이한이란 듯 쿵쾅대는 걸음으로 이한 앞에 멈춰 섰다. 그러곤 이한에게 매몰차게 따졌다.

"야! 넌 갑자기 왜 내 연락 다 씹는 건데? 내가 너 만나러 도진이네 집 앞까지 몇 번을 찾아간 줄 알아? 그때마다 너 왜 없는 척했어? 너 있는 거 다 알고 있었다고!"

민재는 서현이 그렇게 서러워하는 모습을 처음 봤다. 갑자기 후배들이 했던 말이 떠올랐다. 서현과 잘생긴 형이 손을 잡고 걸어가고 있었다던…… 서현은 정말 이한을 좋아하게 되었구나. 그런 엉뚱한 깨달음을 얻었을 때였다.

서현이 여전히 아무 대꾸도 없이 얼어붙어 있는 이한의 팔뚝을 붙잡고 흔들었다.

"말 좀 해봐!" 그때, 이제껏 입을 꾹 다물고 있던 이한이 고통스러운 신음을 냈다.

"윽!"

"뭐야? 너 왜 그래?" 민재가 놀라 묻자 이한이 본능적으로 뒤로 물러났다. 그러나 서현은 눈치가 백 단이었다. 서현은 뭔가 눈치채고 소리쳤다.

"야! 너 셔츠 벗어봐!" 서현이 명령하듯 낮은 목소리로 말했다.

"야, 이서현, 너 갑자기 왜 이래." 민재가 주위를 두리번대며 낯뜨겁다는 듯 말했다.

"이서현, 그만해. 별거 아니야." 이한이 변명하듯 말하자 서현이 소리쳤다.

"야! 너 날 속일 수 있을 거라고 생각해?" 서현이 이번엔 입술을 앙 물고 이한의 교복 셔츠를 손목부터 강제로 걷어올리기 시작했다. 곧 바깥으로 드러난 이한의 맨살에 푸르고 붉게 번진 피멍을 보고 민재는 입을 다물지 못했다.

"세상에!" 민재가 중얼거렸다. 이번에는 민재가 가만히 있기 어려웠다. 잠시 뒤엔 민재가 강제로 이한의 옷을 벗겼다. 이번에는 이한도 저항하지 않고 가만히 서 있었다. 어느덧 민재의 얼굴에 웃음기 따위는 싹 가셔 있었다. 민재의 표정이 서서히 일그러졌다. 서현의 얼굴도 싸늘해졌다.

"누가 이랬냐? 그때 그놈들이지? 병원에서 우리 따라왔던 그 새끼들. 그 새끼들이 널 이렇게 만든 거야?" 민재가 분노한 목소리로 낮게 뇌까렸다. 당장이라도 뛰어가서 주먹으로 팰 기세였다.

이한은 입을 꾹 다물고 있었다.

"야, 이한. 너가 말 안하면 내가 직접 에덴 병원에 찾아갈 거야." 서현도 앙칼진 목소리로 몰아붙였다.

하지만 그다음 이한의 답에 아이들은 모두 입을 다물고 말았다.

"우리 아버지야. 아버지한테 맞은 거라고. 그러니까 이제 다들 그만 좀 해."

"뭐? 그게 정말이야?"

민재와 서현 모두 믿기지 않는다는 표정이었다. 이한의 아버지라면…… 늘 말없이 차요한 원장의 정원을 가꾸고 궂은일을 마다하지 않는 조용하고 온화한 분이었다. 민재나 서현이 놀러 오면 말없이 과일을 깎아 내주는 다정한 어른이었다. 민재는 믿기지 않았다. 그런 자상한 분이 이한을 저 지경으로 만들었단 말인가?

이한은 주섬주섬 옷을 챙겨 입었다. 셔츠 단추를 모두 채울 때까지 민재와 서현은 그 모습을 멍하니 바라볼 뿐 한마디도 하지 못하고 있었다. 이한이 옷을 다 챙겨 입더니 민재와 서현을 돌아보며 진지하게 말했다.

"너희 잘 들어. 그날 우린 거기서 아무것도 못 본 거야. 그리고 아무 일도 없었던 거야. 알았어?"

민재는 심각해진 얼굴로 고개를 숙이고 있었다. 이게 다 자기 잘못인 것 같았다. 그날 자신이 에덴 병원에 가자고 나대지만 않았어도…… 이 모든 일은 일어나지 않았을 것이다.

"그 전에 뭘 봤는지 얘기부터 해줘야 하는 거 아니야?" 서현이 민재와 이한을 돌아보며 물었다.

"야, 이서현! 넌 부모님이 안 계셔서 모르겠지만……" 이한이 말을 하다 멈칫했다.

"괜찮아, 그런 부모 따위는 없는 게 나으니까." 서현이 태연하게 말했다.

"미안하다." 이한이 사과하고 다시 말을 이었다. "어쨌든 내가 하고 싶은 말은, 우리가 여기서 입을 다물지 않으면 우리 부모님들까지 다 곤란해진다는 거야. 민재 아버지도, 그리고 윤석이 어머니도 말이야. 내가 할 수 있는 말은 여기까지야. 우린 그날 거기에 가지 않았던 거야, 알겠어?" 이한의 목소리는 무서웠다.

"정말 뭔가 있긴 있는 거구나." 서현이 중얼거렸다.

"걱정하지 마. 내가 다 해결할게." 민재가 분노한 목소리로 말했다.

"야! 김민재! 아직도 못 알아들어? 이제 그만 좀 하라고. 더 하면 다쳐!"

민재와 서현 모두 입을 다물었다.

"그럼 난 이만 간다. 수업 들어야 해." 이한은 등을 돌리고 문쪽으로 걸어갔다. 이한의 뒷모습은 뭔가로부터 쫓기는 사람처럼 보였다. 그렇지만 양호실 문을 벌컥 열어젖힌 이한은 순간 뭔가를 보고 소스라치며 소리쳤다.

"야, 차도진. 너 여기 언제부터 있었던 거야?" 이한을 비롯해서 민재와 서현 모두 놀라서 굳어버렸다. 도진의 눈동자가 새빨개져 있었다. 도진은 양호실 문 너머에서 아이들의 말을 전부 엿들은 것 같았다.

"너희가 못 하면 내가 하면 돼." 도진이 떨리는 목소리로 말했다.

"그게 무슨 말이야?" 이한이 염려되는 목소리로 물었다.

"무슨 말이긴. 네가 제일 잘 알 거 아니야. 병신같이 처맞기나 하더니……." 도진은 그렇게 말하고 돌아섰다.

"도진아!" 이한은 도진을 따라 뛰어갔다. 양호실에 남은 서현과 민재는 할 말을 잃고 제자리에 붙박여 있었다. 잠시 뒤 민재가 한마디를 중얼거렸다.

"일 났다."

하지만 그때까지만 해도 민재는 곧 얼마나 큰 위기가 닥칠지 상상조차 하지 못하고 있었다. 다만 막연하게 이번에도 넘어갈 수 있을 거라고 생각했다. 잠에서 깨어나면 기억도 나지 않는 악몽처럼 지나갈 거라고. 이제껏 패거리는 무슨 일이 있어도 함께 모든 것을 극복해왔으니까. 이번에도 그럴 수 있을 거라고 민재는 굳게 믿고 있었다.

3부

정연우

"차도진 변호사 따라가. 절대 놓치면 안 돼!" 병원에서 급히 빠져나온 연우가 차에 올라타자마자 상혁에게 소리쳤다.

"그런데 차도진이 왜 병원에서 나오는 겁니까?"

"일단 얼른 출발해!"

"네, 알겠습니다."

상혁은 급히 시동을 걸고 차를 출발시켰다. 에덴 병원 정문을 나서자 구불대며 이어지는 산길이 눈에 뒤덮여 미끄러웠다. 산을 벗어나자 양 갈래 길이 나왔다. 연우는 우측 방면으로 멀어져가는 희미한 불빛을 발견했다.

"저쪽이야!"

상혁은 우측으로 핸들을 꺾고 차도진이 탄 차를 뒤쫓기 시작했다.

"차도진을 어디서 만난 겁니까?"

"비명이 난 곳을 찾다가 정신병동에 들어가봤는데, 간호사 태도가 미심쩍더라고. 밀고 들어갔지. 거기에 차도진이 있었어."

"그 4층 통제구역 말이죠? 차도진이 거긴 왜 갔을까요?"

"나도 그것까진 몰라. 어쨌든 중요한 사실은 거기서 차도진과 김형근 실장이 만나고 있었다는 거야."

"그 김형근 실장 말입니까? 그런데 왜 그냥 보낸 겁니까? 그 자리에서 신문이라도 해보시죠."

"무슨 증거로. 혐의가 없잖아. 왜 15년 만에 내려왔느냐고? 일단 미행이나 해."

"하, 답답하네요."

잠시 동안 차도진의 차를 쫓느라 운전에만 집중하고 있던 상혁이 뭔가 생각난 듯 조심스럽게 입을 열었다.

"사실은 저도 기다리던 중에 좀 이상한 걸 봤습니다."

"뭔데?"

"곽 서장님하고 심 팀장님 말입니다. 장례식장에서 나와서 흡연 구역에서 담배를 태우더라고요. 처음엔 차에서 내려 인사할까 하다가 분위기가 심상치 않아서 가만히 있었습니다. 그런데 깜짝 놀랐지 뭡니까?"

"왜?"

"서장님이 심 팀장님 뺨을 여러 번 후려치더라고요."

"뭐? 그게 사실이야?"

"네, 정말입니다."

"새로 부임한 서장이 다짜고짜 뺨을 후려쳤다? 심 팀장은 어떻게 했어?"

"뭐라 말하는 것 같았는데 멀어서 잘 안 들렸습니다. 그러다 갑자기 택시가 왔고 서장님은 그 택시를 타고 가버렸습니다. 제 느낌으론 서장님이 어딘가 쫓기는 사람처럼 보였습니다. 제가 오버하는 걸까요?"

"아니. 곽철호 서장, 나도 아까부터 이상했어. 하는 짓이 너무 수상하잖아."

그러나 연우는 더 이상 그 문제에 집중할 수가 없었다. 차도진의 차가 갑자기 속도를 높였기 때문이다.

"미행하는 걸 눈치챘나본데요?"

"더 밟아. 절대 놓쳐선 안 돼."

그런데 커브 길을 돌자마자 상혁은 급브레이크를 밟았다. 수많은 차량이 신호 대기에 걸려 멈춰 서 있었다.

"빌어먹을." 연우가 거칠게 내뱉었다.

"차도진은 이쪽 지리를 잘 아니까, 우리를 이쯤에서 따돌리려고 애초에 작심을 한 것 같습니다. 이제 어떡하죠?"

그때 연우는 공중에 매달린 채 흔들리고 있는 표지판을 보았다. 그 표지판에는 좌측으로 구부러지는 화살표와 함께 '항구 5km'라고 새겨져 있었다.

"저쪽으로 가보자." 연우가 도박을 걸듯 말했다.

상혁이 고개를 끄덕이곤 항구 쪽으로 핸들을 꺾었다. 연우와 상혁은 침묵 속에서 한참을 달렸다. 그러나 여전히 차도진의 차량은 나타나지 않고 있었다. 그렇게 10분쯤 달렸을까. 창문 틈새로 바다의 짠 내가 밀려들었다. 외길이 끝나고 어느덧 복잡한 골목길로 들어가자 상혁은 차의 속도를 줄였다. 연우는 주변의 어둠을 예리하게 훑었다. 거세게 펄럭이는 천막과 낡은 수산물 점포들이 눈에 들어올 뿐 차도진의 차는 어디에도 보이지 않았다. 오래전 문을 닫은 것 같은 여관이 초입에 버티고 있는 골목길과 창고들이 연이어 늘어선 골목길까지 한참을 샅샅이 뒤지고 다녔지만 끝내 차도진을 찾지 못했다. 연우와 상혁은 차에서 내려 이번에는 불을 켜고 있는 몇몇 점포를 찾아다니며 차도진을 목격한 사람이 없는지 확인했다. 그러나 그 모든 일은 허사였다.

먹구름이 가득한 하늘에선 눈발이 쏟아지고, 거친 파도가 몸을 뒤척대는 소리가 귀를 때렸다. 방죽에 밧줄로 매여 있는 고깃배들은 서로 뱃머리를 부대끼며 끼익끼익 위태로운 비명을 내질렀다. 허공엔 깃발들이 곧 찢어질 듯 나부끼고 있었다.

연우는 왠지 모르게 무슨 일이 터질 것만 같은 불길한 예감에 사로잡혔다. 그런 연우를 돌아보며 상혁이 말했다.

"완전히 당했네요. 차도진한테."

차도진

다급히 병원에서 빠져나온 도진은 주차장을 뒤덮은 어둠을 둘러봤다. 사방에서 휘몰아치는 바람 소리. 그 너머 어딘가에서 김민재가 자신을 지켜보고 있을 것만 같았다.

네가 올 거라고 하더니.

거센 바람에 나무들이 몸을 뒤척이는 소리가 그렇게 말하고 있는 것만 같았다. 허윤석과 김형근 실장을 만나고 나니 모든 것이 분명해졌다. 이 범행을 계획하고 실행한 것은 김민재다. 김형근이 말하지 못한 것이 무엇일까? 그 타이밍에 여자 형사가 끼어들지만 않았어도 지금쯤 김민재가 왜 이런 짓을 벌이는지 더 많은 정보를 캐낼 수 있었을 것이다. 그러나 여자 형사는 결국 여기까지 냄새를 맡고 따라왔다. 대체 어디까지 알아낸 것일까? 형사들이 김민재의 꼬리를 밟은 것일까? 일단은 여기를 벗어나야 한다.

도진은 차를 몰고 병원에서 멀어지자 휴대폰을 꺼냈다. 15년 전 그 사건이 어떻게 처리되었는지 확인해야 한다. 도진은 습관적으로 박 사무장에게 연락을 하려다 멈추었다. 이런 일은 박 사무장이 전문으로 하는 일이다. 그러나 오늘 아침 염려가 가득해 보이던 박 사무장의 얼굴이 떠올랐다. 다짜고짜 15년 전 선양에서 발생했던 사건의 내막을 조사해달라고 하면 박 사무장이 무슨 생각을 할까? 고민하던 그때 휴대폰 진동이 느껴졌다. 휴대폰 액정을 확인한 그는 하마터면 브레이크를 밟을 뻔했다. 문자를 보낸 자는 뜻밖의 인물이었다.

[발신자 표시 제한]

나를 기억할지 모르겠군. 곽철호 서장이네. 자네가 이곳에 내려왔다 하더군. 오늘 밤 우리끼리 만나 조용히 대화를 나눌 필요가 있지 않겠나? 미행을 조심하게.

곽철호,라는 이름을 보자마자 잊고 있던 기억이 빠르게 뇌리를 스쳤다. 입을 벌릴 때마다 맡아지던 담배 냄새와 의뭉스러운 웃음소리 같은 것들. 그리고 그자의 뺨에서 꿈틀대던 지네 모양의 흉터까지. 그자가 여전히 선양 경찰서에 있단 말인가? 이젠 서장씩이나 되어 있단 말인가? 그런 인간이? 그런데 왜 나한테 연락을 한 것일까? 이것은 함정일지도 모른다. 곽철호는 믿을 수 없는 인간이다. 앞에선 같은 편인 듯 악수를 하지만 그 악수엔 아무런 진심이 없다. 목적을 위해 가차 없이 자신을 기만했던 그 웃음기 어린 얼굴, 그 끈적이는 목소리가 지금도 몸을 떨게 만들었다. 다른 기억들은 희미했지만, 꿈틀대던 뺨의 흉터는 생생하게 기억났다.

아니다. 도진은 머리를 흔들고 이성적으로 생각을 정리하기 시작했다. 그래, 그는 이제 일개 형사가 아니라 서장이 되었다. 곽철호도 15년 전 사건이 밝혀지는 것을 바라지는 않을 것이다. 그러므로 곽철호는 절대 자신을 다치게 할 수 없다. 도진이 입을 열면 곤란해지는 것은 도진만이 아니다. 곽철호도 무사하지 못할 것이다. 곽철호도 15년 전 사건이 드러나는 것을 전력으로 막으려 할 것이다. 도진은 그제야 이성이 돌아오는 기분이 들었다. 냉정하게 다시 계산하니 이것은 함정이 아니다. 오히려 구원의 손길인 것이다. 곽철호 서장은 자신과 손을 잡을 수밖에 없다. 그와 손을 잡으면, 선양 경찰서가 손아귀에 들어오는 것이다. 그렇게 되면 김민재가 체포되더라도 걱정할 것이 없다. 곽철호가 알아서 김민재의 입을 틀어막을 테니까.

도진은 곽철호가 문자와 함께 보낸 지도를 다시 확인했다. 왜 이곳에서 보자고 하는지 알 것 같았다. 곽철호는 사람들의 시선을 의식해 선양에서 인적이 가장 드문 곳으로 자신을 부른

것이다. 도진은 목적지를 향해 차를 유턴하려다 말고 백미러를
확인했다. *미행을 조심하게.* 안개를 뚫고 이쪽을 향하고 있는
희미한 불빛이 보였다. 형사들일까? 병원에서 만났던 그 여자
형사. 그 여자가 끈질기게 자신을 따라붙고 있었다. 곽철호를
만나는 현장에 그 집요한 여자 형사를 달고 갈 순 없다. 그렇게
되면 곽철호도 자신도 끝장이다. 도진은 일단 아무것도 눈치채
지 못한 척 속도를 유지했다. 잠시 뒤 커브를 돌아 항구로 향할
것이다. 항구는 골목이 많아 복잡하다. 그곳이라면 미행을 완
벽히 따돌릴 자신이 있었다.

*

　형사들을 따돌리고 차를 몰아 도착한 곳은 폐광산이었다. 예
전에는 검은 금이 난다는 금산이었지만 이제는 가로등에 불빛
조차 들어오지 않는 폐허나 다름없는 곳. 곽철호 서장과 단둘
이 사람들의 눈을 피해 모의를 하기에 매우 적절한 장소란 생
각이 들었다. 30년 전 철수한 탄광 회사의 이름이 희미하게 남
아 있는 묵직한 철 간판이 삐걱대는 소리를 내며 공중에서 흔
들렸다.
　금산 초입을 지난 뒤부터는 암흑과 다름없었다. 헤드라이트
불빛에 드러난 비포장도로에는 여기저기 불법 투기된 산업용

폐기물들이 쌓여 있었다. 도진은 그것들을 피해 차를 몰아 금산을 올랐다. 산을 굽이돌며 깔려 있는 이 길로 옛날에는 화물트럭들이 갱도에서부터 수 톤의 석탄을 실어 날랐을 것이다. 그러나 지금은 말 그대로 버려진 길이다. 부서진 아스팔트 틈새로 뻗어나온 굵은 뿌리에 차체가 수시로 덜컹였다.

비로소 눈앞에 거대하고 컴컴한 동굴의 윤곽이 나타났다. 곽철호 서장과의 약속 장소에 도착한 것이다. 차에서 내리자 습하고 기분 나쁜 바람이 불어왔다. 터널 앞으로 다가가 휴대폰 불빛을 비췄지만 내부의 깊은 어둠을 밝히기엔 턱없이 빈약했다. 잠시 뒤 도진은 그 안으로 걸어 들어가 완전한 어둠 속에 삼켜졌다.

바람 소리는 잦아들었다. 어디선가 물방울이 똑똑 바닥에 떨어지는 소리가 선명하게 들려왔다. 도진이 불빛을 비추자 어둠이 품고 있던 스산한 광경이 희미하게 드러났다. 사람들이 떠난 지 오래된 갱도의 내부엔 온통 거미줄이 늘어져 있었다. 철제 선반 위에 녹이 슨 채 굳어버린 듯 보이는 수십 개의 안전모도, 동굴 벽에 새겨진 '폐업 타도'와 같은 시위의 흔적들도 모두 거미줄에 삼켜져 있었다. 조금 더 갱도 안쪽으로 걸음을 옮기며 주변을 살피던 도진은 걸음을 멈췄다.

'방금 전에 본 게 뭐지?'

도진은 무심코 지나쳤던 곳에 다시 핸드폰 불빛을 비췄다.

도진은 숨을 삼키고 그것을 다시 보았다. 그것은 뒤로 꺾여 있는 사람의 발목이었다. 도진은 불빛을 조금 움직였다. 골반, 비틀린 어깨, 반쯤 꺾인 목이 순차적으로 시야에 들어왔다. 마지막으로 얼굴이 보였다.

네가 원장님 아들이지?

그때 여자는 어린 도진을 향해 상냥하게 웃었었지만 이상한 곳에 초점을 맞추고 있었다. 사시 눈을 가진 그녀는 분명 에덴병원 최명희 간호사였다. 그런데 왜 이 여자가 여기에 있는 거지? 도진의 뇌는 그런 갑작스러운 정보를 받아들이지 못했다. 그저 눈앞의 여자가 죽은 뒤에야 눈에 초점이 맞게 되었구나 하는 이상한 생각밖에는 들지 않았다.

자신도 모르게 뒷걸음을 치던 도진은 뭔가를 밟고 소스라치게 놀랐다. 돌아서자 그곳에도 또 다른 시신이 있었다. 그 시신역시 몹시 기괴한 형태로 죽어 있었다. 두 팔을 괴상하게 뒤로 뻗은 채 쓰러져 있었다. 도진은 처음엔 그 얼굴을 알아보지 못했다. 그러나 시신이 입고 있는 경찰 정복 때문에 그가 누군지 알아차렸다. 동굴 천장 쪽으로 괴로운 듯 입을 벌리고 땅을 향해 두 눈동자가 쏠려 있는 그 얼굴을 찬찬히 들여다보던 도진은 참았던 숨을 내뱉었다. 그 얼굴은 분명…… 곽철호 서장이었다.

똑, 똑, 똑.

그제야 아까부터 들려왔던 맑은 물방울 소리가 무엇이었는지 깨달았다. 고개를 뒤로 꺾은 채 죽어 있는 곽철호의 목덜미엔 칼에 찔린 듯 깊은 자상이 벌어져 있었다. 그곳에서 흘러내린 뜨거운 핏방울이 바닥에 떨어지고 있었다. 벌어진 컴컴한 입에선 지금이라도 끈적이는 목소리가 들려올 것만 같았다. 그러나 곽철호 서장은 이미 죽은 뒤였다.

대체 곽철호 서장이 왜 여기서 죽어 있지? 저 간호사는 왜 여기서 같이 죽어 있지? 도진의 머릿속이 혼란과 공포로 뒤엉켰다.

곽철호 서장이네. 오늘 밤 우리끼리 만나 조용히 대화를 나눌 필요가 있지 않겠나? 미행을 조심하게.

자신을 이곳으로 부른 것은 곽철호 서장이 아니었나? 문자는 발신자 표시 제한으로 왔었다. 도진은 곽철호가 나중을 위해 번호를 감춘 것이라 생각했었다. 그러나 지금 생각하니 그것이 아니다.

범인이다. 범인이 이곳으로 간호사와 곽철호 서장 그리고 자신을 부른 것이다. 왜? 한곳에 몰아넣고 처리하기 위해서! 생각이 거기까지 이르자 도진은 등골이 오싹해졌다. 공포로 인해 목구멍이 조여들고 피가 싸늘히 식어가는 기분이 들었다. 온몸의 감각이 곤두섰다.

똑, 똑, 똑.

핏방울 소리가 매우 크게 들렸다. 그 소리가 자신을 향해 달려오는 발자국 소리로 들렸다. 도진은 휴대폰을 칼처럼 손에 쥐고 눈앞의 어둠을 향해 휘둘렀다. 그러나 뭔가에 발목이 걸려 앞으로 엎어지고 말았다. 휴대폰은 하필이면 죽어 있는 곽철호 서장 앞으로 떨어졌다. 도진은 무릎걸음으로 그 앞까지 걸어갔다. 휴대폰을 줍자마자 자리에서 일어나 달아나려던 도진은 문득 뭔가에 사로잡힌 듯 곽철호 서장의 얼굴을 향해 불빛을 비췄다. 그러자 그동안 충격에 사로잡혀 보지 못했던 것이 눈에 들어왔다. 곽철호의 벌어진 입 안에 뭔가 들어 있었다. 저게 뭐지? 이상한 직감에 이끌려 그 앞으로 다가갔다. 죽은 곽철호의 입안에 손가락을 밀어넣었다. 온몸에 소름이 돋았다. 그러나 이를 악물고 그것을 끄집어냈다. 끈끈한 침과 피에 젖어 있는 그것은 다름 아닌 쪽지였다. 쪽지를 펼쳐 본 도진은 흠칫 몸을 떨었다. 그것은 자신에게 날아든 두 번째 협박 편지였다.

이들은 왜 죽어야만 했을까? 알고 싶다면 오늘 자정, 그곳으로.

15년 전

깊은 밤 도진은 패거리도 없이 에덴 병원 주차장에 몸을 숨기고 있었다. 아버지 차요한 원장이 감추려 하는 비밀이 무엇인지 두 눈으로 똑똑히 확인할 것이다. 도진은 병원 건물로 들어가려다 잽싸게 기둥 뒤에 몸을 감췄다. 이 늦은 시각에 봉고차 한 대가 병원 입구 앞에 멈춰 섰다. 차 문이 열리더니 열댓 명의 사람이 내렸다. 간호사는 병원 정문에서 그들의 신원을 일일이 확인한 다음에야 그들이 병원 안으로 입장하도록 허락했다.

도진은 야광으로 빛나는 전자시계를 흘끗 확인했다. 새벽 1시였다. 선양에 오래전부터 떠도는 괴이한 루머가 있었다. 에덴 병원 근방에 살고 있는 주민들은 새벽마다 잠결에 병원에서부터 들려오는 괴성 때문에 잠을 설친다고 했다. 도진은 일부러 이 시간을 기다렸다가 병원에 잠입한 것이다. 그런데 이렇게 수상쩍은 움직임이라니! 도진은 간호사들이 눈치채지 못하게 적당한 거리를 유지하며 그들을 따라갔다.

오늘 밤 도진은 아버지 차요한 원장이 집에 오기만을 기다렸다. 아버지는 매우 규칙적인 생활을 반복하고 있기 때문에 계획을 세우는 것은 어렵지 않았다. 평소와 다름없이 아버지는 자정이 되자 귀가했고, 날마다 그렇듯 이한의 아버지 이씨 아저씨가 목욕물을 받아놓은 욕실로 들어갔다. 아버지는 15분 동안 목욕을 할 것이었다. 병원에서 묻은 온갖 피와 오물을 닦고 나오려는 듯이. 도진은 그 시간을 노려서 아버지의 코트 안주머니에서 열쇠를 훔쳤다. 평소 아버지가 병원에 출근할 때면 열쇠가 찰랑대는 소리가 들렸다. 도진은 그 열쇠가 필요할지 모른다는 생각으로 챙겨서 집을 나왔다.

그것은 신의 한 수였다. 간호사는 모든 사람이 4층 통제구역 안으로 들어가자 출입구를 걸어 잠갔다. 그렇지만 도진은 당황하지 않았다. 집에서 가져온 열쇠가 있었으니까. 도진은 3층으로 내려가 비상구를 열고 4층으로 올라갔다. 열쇠에 무언가 표시되어 있었지만 도진은 알아보기 어려웠다. 수많은 열쇠를 하나씩 열쇠 구멍에 꽂아보던 도진은 딸깍 소리에 속으로 쾌재를 불렀다. 살면서 이토록 긴장되고 설레는 순간은 없었던 것 같았다. 자신의 힘으로 아버지를 무너뜨릴 수 있는 기회가 오기만을 바랐다. 그 기회가 생각보다 빨리 온 것 같았다. 오늘 양호실 문 앞에서 도진은 아이들이 하는 모든 이야기를 엿들었다. 패거리는 두려워하고 있었다. 심지어 이한조차 현실을 납득하고 아무것도 하지 말라고 소리쳤다.

도진은 어릴 때부터 알고 있었다. 차요한 원장이 가면을 쓰고 있단 사실을. 그 가면을 벗기면 드러나게 될 추악한 민낯을 사람들 전부에게 보여주고 싶었다. 그렇게 되었을 때 아버지가 지을 표정이 궁금했다. 아버지는 평생 무시했던 둘째 아들 앞에 무릎을 꿇고 용서를 빌지도 모른다. 패거리는 자신의 용기에 감탄할 것이다. 도진은 어느 때보다 정신을 똑바로 다잡고 폐쇄 병동으로 스며들었다.

조심스럽게 복도로 진입하는 데 성공한 도진은 다가오는 의사들을 피해 정수기 뒤로 몸을 숨겼다. 복도가 컴컴하지 않았다면 발각됐을지도 모른다. 의사들은 복도 끝 병실 문을 열고 사라졌다. 도진은 복도에 아무도 없는 틈을 타서 재빨리 그 문 앞으로 달려갔다. 문틈을 엿보자 병실 안에는 일렬로 침대들이 놓여 있고 그 위엔 아까 봉고차에서 내렸던 사람들이 누워 있었다. 도진은 잽싸게 병실 안으로 들어가서 가장 가까운 이동식 침대 밑으로 기어들어갔다. 뭐지? 모든 것이 예상보다 너무 쉬웠다. 도진은 하마터면 풋 하고 웃음을 터뜨릴 뻔했다.

잠시 뒤 누군가 병실 안으로 들어왔고 병실은 조용해졌다. 한 간호사가 환자들을 향해 말하기 시작했다.

"안녕하십니까. 저는 최명희 간호사입니다. 사전에 여러분에게 설명드렸듯이 에덴 병원 차요한 원장님은 은퇴한 광부들의 오랜 질병인 폐결핵을 완치할 수 있는 신약을 개발하셨습니다. 그러나 거기에 그치지 않고 이제 원장님께서는 또 다른 신약 개발에 힘쓰고 계십니다. 바로 여러분을 정신적인 고통에서도 해방시킬 수 있는 성분을 찾아내려 하고 계십니다. 이 프로젝트가 성공한다면 미래의 환자들이 약 한 알로 행복해질 수 있을 겁니다. 뜻깊은 실험에 참가해주신 여러분에게는 모두 10만 원씩 전액 현금으로 지불될 예정입니다. 마지막으로 확인하겠습니다. 이 중에 동의서에 서명하지 않은 분 계십니까? 계시면 손 들어주세요!"

병실은 조용했다. 잠시 뒤 최명희 간호사는 또다시 질문했다.

"혹시 지금이라도 이 실험을 원하지 않는 분에게는 마지막으로 병실을 나갈 기회를 드리겠습니다. 저희는 여러분이 원치 않는 실험은 진행하지 않습니다. 자, 손!"

"미쳤다고 나갑니까? 잠만 자고 나가면 돈이 얼만데. 오늘 댁들이 놔주는 주사 한 대 맞고 푹 자고 일어나면 10만 원 준다는 것 확실하죠? 이틀 사흘도 가능합죠!"

누군가의 넉살맞은 소리에 웃음소리가 번져나갔다.

"네, 10만 원은 계약서에 적힌 대로 여러분이 이 병실을 나갈 때 전액 현금으로 지급될 겁니다."

잠시 뒤 도진의 머리 위에서 소심한 목소리가 들려왔다.

"난 다른 건 모르겠고, 확실히 이 주사 맞으면 치료가 되는 겁니까?" 기침이 터져나온 뒤 그 목소리는 숨을 헐떡이며 말을 이었다. "밤마다 어찌나 가위에 눌리는지. 내 하루도 푹 잔 적이 없어요. 벌써 그 갱도 사고가 일어난 지가 30년인데. 아직도 그때 봤던 시체들이 생생하게 보여요. 그것들이 내 목을 조르는 통에 죽겠수다. 여기서 준 약 먹으면 싹 낫는다 하길래 온 건데…… 내 잠만 푹 잘 수 있으면 돈은 받지 않아도 좋습니다."

"좋은 질문입니다. 우리 의료진도 여러분을 그런 오랜 고통에서 해방시켜드리기 위해서 이렇게 노력하고 있는 겁니다. 그럼 이제 시작하도록 할까요? 모두들 한쪽 팔을 걷고 얌전히 누워서 기다려주시길 바랍니다."

사람들이 침대에 드러눕느라 삐걱대는 소리가 여기저기서 울렸다. 한쪽에서 대기 중이던 의료진이 움직이기 시작했다.

이게 끝? 대체 그날 김민재와 이한은 병원에서 무엇을 봤던 거지? 이건 그냥 시시한 실험일 뿐이잖아. 고작 냄새나는 할아버지들이 잔뜩 모여서 주사나 맞는 현장을 목격하려고 자신이 여기에 있는 것인가? 괜히 4층으로 왔나? 지금이라도 지하로 가볼까?

10분 정도 흘렀을 때였다. 이제 병실에선 의료진을 제외한 모두에게 주사약이 투여된 뒤였다. 모두가 잠이 들었는지 숨 쉬는 소리만 들려왔다. 그러던 와중 어디선가 흐흐하는 웃음소리를 시작으로 여기저기서 쿡쿡대는 웃음소리가 가득해졌다. 뭐지?

이날 병실에 한 명의 쥐새끼가 숨어 있다는 사실을 전혀 모르고 있던 의료진은 모두가 약물에 취해버렸다고 생각하고는 그때부터 제멋대로 떠들어대기 시작했다.

"박 선생님, 약효가 나타나는 것 같은데요? 차 원장님이 이번 약에 거는 기대가 크다고 소문이 자자하더니 역시 빠르네요."

"이번만큼은 확실할 거야."

갑자기 누군가 소리를 쳤다.

"어? 박 선생님 저기 좀 보시죠!"

도진은 몸을 움츠렸다. 그러나 곧 그들이 가리킨 것이 자신이 아니란 사실을 깨닫고 안도했다.

"저 환자, 좀 이상한데요?"

"설마……."

"진짭니다."

"그래? 그럼 더 찔러넣어."

"더요? 이미 너무 많은데요."

"이리 줘봐. 내가 하지."

"박 선생님! 그만하시죠."

"뭘! 이 사람이 왜 이렇게 겁을 먹고 그래? 못 들었어? 이 사람들 확실하게 검증된 사람들이라고."

"검증이라뇨?"

"차 원장님이 얼마나 치밀한 분인지 몰라서 그러나? 이 실험에 참여한 사람들은 어차피 가족이나 일가친척 그 누구도 없는 사람들이야. 그 말이 뭐겠나? 혹시 잘못돼도 아무도 따질 사람이 없어. 그러니 걱정 접어두고 얼른 집중하게!"

"제가 아까 동의서 받은 사람은 딸이 있다고 하던데요?"

"그럼 뻔하지."

"무슨 소립니까?"

"아무것도 모르는구먼. 보나 마나 그 딸이 도박 빚이 많을 거야. 설사 실험이 잘못되더라도 돈 몇 푼이면 그 입은 충분히 막을 수 있단 소리지. 이제 됐나?"

"그런 사람들을 어디서 매번 이렇게 구한답니까?"

"순진한 소리는. 차 원장님이 미쳤다고 선양에 병원을 차렸겠나? 여기야말로 돈도 잃고 가족도 잃은 은퇴한 광부들이 우글대는 곳 아닌가? 게다가 나라에서 그런 광부들에게 일자리 주겠다고 버젓이 근방에 카지노까지 열어놨으니. 이 사람들 가족은 전부 다 그 카지노에 인생을 저당 잡힌 상태라네. 무능한 광부 출신 아비에 자식들은 줄줄이 도박 빚에 허덕이는 신세라니 이보다 좋은 실험실이 어디 있겠나? 이건 우리한테 하늘이 주신 기회야. 그러니 이참에 얼른 성공해야지. 또 언제 이런 기회를 얻을 수 있겠나?"

"글쎄요, 전 영……."

"성공하면 자네도 지금 그 생각 싹 바뀔 걸세."

"하긴 성공하면 돈이 얼마입니까?"

그때였다. 도진의 머리 위 침대가 덜컹대기 시작했다. 숨죽여서 의사들의 말소리를 귀 기울여 듣고 있던 도진은 그 소리에 흠칫 놀랐다. 자신이 숨어든 침대가 지진이 난 것처럼 흔들리고 있었다.

"저건 또 왜 저래!" 의사들이 이쪽으로 달려오는 소리가 들리더니 의사들의 다리가 도진의 주변을 에워쌌다.

"또 그 증상인데요? 아무래도 잡지 못한 것 같습니다……."

"아직은 일러. 다른 사람들은 멀쩡하잖아. 이 할배가 특히 약한 거 아니야? 바이털 체크해봐."

"심각합니다. 모든 수치 다 떨어지고 있습니다."

"박 선생님! 이 환자 왜 이럽니까?"

"글쎄. 다음에는 오늘보다 약물 투여량을 줄여보는 게 좋겠어."

도진은 고개를 숙이고 두 귀로 똑똑히 들었다. 머리 위에서 사람의 뼈마디가 툭툭 부러지는 듯한 섬뜩한 소리가 들렸다.

눈으로 볼 순 없지만 자신의 머리 위에서 할아버지 몸의 마디마디가 꺾이며 부러지고 있다는 사실은 추측할 수가 있었다. 이거였다. 이한과 김민재가 본 것이.

곧 냉소적인 목소리가 들려왔다.

"다른 환자들은 어떤지 체크 좀 해봐."

"박 선생님, 우선 이 환자부터 어떻게 좀 해보시죠."

"갖다 치우자고!"

"네? 치우다니요?"

"깨면 골 아파. 깨기 전에 처리해야 해."

"박 선생님!"

"자네, 진짜 문제 생기고 싶나? 그런 거야?"

"아닙니다."

"가서 태워버려."

도진은 그들이 뭘 하려고 하는지 알 것 같았다. 태우라고? 아직 살아 있는 사람을? 그 충격 때문에 도진은 그들이 이쪽으로 다가오고 있다는 사실을 뒤늦게 깨달았다. 발각될 위기였다. 도진은 배를 밑바닥에 납작하게 깔고 옆 침대 밑으로 기어 들어갔다. 간신히 이동하자마자 그들은 도진이 몸을 감추고 있던 침대를 끌고 병실을 빠져나갔다. 그러나 그것이 끝이 아니었다. 병실에 남겨져 있던 도진은 잠시 뒤 여기저기서 지진이 난 듯 침대들이 흔들리기 시작하는 소리를 들었다. 여기서 빠져나가야 한다. 지금이야! 도진은 침대 밑에서 기어나왔다. 그러나 문을 열고 막 밖으로 나가려던 도진에게 누가 소리쳤다.

"이 사람아! 나도 데려가!"

뒤를 돌아보자 한 환자와 눈이 마주쳤다. 그 환자는 눈을 부릅뜨고 있었지만, 도진은 그 환자가 쳐다보는 것이 자신이 아니라는 것을 곧 깨달았다. 그 환자는 눈을 뜬 채 꿈을 꾸고 있는 것 같았다. 흐흐흐, 환자의 입에서 그런 웃음소리가 새어나왔다. 환자의 눈동자가 제멋대로 이리저리 움직였다. 그러면서 상체가 서서히 뒤로 활처럼 꺾이기 시작했다. 곧이어 우지끈, 뭔가 부러지는 소리가 들렸다. 환자복이 피로 물들기 시작했다. 도진은 자기가 보고 있는 것이 사실인지 믿을 수가 없었다. 이런 미친 곳에서 도망쳐버리고 싶었다. 손과 발이 부들부들 떨리고 있었다. 겨우 한 발을 내딛던 도진은 이곳에 왜 왔었는지 깨달았다. 여기서 그냥 나가선 안 된다. 반드시 증거가 될 만한 것을 구해야 한다. 도진은 여기저기 피 흘리고 있는 사람들을 최대한 보지 않으려 애썼다. 잠시 뒤 도진의 눈에 그것이 들어왔다. 침대와 침대 사이의 통로에 이동식 선반이 놓여 있었다. 그리고 거기엔 아직 개봉하지 않은 약병들이 놓여 있었다. 도진은 그 약병 가운데 하나를 움켜쥐고 무작정 그 병실을 뛰쳐나갔다.

복도 맞은편 끝에는 한 간호사가 엘리베이터를 기다리고 있었다. 도진은 그 간호사가 누군지 알 것 같았다. 아까 환자들에게 주의점을 알려줬던 최명희 간호사다. 도진은 그 간호사가 뒤를 돌아볼까봐 조마조마해하며 정수기 뒤에 다시 숨었다. 최명희 간호사가 엘리베이터를 타고 사라진 뒤에야 도진은 숨어 있던 곳에서 빠져나와 복도를 내달렸다. 비상구 문을 열고 층계를 모두 내려올 때까지 머릿속이 하얬다. 오직 이곳을 빠져나가야겠다는 생각뿐이었다. 그러나 병원 문을 열고 빠져나와 찬바람을 맞자마자 뜨거운 눈물이 솟구쳤다.

치료가 되는 겁니까?

편안하게 잠을 자고 싶다고 말하던 할아버지의 목소리가 떠올랐다. 그 할아버지는 자신의 소원대로 영원히 잠들어버릴 것이다. 의사들은 이걸 실험이라고 불렀다. 게다가 이번에도 실패라고 화를 내던 의사의 목소리가 떠올랐다. 그 사람들은 환자가 죽었단 사실은 안중에도 없었다. 아니, 오히려 환자가 깨어날까봐 급히 끌고 가버렸다. 그 환자는 산 채로 불에 태워졌을 것이다. 믿을 수가 없었다. 도진은 약병을 손에 쥐고 멈추지 않는 눈물을 손등으로 닦았다. 김민재와 이한이 뭘 그토록 두려워하는지 알 것 같았다.

약병을 쥐고 있는 손끝이 덜덜 떨렸다. 차요한이 정말로 살인자였다니. 그 실체를 캐내면 통쾌할 줄 알았다. 그러나 기대와는 정반대의 기분에 휩싸였다. 무서웠다. 그 사실을 알기 전의 삶으로 다신 돌아갈 수 없을 거란 예감이 들었다. 그제야 이한의 말을 이해할 수 있었다. 어차피 이제 조금만 버티면 자신도 패거리도 선양을 뜰 것이다. 그냥 모른 척할까? 그렇지만 그럴 수 없었다. 여기서 도망치면…… 그 뒤로도 차요한 원장은 끝없이 실험을 할 것이다. 그렇게 되면 앞으로 얼마나 많은 사람이 더 죽을까? 피 흘리며 죽어가던 남자의 얼굴이 떠올랐다. 그것을 본 이상 도진은 여기서 멈출 수가 없었다. 내가 할 일이야. 이한이 하지 못한다면 내가 하면 돼. 마음을 굳게 먹자 눈물이 말라붙었다. 자신은 더 이상 어린애가 아니었다. 이것은 어쩌면 오래전부터 예정된 자신의 운명이란 생각이 들었다.

*

　병원에서 몰래 빠져나온 도진은 무작정 달렸다. 손엔 약병을 꼭 쥔 채였다. 병원에서 읍내까진 뛰어서 한 시간 가까이 걸렸다. 얼어붙은 대기 속을 뛰었지만 몸에선 열기가 솟았다. 머릿속에 스쳐지나가는 광경들은 모두 비현실적이었다. 악몽을 꾼 게 아닌가 싶었다. 그렇지만 그건 분명 현실이었다. 지금 바로 에덴 병원에서 발생하고 있는 일이었다. 사람들이 미친 듯이 웃다가 피를 흘리고 몸이 꺾여가며 죽었다. 그리고 어딘가로 실려 나갔다. 쥐도 새도 모르게 처리될 것이다. 할아버지를 실어 나가던 침대 바퀴가 복도 바닥에 끌리던 소리가 이명처럼 연거푸 들려왔다.

들어봤지? 에덴 병원 장례식장 지하에 시체가 잔뜩 쌓여 있다는 말.

이제 도진은 그 모든 것이 단순히 괴담이 아니었음을 깨달았다. 동네에 떠돌던 괴소문은 모두 진실이었던 것이다. 선양 사람들은 전부 차요한 원장에게 속고 있었다. 점잖은 엘리트인 척 위장하고 있는 자신의 아버지. 그는 살인마였다. 실험이라는 명분으로 숱한 목숨을 희생시키고 있었다. 찬 바람이 아니었다면 도진은 제정신으로 있기 힘들었을 것이다. 그렇지만 도진은 자신이 할 일을 확실히 알 수 있었다. 그 사실을 이제 모두가 알아야 한다. 읍내에 도착하자 골목마다 안개가 자욱했다. 도진은 목구멍에 숨이 차오르고 가슴이 터질 것 같았지만 속도를 늦출 수 없었다. 새벽 동이 터오고 있었다.

아침이 밝아오면 자신이 본 모든 것이 신기루처럼 사라져버릴 것 같았다. 아버지는 또다시 손을 써 모든 것을 없던 일로 만들어버릴 것이다. 아버지가 잠에서 깨어나기 전에 모든 일을 끝마쳐야 한다. 도진은 마지막으로 남은 힘을 짜내서 더 달렸다. 어느덧 환한 불빛이 보였다. 선양의 어둠을 밝히고 있는 경찰서의 불빛이었다. 이제 곧 세상이 아버지를 심판할 것이다. 그리고 패거리 역시 더 이상 진실을 목격했단 이유로 위협

받지 않아도 된다. 자신이 모든 것을 원래대로 돌아가게 만들 것이다.

도진은 경찰서의 육중한 유리문을 밀고 들어섰다. 그러나 막상 경찰서에 들어가자 어디로 가야 할지 알 수가 없었다. 긴 시멘트 복도를 중심으로 여러 개의 문이 이어지고 있었다. 어디로 가서 신고를 해야 할까? 도진은 약병을 손에 쥔 채 주변을 확인했다. 등에선 땀이 솟구치고 코에서 뿜어져나오는 숨은 뜨거웠다. 가파른 숨을 고르고 있는 도진의 등 뒤로 누군가 다가오는 소리가 들려왔다.

"학생, 무슨 일이지?"

도진은 깜짝 놀라서 뒤를 돌아봤다. 복도엔 사복 차림의 젊은 남자가 자신을 바라보고 있었다. 무스를 발라 넘긴 앞머리와 턱에 난 수염 때문에 어딘가 믿음이 가지 않았다. 무스를 발라 넘긴 앞머리와 턱에 난 수염, 한쪽 뺨에 난 흉터가 어딘가 불량배 같았다.

"경찰을 만나러 왔는데요."

"내가 경찰이야."

"명함을 보여주실 수 있나요?" 도진의 질문에 그는 피식 웃더니 청바지 뒷주머니에서 지갑을 꺼냈다. 그러곤 반지갑을 열어 확인시켜줬다.

강력반 곽철호 경위.

"형사님이 맞군요."

"그럼 이제 왜 여기에 왔는지 말해봐." 그에게서 담배 냄새가 진하게 풍겼다.

형사란 말을 들어서 그런가? 다시 보니 남자는 이 동네에서 보기 드물게 침착하고 냉소적으로 보이는 어른인 것 같아 도진의 마음에 들었다. 그런 태도라면 차요한 원장에게도 굴하지 않을 것 같았다. 도진은 더 이상 망설이지 않고 입을 열었다.

"살인 사건을 신고하려고 합니다."

"너 그 말이 사실이니?" 남자의 눈빛이 아까와 달리 날카로워졌다.

"네, 제가 똑똑히 봤습니다. 범인은 에덴 병원 병원장 차요한 씨고, 그는 지금 에덴 병원 폐쇄 병동에서 사람들을 대상으로 생체 실험을 벌이고 있습니다. 그 과정에서 사람들이 죽는 것을 제 눈으로 똑똑히 봤습니다. 지금 당장 병원으로 가보시면 확인 가능할 겁니다." 도진은 그 모든 것을 단숨에 내뱉듯 말했다. 마음이 급했다.

그러나 그 모든 말을 듣고도 곽철호 형사는 별 반응이 없었다. 그래서 도진은 그의 눈치를 살폈다. 곽철호 형사는 다만 도진을 빤히 바라보고 있다가 되물었다.

"그래서, 학생은 누구지? 허위로 신고하면 위중한 벌을 받는 건 알고 있니?"

도진은 발끈해서 답했다.

"저는 차요한 원장의 아들 차도진입니다. 제가 바로 증인입니다. 제 말을 믿어도 됩니다. 아니, 믿으셔야 해요. 지금 병원에서 사람이 죽고 있다니까요." 도진이 다시 한번 절박하게 말했다.

"그러니까, 네가 차요한 원장님의 아들이란 말이니?" 남자는 새삼 놀란 듯 도진을 바라봤다.

"네, 그렇다고요."

남자는 팔짱을 꼈다. 잠시 생각에 잠긴 듯 침묵하고 있던 남자는 도진을 향해 손바닥을 펴서 내밀었다.

"왜요?" 도진이 다소 까칠해진 목소리로 묻자 남자가 의뭉스러운 목소리로 질문했다.

"증거는 있고?"

도진은 왜 남자의 반응이 없었는지 알 것 같았다. 증거가 없어서였다. 그런 중대한 사건을 신고하는데 증거가 없다면 허무맹랑한 소리로 들리겠지. 그래서 자신의 말을 믿지 못했던 것이다. 도진은 손에 쥐고 있던 증거물을 그의 손에 내려놓았다. 그다음 주변을 살피고 조용히 말했다.

"조심해서 다뤄주시죠. 하나밖에 없는 정말 중요한 증거물이에요." 도진의 목소리가 떨렸다.

남자는 약병을 손에 쥐더니 한결 여유로워진 얼굴로 말했다.

"좋아, 이렇게 하자. 내가 조사를 다 할 때까진 시간이 좀 필요하다."

"그렇겠죠."

남자가 피식 웃더니 말을 이었다. 그의 뺨에서 꿈틀대는 흉터도 이제 보니 범인을 잡다가 생긴 훈장 같았다.

"그러니, 내가 사인을 보내기 선까지 오늘 이 일은 너와 나만의 비밀로 간직하는 거다. 알겠니?"

"그건 왜죠?" 도진이 미심쩍단 듯 묻자 남자가 주변을 두리번대더니 속삭였다.

"경찰 내부에도 믿지 못할 인간들이 많거든. 너도 그 정도는 알 나이 아니냐?"

도진은 그 말에 곽철호란 형사를 다시 보게 되었다. 적어도 그는 부패한 경찰은 아닌 것 같았다. 그리고 또 하나. 그는 아버지와 달리 자신을 어른으로 인정하고 대우하고 있었다. 형사와 이런 대화를 은밀히 나누고 있자니 자신이 오늘 밤 한층 진짜 어른이 된 것 같은 기분에 우쭐해졌다. 그때 곽철호가 슬쩍 도진을 떠보듯 물었다.

"혹시 친구들에게 이 사실을 떠벌리고 싶은 것은 아니겠지? 네 친구들은 아직 어려서 너의 이런 행동을 이해하지 못할 텐데 말이다."

도진은 그 말에 발끈해서 답했다.

"좋습니다. 대신에 도움이 필요하면 그땐 형사님도 제게 도움을 청하시죠."

"그래, 고맙다." 남자는 그 말 끝에 손을 내밀었다. 도진은 그 남자의 끈적이는 손을 맞잡고 흔들며 완전한 계약이 성사되었다고 믿었다.

*

집 안으로 슬그머니 들어온 도진은 발끝을 세워 2층을 올랐다. 나무 계단이 삐걱댈 때마다 뒷다리 근육이 긴장됐다. 자신이 무슨 짓을 했는지 알게 되면 아버지는 어떤 표정을 지을까. 평소 아끼는 사냥총을 들고 쫓아와 머리에 구멍을 내겠다고 거품을 물 것이다. 그렇지만 곽철호 형사와의 악수를 떠올리자 다시 용기가 솟았다. 이제 선양의 모든 사람이 아버지의 실체를 확인할 시간이 얼마 남지 않았다. 도진의 머릿속엔 군중에 둘러싸여 머리를 조아리고 있는 아버지의 모습이 그려졌다. 통쾌함에 자신도 모르게 피식 웃음이 났다.

2층으로 올라온 도진의 눈길은 이한의 방문을 향했다. 방문 틈새에서 불빛이 새어나오지 않았다. 새벽 4시가 넘은 시각이었다. 이한은 잠들어 있는 것 같았다. 도진의 방과 나란히 붙어 있는 저 방에서 이한이 살게 된 지도 벌써 5년째였다. 아버지는 이씨 아저씨가 면접을 볼 때 데려왔던 이한을 눈여겨봤다가 도진의 옆방을 내주었다. 이한이 영리하고 공부를 열심히 하는 모범생이라는 것이 그 이유였을 것이다. 처음에 도진은 그런 아버지의 의도 때문에라도 신물이 나서 이한을 차갑게 대했었다. 그렇지만 시간이 흐르며 도진은 이한이 아버지가 자신에게 준 유일한 선물이란 사실을 깨달았다.

도진과 이한은 어른들이 잠들고 난 뒤의 새벽을 즐기곤 했다. 방 벽을 두드려 서로 잠들지 않았다는 것을 확인하면 주로 이한이 도진의 방으로 넘어왔다. 이한은 자연스럽게 베개를 껴안고 도진의 방 침대에서 뒹굴었다. 봄이 되면 창문 틈새로 기분 좋은 라일락 냄새가 진하게 스며들었다. 그 냄새를 맡으며 이한과 어깨를 맞대고 대화를 나누다 도진은 때때로 시간이 이대로 흐르지 않기를 바랄 때도 있었다. 세상은 영원히 잠들어 있고, 자신과 이한 둘만 깨어나 시시덕거리는 것이다.

도진은 방문을 벌컥 열고 들어가 잠들어 있는 이한을 흔들어 깨우고 싶었다. 그러곤 오늘 무슨 일이 있었는지 얘기하고 싶었다. 그러면 이한은 특유의 어른스러운 표정으로 도진의 어깨를 두드리며 말할 것이다. 수고했다, 도진아. 나라면 그렇게 까지 용기를 내진 못했을 거야.

그렇지만 도진은 그 달콤한 말을 나중으로 미루기로 했다. 오늘 학교 양호실 문 앞에서 뜻하지 않게 이한의 속내를 엿들었다. 이한은 분명 차요한 원장을 두려워하고 있었다. 이한이 무엇을 걱정하는지 알 것 같았다. 이한의 아버지 이씨 아저씨는 이곳에서 잘리면 더 이상 일자리를 구하기 어렵다고 들었다. 자세히는 모르지만 아마도 이한의 엄마가 진 빚 때문에 오도 가도 못하는 신세가 된 것 같았다.

그러므로 이번 일은 어디까지나 이한의 손을 빌리지 않고 자신의 손으로 처리해야 한다. 머지않아 경찰들이 이 집에 들이닥쳐 차요한 원장을 체포하는 날이 오면, 그날 이한에게 모든 것을 털어놓을 것이다. 그러나 이한의 방문 앞을 조용히 지나쳐 자신의 방에 들어온 도진은 하마터면 소리를 지를 뻔했다.

"씨발, 뭐야. 간 떨어질 뻔했잖아." 도진은 정색을 하고 속삭였다. 이한이 자신의 방 침대에 앉아 있었다.

"차도진, 어디 다녀오는 길이야?" 이한이 도진을 바라보며 물었다.

"나? 그냥 잠이 안 와서 산책 좀 하고 오는 길이다. 그러는 넌 왜 여기서 그러고 있냐?"

"너 찾으러 갔었어."

"에덴 병원에 왔었다고?" 도진은 스스로 그렇게 말해놓고 당황했다. 도진은 이한의 눈치를 흘끗 살폈다. 불같이 화를 낼 줄 알았는데 이한의 반응은 뜻밖이었다.

"이리 와봐, 도진아." 이한은 자신의 옆자리를 손으로 툭툭 치며 침착한 목소리로 말했다.

"됐어. 그냥 꺼져. 나 지금 무지 피곤해. 얼른 자고 싶어."

"그러지 말고 얼른 와봐. 중요한 이야기야."

도진은 피곤한 척 툴툴대며 그 옆에 가서 털썩 앉았다. 민망함을 감추기 위해서였다. 그러나 한참을 기다려도 이한은 아무런 말이 없었다. 다만 도진은 불안한 감정이 고스란히 느껴지는 이한의 숨소리에 촉각을 곤두세운 채였다. 그런 이한에게서 전에 없는 긴장감이 느껴졌다.

"그래서…… 도진아, 너도 뭔가를 봤니?"

도진은 흠칫 놀랐다. 그 순간 도진은 이한 역시 자신이 오늘 본 것을 봤다는 사실을 확신할 수가 있었다. 그렇지만 도진은 차마 그것을 봤다고 대답할 수가 없어 돌려 말했다.

"어. 장례식장에 갔었어. 존나 무섭더라. 오늘 본 시체는 피까지 흘리고 있었어. 아마도 수술하다가 죽은 것 같았어."

"그래? 무서웠겠다. 그런데 그게 정말 다야?"

"어. 왜? 또 뭘 봤어야 하는 거야?" 도진이 되묻자 이번엔 이한이 고개를 돌렸다.

"네 말, 내가 믿어도 되는 거지?" 이한이 다시 물었다.

"그렇다니까. 귀찮게 자꾸만 왜 그래?"

"그렇다면…… 다행이다." 곧 이한의 차가운 손이 도진의 뒷목에 와 닿았다. 도진은 소스라치게 놀라며 주먹을 날렸다. 이

244

한은 평소처럼 장난스럽게 그 주먹에 맞아 침대에 쓰러지는 척하고 눕더니 웃음을 터뜨렸다. 이한의 웃음도 어딘가 어색했다. 이한은 곧 침대에서 일어나 방문을 열고 나서며 손을 흔들었다.

"그럼 얼른 자라, 아가야. 키 더 커야지."

"저 자식이." 도진이 중지를 흔들었다. 그러나 이한이 방을 나가자마자 도진은 한숨을 내쉬며 침대에 드러누웠다. 그러곤 이불을 머리끝까지 덮었다.

'이제 며칠만 기다려라, 이한. 다 해결될 거야.'

잠깐 뒤에 다시 방문이 열리는 소리가 들렸지만 도진은 이불 속에서 나오지 않고 잠든 척 누워 있었다.

"도진아."

"또 왜!"

도진은 이불을 뒤집어쓴 채 대꾸했다. 곧이어 들려오는 이한의 말에 도진은 몸이 발끝까지 굳는 기분이었다.

"설사 네가 뭘 봤다고 해도 지금은 아무것도 하지 마. 부탁이야. 내가 나중에 다 알아서 할게. 알겠지?"

"자꾸 뭔 소리야! 얼른 자빠져 잠이나 자!"

이번엔 정말로 이불 밖에서 조심스럽게 방문이 닫히는 소리가 들려왔다. 도진은 이한이 방에서 나가자마자 한숨을 내쉬며 이불 밖으로 얼굴을 끄집어냈다.

"저 자식, 완전히 겁을 먹었구면." 도진은 혼자 중얼거렸다. 이상하게 가슴이 뛰었다. 그때까지만 해도 도진은 자신이 곧 모든 것을 해결할 수 있을 거라고 믿었다.

똑…… 똑, 똑.

잠시 뒤 벽 너머에서 들려오는 노크 소리에 도진은 피식 웃으며 벽을 돌아봤다. 그러곤 자신도 똑같이 벽을 두드렸다.

똑…… 똑, 똑.

그것은 중학생 때 자신과 이한이 정한 암호였다. 잘 자란 소리였다. 그렇게 벽을 노크하고 나자 도진은 어느덧 스르륵 눈이 감겼다. 악몽 없는 잠이었다.

*

"도진아, 원장님이 널 좀 보자고 하신다."

그로부터 며칠 뒤 도진의 방문이 열리고 문 틈새로 얼굴을 내민 것은 이씨 아저씨였다. 이한의 아버지 이씨 아저씨는 언제나 무표정한 얼굴로 집 안을 그림자처럼 다녔다.

"저를요?" 도진이 의아한 얼굴로 물었지만 이씨 아저씨는 이미 가버린 뒤였다. 차요한 원장이 자신을 찾는다. 본능적으로 맥박부터 빨라졌다. 경찰서에 증거를 제출하고 돌아온 지 사흘째였지만 아직 아무런 일이 일어나지 않고 있었다. 시간이 흐르면서 기대감은 초조함으로 바뀌고 있었다. 곽철호 형사는 병원을 조사하고 있는 것이 맞겠지? 왜 이렇게 조용할까? 요 며칠 선양의 겨울은 어느 때보다 조용하게 느껴졌다. 도진은 오늘 밤에도 여느 때와 다름없이 귀가하는 아버지를 보고 실망하고 있던 차였다.

그런데…… 아버지가 자신을 찾는다고? 드디어 경찰들이 병원을 조사하기 시작한 것일까? 설마 곽철호 형사가 자신에 대한 얘기를 꺼낸 것일까? 이제 그토록 기다리고 있던 순간이 다가오고 있는 것이다. 도진은 마음을 단단히 먹고 방에서 걸어나왔다. 이한의 방문 틈새에서 새어나온 불빛이 복도를 사선으로 가로지르고 있었다. 이한은 아마도 이어폰을 꽂고 시험공부 중일 것이다. 조금만 기다려라. 이제 내가 곧 반가운 소식을 너에게 전해주마. 도진은 비장한 마음으로 돌아섰다. 그러곤 층계를 오르기 시작했다.

서재 앞에 도착한 뒤 도진은 심호흡을 하고 방문을 노크했다.

"들어오거라." 차요한 원장은 기다리고 있었단 듯 말했다.

조심스럽게 문을 열고 들어서자 아버지의 서재엔 특유의 알싸한 알코올 냄새가 배어 있었다. 도진은 그 냄새를 맡자 그날 병원에서 봤던 그 끔찍한 형상들이 떠올랐다. 사지를 비틀며 신음하던 사람들. 이제 차요한 원장의 미치광이 실험도 끝을 향해 달려가고 있었다. 자신이 그렇게 만든 것이다.

"왔구나. 더 가까이 오렴." 아버지는 읽고 있던 자료에서 눈을 떼지 않고 멀리 서 있는 도진에게 손짓했다. 도진은 아버지의 안색을 재빨리 살폈다. 무표정했다. 그는 왜 자신을 부른 것일까? 용서를 빌려고? 경찰에게 아무것도 못 봤다고, 모든 것이 거짓말이었다고 말해달라고 사정이라도 하려는 것일까? 도진은 차요한 원장을 향해 한 걸음씩 옮기며 가슴이 두근댔다. 아버지가 자신의 다리를 붙잡고 매달려도 결코 꿈쩍도 하지 않을 것이다. 이제 그만 죗값을 받으라고 충고할 작정이었다.

어느덧 책상 앞까지 다다른 도진은 걸음을 멈추었다.

"절 왜 부르신 거죠? 뭐 할 말이 있으신가요?"

"너에게 줄 게 있어서 불렀다."

잠시 뒤 차요한 원장은 책상 서랍을 열고 무언가를 꺼냈다. 도진은 내심 아버지를 비웃었다. 결국 물건 따위로 내 마음을 풀어보려는 수작인가본데 그 무엇도 소용없을 겁니다.

"받아라." 차요한 원장은 도진을 향해 무언가를 내밀었다. 대체 무엇으로 자신의 마음을 사려 했는지 한번 구경이나 해볼까? 그런데 도진은 소스라치게 놀랐다.

"이게…… 이게 왜…….."

그것은 자신이 곽철호 형사에게 제출했던 약병이었다. 당혹감에 굳어버린 도진을 바라보는 차요한 원장의 입가에 묘한 웃음이 번져나가고 있었다.

도진은 자신의 눈동자에서 두려움을 감출 수가 없었다. 아버지는 체포되지 않았다. 그리고 증거품으로 제출한 약병은 도로 아버지의 서랍에 들어와 있었다. 고개를 숙이고 떨고 있는 도진의 앞에 차요한 원장이 다가와 있었다. 차요한 원장의 알싸한 알코올 냄새가 코끝에 와 닿았다.

"널 보니 문득 물을 마시다가 죽게 될 걸 알아차린 사슴이 떠오르는구나."

도진은 몸을 떨었다. 그 순간 엉뚱하게도 도진의 머릿속에는 아버지를 따라 억지로 끌려나갔던 오래전의 겨울 사냥이 떠올랐다. 아버지는 사슴을 향해 총을 겨냥하고 있었다. 초등학생이었던 도진은 곧 죽게 될 그 사슴을 지켜보며 속으로 외치고 있었다. 도망쳐! 잠시 뒤 자신의 등 뒤로 아버지가 다가왔다. 아버지는 도진의 손에 총을 들려주었다.

잘 봐라, 나약한 짐승은 결국 어떻게 되는지.

그러나 도진은 끝내 방아쇠를 당기지 못했다. 그때 조준경에는 사슴의 얼굴이 더욱 선명하게 담겨 있었고, 도진은 그만 눈을 감았다. 온 세상의 침묵이 도진의 귓속으로 흘러들어오는 기분이었다. 죽음 같은 깊은 고요. 잠시 뒤 아버지는 도진의 손에서 거칠게 총을 빼앗아 형에게 건네주며 낮고 분명한 목소리로 말했다.

네가 해라. 이놈은 틀렸다.

도진은 갑자기 그때로 돌아간 듯 억울한 설움이 밀려들었다. 입술을 달싹여 그동안 하고 싶었던 말을 내뱉었다.

"아버지는…… 아버지는 죽였어요. 사람을 죽였다고요."

그러자 아버지가 도진의 귓가에 가까이 속삭였다.

"잘못 봤다, 도진아. 그들은 사람이 아니다."

약병을 쥔 손이 덜덜 떨리고 있었다. 잠시 뒤 아버지의 차가운 두 손이 도진의 떨고 있는 손을 감싸쥐었다.

"그런 자들은 그렇게 해서라도 사회에 도움이 되었으니 의미 있는 죽음을 맞이한 거다."

도진은 자신도 모르게 겁에 질려 고개를 끄덕였다. 잠시 뒤 도망치듯 정신없이 서재를 빠져나온 도진은 여전히 자신이 그 약병을 손에 꼭 쥐고 있음을 깨달았다. 사람들을 고통과 죽음으로 몰아넣었던 약. 그 약이 다시 자신에게 돌아와 있는 것이다. 도진은 손을 펴서 그 약을 내려다봤다. 약병이 복도의 조명에 반짝이며 비아냥대는 것 같았다.

고작 너 따위가 뭘 할 수 있을 것 같냐고.

정연우

　사건 현장은 항구와 가까웠기 때문에 연우와 상혁은 다른 형사들보다 빨리 도착할 수 있었다. 연우는 갱도 안의 거미줄을 걷어내며 관절 마디들이 기괴하게 꺾여 있는 시신들 앞으로 다가섰다.

　"세상에……." 연우는 시신들의 신원을 파악하기 위해 옷을 뒤져 신분증을 찾을 필요가 없었다. 그들은 모두 알고 있는 사람들이었다. 기괴한 자세로 죽어 있는 여자는 에덴 병원에서 마주쳤던 최명희 간호사였다. 그리고 가슴이 활처럼 휜 채 죽어 있는 남자는 곽철호 서장이었다. 방금 전 장례식장 식당에서 대화를 나눴던 곽 서장이 눈앞에 시신이 되어 있었다. 무궁화 견장이 네 개 달린 경찰 정복에도 핏물이 흥건히 배어 있었다.

　"선배! 곽철호 서장님 아닙니까?" 곽철호 서장의 얼굴을 비추고 있는 상혁의 랜턴 불빛이 심하게 흔들렸다. 무려 경찰서 장이 죽었다. 에덴 병원 원장에 경찰서장. 몹시 위급한 상황이 다. 높은 확률로 연쇄살인이 벌어지고 있는 것이다.

"아까 병원에서 곽 서장님이 급히 택시를 타고 가는 거 봤다 고 했지?"

"네, 그랬습니다. 서장님이 그럼 그때 여기로 온 걸까요?" 상 혁의 목소리가 잠겨 있었다.

"심재훈 팀장! 심 팀장이 분명 뭔가를 알고 있을 거야."

연우는 흔들리는 마음을 붙잡고 랜턴 불빛을 피해자들에게 비췄다. 목덜미에 남은 깊은 자상이 눈에 들어왔다. 지난번 차 요한 원장도 같은 부위에 상흔이 남아 있었다. 동일범의 소행 일 가능성이 높다. 다만 차요한 원장과는 다르게 이들의 몸은 기괴하게 꺾여 있었다. 무슨 약이라도 사용한 것처럼.

"과학수사대를 불러."

"알겠습니다." 상혁이 허둥대며 휴대폰을 찾아 제 몸을 더듬 었는데, 얼이 빠져 보였다. 아무래도 현장에서 곽 서장의 시신 을 본 충격 때문인 것 같았다.

"안 되겠다. 너는 갱도 밖에서 숨 좀 쉬고 들어와."

"아닙니다. 괜찮습니다."

"그렇게 하도록 해. 현장에서 아는 사람이 죽은 것을 본 건 처음일 것 아니야."

"그렇다면 선배는 이런 경험이 있었습니까?"

연우는 말없이 고개만 끄덕였다.

*

갱도 내부에는 침통한 분위기가 짙게 깔려 있었다. 대원들은 이미 무전을 통해 곽철호 서장의 피살 소식을 접했음에도 불구하고 막상 현장에 와서 그 모습을 목격하자 충격에 휩싸여서 정신을 차리지 못하고 있었다. 민기욱 경사는 분통을 터뜨리며 담배를 꺼내 피우려다 대원들에게 제지를 당했다. 그러자 거기에 분풀이를 하곤 갱도를 나가버렸다.

연우는 그런 대원들 가운데 유독 초조해 보이는 한 사람을 지켜보고 있었다. 심재훈 팀장. 그는 곽철호 서장의 주검과 멀리 떨어진 곳에서 갈피를 잡지 못하고 같은 자리를 맴돌고 있었다. 그는 분명 뭔가를 알고 있는 것이다. 때를 보고 있는데 과학수사대가 도착했다. 그들이 밝힌 조명에 갱도 안의 어둠이 물러났다. 그러자 피해자들의 기괴한 형체가 더욱 적나라하게 시야에 들어왔다. 연우의 등 뒤에서 한 여자의 목소리가 들려왔다.

"안녕하십니까? 혹시 서울에서 파견 나온 정연우 경위님 맞습니까? 저는 최지애 수사관입니다."

연우가 그쪽을 돌아보자 흰 작업복 차림의 중년 여성이 자신을 바라보고 있었다.

"네, 그런데요. 저를 어떻게 아시는 거죠?" 최지애 수사관은 주변을 살피더니 목소리를 낮춰 말했다.

"둘이서만 밖에서 이야기를 나눌 수 있을까요?"

심각한 분위기에 연우는 조용히 고개를 끄덕인 뒤 그녀를 따라나섰다. 밖으로 나오자 차갑고 시린 바람이 몰아쳤다. 갱도에서부터 새어나온 불빛에 최지애 수사관의 얼굴이 간신히 비쳐 보이는 데까지 걸어갔을 때였다. 최지애가 마침내 걸음을 멈추었다. 그녀는 아직도 신경이 쓰인다는 듯 갱도 쪽을 흘긋 살피더니 뜻밖의 질문을 건넸다.

"황우식 수사과장님께서 왜 정 경위님을 여기까지 파견 보내셨는지 생각해보신 적 있습니까?"

"최지애 수사관님께서는 그 이유를 안다는 말씀입니까?"

"지금부터 제가 하는 말을 잘 들으시죠. 터널 안에 죽어 있는 저 시체들 말입니다. 3년 전에도 저런 자세로 죽어서 국과수에 들어온 시체가 있었습니다. 그리고 1년 전에도요. 그때마다 저희는 선양 경찰서 강력반에 의뢰를 했지만 이상하게 수사가 흐지부지되더군요."

"그렇다면 선양 경찰서 강력반이 그 사건을 은폐했다는 겁니까?"

"그때 그 시신들의 혈액에서 '소마(soma)'라는 약 성분이 발견되었습니다. 그리고……" 그녀는 잠시 말을 멈췄다가 이었다. "이번에 살해된 차요한 원장의 혈액에서도 소마가 발견되었습니다."

"그게 사실입니까?"

연우가 충격으로 목소리를 높이자 최지애가 조용히 하란 의미로 입에 손을 가져다 댔다.

"아주 미세한 양이긴 하지만 분명 소마가 검출됐습니다. 그리고 차 원장의 시신을 부검해보니 아무래도 누군가 위세척을 한 흔적이 남아 있었습니다."

"그렇다면 누군가 시신의 몸에 투입된 소마의 흔적을 지우려했다는 말입니까?"

"아직 추측이지만 그런 것 같습니다."

연우의 머릿속엔 그 순간 강하게 떠오르는 사람이 있었다. 첫 사건 발생 당일, 그리고 오늘 저녁 차도진이 있던 폐쇄 병동의 병실. 그 모든 중요한 순간마다 그 자리에 있었던 김형근 실장. 그는 사건 당일 31분가량의 신고 지연을 일으킨 장본인이었다. 그렇다면 김형근이 차요한 원장의 몸에 손을 댄 것일까? 무엇을 감추려고?

"그런데 소마란 약이 뭐길래 시신들의 몸이 저렇게 된 겁니까?"

"마약의 일종이라 지금은 사용이 금지된 약물입니다. 1960년 대에는 소마가 들어간 진통제가 국내에서 인기를 끌었습니다. 여기 선양에서도 당시 그 약에 중독된 광부들이 많았습니다."

"그렇다면 왜 금지된 겁니까?"

"중독성이 매우 강합니다. 다량 복용하면 강력한 환상을 보게 되는데, 그 쾌락은 한번 경험하면 잊을 수가 없다고 하더군요. 많은 의사들이 그 소마를 활용해서 정신 질환 관련 신약을 개발하고 싶어 했습니다. 그렇지만 근육 강직 현상 때문에 끝내 실패한 것으로 알고 있습니다. 과다 복용하면 지금 터널에서 본 것처럼 의식을 잃은 상태에서 관절들이 꺾여 사망하기도 합니다. 극단적인 폭력성을 보이는 경우도 있습니다."

"수사관님 말씀은 이번 사건이 결국 그 소마와 관련이 깊을 수 있다는 말씀이시군요."

"모든 것이 제 추측일 뿐이긴 합니다. 그렇지만 새겨들으시죠. 선양 경찰서 강력반 대원들을 전부 다 믿지는 않는 것이 좋을 겁니다."

최지애는 그 말만 남기고 다시 갱도를 향해 걸어갔다. 연우는 혼자 남아 찬 바람을 맞으며 잠시 생각을 정리했다. 이곳에서 하필이면 최명희 간호사와 곽철호 서장이 나란히 죽임을 당한 것이 우연이 아닐 수 있다. 어쩌면 에덴 병원과 선양 경찰서가 한통속일지 모른다. 황 과장이 자신과 상혁을 다급히 선양에 파견한 이유가 있는 것이다.

잠시 뒤 갱도로 돌아간 연우는 더 이상 곽철호 서장의 시신을 에워싸고 있는 선양 경찰서 강력반 대원들을 향해 다가갈 수 없었다. 특히 초조한 얼굴로 안절부절못하고 있는 심재훈 팀장, 그자가 유독 눈에 거슬렸다. 심 팀장을 비롯해 그들 중 몇몇은 이 범행에 동조하고 있을지도 모른다. 연우는 이번 사건의 진상을 파헤치기 위해서는 그들과 거리를 두는 편이 나을지도 모른다는 판단이 들었다. 자신도 모르게 그들로부터 뒷걸음을 치고 있던 연우의 발밑에 뭔가 뾰족한 것이 밟혔다.

서서히 발을 떼자 흐릿한 조명 불빛에 무언가 땅에 박힌 채 반짝였다. 몸을 굽혀 그것을 주워들었다. 순간 연우의 미간에 깊은 주름이 잡혔다. 남성용 셔츠 소매에 장식으로 다는 커프스였다. 취조실에서 이마에 맺힌 식은땀을 닦아내던 차도진의 동작이 떠올랐다. 그때 차도진의 손목에선 커프스가 반짝이고 있었다.

연우는 곧장 상혁을 찾아 갱도 내부를 돌아다녔다. 상혁은 과학수사대원들이 현장에서 채취한 증거품들을 살펴보고 있었다.

"김상혁." 연우가 목소리를 낮춰 부르자 상혁이 고개를 돌려 연우를 바라봤다.

"왜 그러세요?"

연우는 상혁의 손바닥에 방금 전에 주운 커프스를 내려놓았다.

"이게 뭡니까?"

연우가 주위를 살핀 뒤 아무도 듣는 사람이 없다는 것을 확인한 뒤에야 속삭이듯 말했다.

"아까 우리가 미행하다 놓쳤던 차도진. 아무래도 여기에 다녀간 것 같아."

"네? 차도진이요?" 상혁의 눈이 커다랗게 벌어졌다.

"난 급히 알아볼 게 있으니 넌 차도진을 바로 찾아봐." 연우는 그때까지만 해도 상혁에게 그렇게 명령하던 순간을 뼈저리게 후회할 거란 사실은 짐작하지 못했다.

상혁이 손아귀를 오므려 차도진의 커프스를 단단히 가두곤 답했다.

"네, 알겠습니다. 바로 확인하겠습니다."

"그래. 곧 다시 보자. 몸조심하고."

"선배도요."

상혁은 갱도 밖 어둠을 향해 빠져나갔다. 그리고 연우도 곧 아무도 모르게 사건 현장을 조용히 벗어났다.

차도진

어떻게 여기까지 달려왔는지 기억나지 않았다. 갱도에서 빠져나온 뒤 허겁지겁 차를 몰고 무작정 내달렸다. 그런데 결국 도착한 곳이 여기라니. 15년 전 그랬던 것처럼 자신이 도망쳐온 곳은 또다시 아버지 차요한 원장의 저택이었다. 갱도에서 봤던 것들이 머리에서 지워지질 않았다. 그곳에 가는 게 아니었다. 그곳은 김민재가 파놓은 함정이었다.

헐벗은 나무들 틈새로 드러난 저택은 낡아 있었다. 거센 바람에 창문들이 부서질 듯 덜컹대고 현관문의 유리 장식에도 거미줄이 쳐져 있었다. 현관문을 열어봤지만 굳게 잠겨 있었다. 도진은 열리지 않는 현관문을 여러 차례 잡아당기다 바닥에 꿇어앉았다. 장식용 조각상을 들추자 그 밑에서 철썩 달라붙어 있는 열쇠가 잡혔다.

현관문을 따고 저택에 들어가자마자 도진은 다급히 문을 걸어 잠갔다. 그러고도 수시로 뒤를 돌아보며 어둠 속 계단을 밟아 올랐다. 2층에 올라간 그는 자신이 어릴 적 사용했던 복도 끝 방으로 향했다. 방문을 열고 들어가자마자 도진은 어둠 속에 서 있는 뭔가를 보고 소스라치게 놀랐다. 그러나 그것은 다시 보니 거울에 비친 자신의 모습이었다. 식은땀에 젖은 머리, 움푹 팬 양쪽 뺨, 붉게 충혈된 눈동자. 도진은 몸에 달라붙어 있는 거미줄을 보고 진저리를 치며 그것을 뜯어냈다. 금산 갱도에서 묻은 것이다. 그제야 어쩌면 그 살인 현장에 자신도 모르게 흔적을 남겼을지 모른다는 생각이 들었다.

왜 거기에 왔었느냐고 형사들이 따져 묻는 날카로운 목소리가 들려오는 것 같았다. 이러다 자신이 살인 누명이라도 뒤집어쓰게 되는 것이 아닐까? 도진은 어린아이로 되돌아간 것처럼 소리 내어 울고 싶은 심정이었다. 그 옛날 어둠 속에서 패거리와 숨바꼭질을 했던 기억이 떠올랐다. 그때도 술래가 김민재였던가? 그러나 지금은 김민재가 절대로 자신을 찾아선 안 된다. 머리카락 한 오라기라도 보여선 안 된다. 그렇게 되면 자신은 죽는다. 이제는 김민재가 자신을 이곳으로 부른 이유를 분명히 알 수 있었다. 김민재는 자신의 목숨을 노리고 있다. 애초에 살해할 목적으로 자신을 선양으로 불러들인 것이다.

도진은 떨리는 손으로 주머니에 들어 있던 쪽지를 꺼내들었다. 쪽지에 스며든 곽철호의 붉은 혈흔은 이제 갈색으로 변해 있었다. 온몸의 사지가 비틀린 채 죽어 있던 곽철호의 얼굴이 떠올랐다.

이들은 왜 죽어야만 했을까? 알고 싶다면 오늘 자정, 그곳으로.

글자는 피에 번져 희미해지고 있었다. 오래전 김민재에게 '그곳에서'라는 메시지가 오면 도진은 마음이 들뜨곤 했었다. 어둠이 내리면 어른들의 시선을 피해 낙원 농장의 오두막으로 집합하란 사인이었기 때문이다. 김민재는 15년 만에 자신을 그곳으로 초대한 것이다. 그러나 오늘은 벌써부터 숨통이 조여들고 입안이 바짝바짝 타들어갔다.

김민재는 그곳에서 자신을 처리하려고 기다리고 있을 것이다. 김민재는 왜 이제 와서 이렇게까지 무모한 살인을 벌이고 있는 것일까? 결국 김민재 자신도 더 이상 예전의 삶으로 돌아갈 순 없을 텐데.

우리 민재가 자네 때문에 어떤 일을 했는 줄 아나?

도진은 이제 더 이상 15년 전의 일을 외면할 수가 없었다. 김민재가 왜 이렇게까지 잔인해졌는지…… 그리고 왜 이토록 모든 것을 내버리면서까지 복수를 하려고 하는지 알아내야만 한다. 무엇이 김민재를 이토록 잔인한 괴물로 만든 것일까?

도진은 숨을 골랐다. 그리고 몸속의 휴대폰을 더듬어 찾았다. 마지막까지 망설여졌지만 결국은 박 사무장에게 전화를 걸었다. 체면 따위는 중요하지 않았다. 지금은 죽느냐 사느냐의 기로에 서 있는 것이다. 잠시 뒤 박 사무장의 목소리가 어두운 방으로 흘러나왔다. 도진은 그 목소리가 깊은 물속에서 질식해가는 자신을 향해 수면 밖에서 들려오는 구원의 목소리처럼 아득히 멀게만 느껴졌다.

"변호사님? 이 시간에 웬일이십니까. 아직도 회사에 있는 겁니까?"

"사무장님, 부탁이 하나 있습니다." 도진은 흔들리는 목소리를 애써 가누고 말했다.

그때였다. 수화기 저쪽에서 여자애의 티 없이 맑은 목소리가 들려왔다.

"아빠! 뭐 해! 할머니가 이제 아빠 차례래. 얼른 와."

아침에 마주쳤던 박 사무장의 딸아이인 것 같았다. 그 목소리를 듣자 도진은 자신이 있는 이곳이 더욱 어둡고 쓸쓸하게 느껴졌다.

"잠시만요, 변호사님. 조용한 데로 가서 통화를 해야 할 것 같습니다." 문을 닫는 소리가 들리고 곧 박 사무장의 목소리가 다시 들려왔다. "네, 변호사님, 제가 뭘 하면 되겠습니까?"

"사무장님, 먼저 약속해주셔야 할 것이 있습니다."

"말씀하시죠."

"제가 이런 부탁을 드렸다는 사실을 아무에게도 말씀하시면 안 됩니다."

"걱정 말고 이야기하시죠. 언젠가 이런 날이 올 줄 알고 있었습니다."

"네?"

"변호사님, 처음 만났을 때부터 비밀이 많아 보였거든요." 박 사무장은 평소처럼 농담을 하며 웃음을 지었지만, 그의 목소리는 평소와 달리 긴장감으로 경직되어 있었다.

"15년 전 선양에서 살인 사건이 발생했습니다. 당시 나이 열여덟 살이었던 이서현이란 여학생이 살해당했습니다. 그 사건이 어떻게 처리되었는지 좀 알아봐주세요. 기록에 남아 있는 것은 저도 봤습니다. 그것 말고…… 무슨 말씀인 줄 아시죠?"

"그럼요. 그쪽은 제 전공 아닙니까." 전화를 끊으려 하는데 박 사무장의 목소리가 다시 들려왔다. "변호사님, 그리고 저는 변호사님 편입니다."

"감사합니다."

전화는 끊어졌다. 박 사무장의 목소리에서 전해진 온기 때문일까? 도진은 몸의 떨림이 어느 정도 진정되는 느낌이었다. 그

러자 다리에 힘이 풀리며 벽을 타고 스르륵 바닥에 주저앉게
되었다. 그 상태로 도진은 머리를 벽에 기댄 채 눈을 감았다. 이
제 곧 김민재가 낸 수수께끼의 답을 찾게 될 것이다.

15년 전

해마다 5월이 되면 선양고등학교에선 축제가 열렸다. 운동장에 가설무대가 설치되고, 축제 날에만 특별히 허용된 사복을 입고 등교한 아이들은 들떠 있었다. 그리고 아이들은 눈치채지 못했지만, 사실 운동장에는 온 산에 지천으로 피어나고 있는 라일락 향기가 가득했다. 사회를 보는 여학생이 마이크에 대고 목소리를 높였다.

"자, 이번 순서는 우리 선양고등학교의 명물, 댄스 동아리의 핑클 공연이 있겠습니다."

그 말이 끝나자마자 가설무대 맨 앞자리를 차지하고 앉아 있던 김민재가 괴성을 질러대기 시작했다.

"꺅! 꺅! 유리 누나!"

이한도 소리를 질렀고, 윤석은 손뼉을 마구 쳐댔다.

"야, 야, 너도 좀 웃어라. 우리 유리 누나 나오시는데!" 민재가 도진의 옆구리를 쿡 찌르며 말했다. 그때까지 우울한 얼굴로 고개를 숙이고 있던 도진이 마지못해 고개를 들어올렸다. 도진은 자신도 모르게 풋 실소가 터져나왔다. 서현이 사자처럼 부풀린 머리에 멍든 것 같은 눈 화장을 하고 포즈를 취하고 있었다.

"거봐, 웃으니까 좋네. 너 요즘 왜 그러냐? 무슨 좀비같이. 무슨 일 있어?" 민재가 천연덕스럽게 물었다. 민재의 곁에 앉아 있던 이한이 고개를 기울여 슬쩍 도진을 쳐다봤다. 도진은 얼른 눈길을 피했다.

도진은 아버지의 서재에 불려갔던 날 이후 이한이 방 벽을 두드릴 때마다 잠든 척 대꾸하지 않고 있었다. 이한이 뭔가 눈치를 챈 것이 분명했다. 그러나 이제 도진은 아무 말도 할 수가 없었다. 도진은 알게 되었다. 자신은 아무것도 할 수 없는 풋내기일 뿐이란 사실을. 그날 차요한 원장은 서재를 나서는 도진의 등 뒤에 대고 협박하듯 말했다. 만일 한 번만 더 허튼짓을 하면 더 이상 이한의 학비와 생활비를 지원하지 않겠다고. 그리고 놀라운 이야기를 들었다. 패거리와 함께 병원에 갔던 날, 이한은 스스로 차요한 원장을 찾아와 자신들이 본 모든 것을 자백했다고. 반드시 친구들의 입단속을 시킬 테니 자신이 학업을 이어갈 수 있게 도와달라고 말했다는 것이다.

도진은 아버지의 말을 믿을 수가 없었다. 그렇다고 이한에게 물어볼 수도 없었다. 너 정말로 우리 아버지에게 그렇게 말했니? 비굴하게 차요한 원장에게 빌었어? 그까짓 학업이 뭐라고…… 대학이 뭐라고……. 그러나 도진의 입에서는 차마 그 말이 떨어지지 않았다. 몰래 엿봤던 이한의 일기장, 거기엔 약자를 돕는 변호사가 되고 싶다고 적혀 있었다. 도진은 변호사가 된 이한을 상상해보았다. 제법 잘 어울린다는 생각이 들었다. 사실 잘 모르겠다. 그날 이후 도진은 다시는 예전처럼 이한을 대할 수가 없었다. 어쩌면 그 약병을 몰래 간직하고 있기 때문일지도 모른다. 도진은 버릴 수도, 그렇다고 누군가에게 줄 수도 없는 그 약병이 너무나 무거웠다. 그것 때문에 가슴이 짓눌리고 숨이 막히는 기분이 들었다.

여전히 자신을 쳐다보고 있는 이한의 시선을 느낀 도진은 아무렇지 않은 척 일부러 민재에게 농담을 건넸다.

"야, 저기에 유리 누나 없는데?"

"아, 그런가요? 제가 다시 보겠습니다." 민재가 눈살을 찌푸려 한참 무대를 쳐다보더니 고개를 갸웃하며 소리쳤다. "아니, 정말 성유리 누나 어디로 사라졌죠?"

도진은 전혀 귀에 들어오지 않는 농담에도 일부러 어깨를 들썩여 웃어댔다. 그러자 이한이 슬쩍 자신을 향하던 시선을 돌리는 것이 보였다. 그제야 도진은 숨이 쉬어지는 것 같았다. 사

실은 이한이…… 자신의 주머니에 들어 있는 약병을 알아차릴
까봐 두려운 것일지도 몰랐다. 약병이 도로 자신에게 돌아온
날 그것을 버리려고 마음먹었지만 도진은 약병을 아직도 버리
지 못하고 있었다. 버리려고 할 때마다 약병이 손에 달라붙는
기분이 들었다. 섬뜩하게도 약병은 자신을 버리면 또다시 돌아
올 거라고 속삭이는 것 같았다. 이제는 자신이 약병을 감추고
있는 것인지, 아니면 약병이 자신을 끌고 다니는 것인지 헷갈
렸다.

곧 음악이 시작되고 네 명의 여학생이 춤을 추기 시작했다.
패거리의 시선은 서현에게로 향했다. 음악이 흐르고, 패거리의
표정은 조금씩 굳어갔다. 도진은 그날 서현의 새로운 얼굴을
봤다. 늘 패거리를 진두지휘하던 용감무쌍한 이서현은 어디에
도 없었다. 무대 위 이서현은 전혀 다른 사람 같았다. 핑크색 새
도와 립스틱을 발라서일까? 그런데 다른 여자애가 무대 정중
앙에 나와 노래를 부르는 동안 무대 뒤편에서 춤을 추고 있는
서현은 어딘가 고장 난 로봇 같았다. 수많은 애들 앞에 서자 당
황한 것 같았다. 마침내 서현의 차례가 되었다. 마이크를 통해
서현의 노래가 울려퍼지자 정작 흥분하고 있던 패거리는 입을
꾹 다물었다. 연습할 때와 달리 서현의 목소리는 심하게 떨렸
고 얼굴에 화장은 번지기 시작했다. 급기야 마이크에서 서현의

삑사리가 운동장을 쩌렁쩌렁하게 울리자 전교생이 깔깔대며 웃었다. 무대 위 서현의 얼굴은 곧 울 것처럼 울긋불긋해졌다.

공연이 끝났다. 도진은 그제야 서현이 노래를 부르는 동안 자기가 긴장하고 있었음을 깨달았다. 서현은 미련이 남은 듯 무대 위에서 마이크를 꼭 쥔 채 곧 울먹일 듯한 얼굴로 서 있었다. 그 모습을 지켜보던 김민재가 불쑥 자리에서 일어나더니 큰 목소리로 소리쳤다.

"이서현! 완전 성유리 누나랑 똑같다! 앵콜!"

그러자 관중석에서 많은 아이가 같이 소리치기 시작했다.

"앵콜!"

"앵콜!"

서현은 마이크가 켜져 있는지 모르고 김민재를 향해 소리쳤다.

"야, 김민재! 닥쳐라!"

곧 마이크가 꺼졌고, 서현은 같이 춤을 춘 여자애들에게 끌려나오다시피 무대를 내려왔다. 참담한 무대였다. 그렇지만 김민재는 영문을 모르겠단 얼굴로 패거리를 돌아봤다. 도진은 자신을 향해 입술을 삐죽 내밀고 눈을 동그랗게 뜨고 있는 민재에게 미래를 예언하듯 말해줬다.

"넌 이제 죽었다."

"내가? 왜?"

그사이 민재의 뒤편에서 서현이 다가오고 있었다. 머리칼에 고데기로 뽕을 넣어 미스코리아처럼 부풀린 서현은 한 마리의 암사자처럼 뚜벅뚜벅 걸어오고 있었다. 그리고 서현의 손엔 2리터 생수병이 들려 있었다. 전교생의 시선이 무대가 아닌 그쪽을 향했다. 오직 김민재만 자신에게 드리워지고 있는 운명을 모르는 순진한 눈빛으로 도진을 바라보고 있었다.

"미안하다, 김민재."

"뭐가?"

"나도 미안!"

이한과 도진 그리고 윤석은 모두 그 말을 남기고 잽싸게 자리를 피했다. 곧 등 뒤에서 민재의 으악 하는 비명이 들려왔다. 그와 동시에 아이들의 환호성 소리가 터져나왔다.

"와아아! 더 해라! 더 해라!"

김민재를 향해 막 물을 뿌린 이서현의 발치로 아이들이 던진 음료수병들이 쏟아졌다. 김민재는 물기를 뚝뚝 떨어뜨리며 자리에서 벌떡 일어났다. 그러곤 서현을 향해 억울한 듯 소리쳤다.

"성유리 누나! 저한테 왜 이러셔요! 전 누나를 계속 응원했는데요! 제가 뭘 잘못한 건가요?"

"성유리 누나라고 한 번만 더 불러봐. 그럼 너 진짜 나한테 죽는다!" 이서현이 소리치자 민재가 억울한 표정으로 소리쳤다.

"아니, 언제는 성유리랑 똑같이 생겼다매요. 그런데 이제는 부르지도 못하게 하는 건가요?"

서현은 아이들이 던진 음료수병 가운데 콜라를 집어들었다. 서현이 병뚜껑을 따자 탄산이 터지는 소리가 들렸다. 그와 동시에 김민재는 냅다 아이들 사이로 도망치기 시작했다.

무대에선 사회자가 혼란을 수습하는 목소리가 들려왔다.

"자! 자! 여러분, 다음 순서는 영어 말하기 동아리가 준비한 팝송 공연이 있겠습니다. 비틀스의 〈예스터데이〉입니다. 여러분! 조용히 하고 모두 감미로운 팝송을 감상해주시기를 부탁드립니다!" 무대에는 기타 연주와 함께 노랫소리가 흐르기 시작했다.

어렸을 땐 모든 문제가 저기 멀리 있는 줄 알았어
지난날이 계속될 거라 믿었는데
갑자기 예전의 반도 안 되는 사람이 되어버렸어

그러나 무대에 깔리는 기타 선율을 뚫고 서현의 대포 같은 목소리가 무대를 갈랐다.

"나는 이효리라고! 몇 번을 말해! 이 돌머리 자식아!"

아이들은 그 누구도 방금 시작한 공연에 관심이 없었다. 덩치 큰 김민재가 머리를 사자처럼 부풀린 서현에게 쫓겨다니는 방향을 따라 아이들의 머리통이 움직이고 있었다.

그래서 그날 영어 말하기 동아리 회원들이 정성껏 준비한 무대는 폭망했단 후문이다.

한차례 소동이 끝나고 시간은 빠르게 흘러 어느덧 해가 저물기 시작했다. 운동장에서는 오늘의 하이라이트인 캠프파이어가 준비되고 있었다. 운동장 한가운데에 장작이 쌓이기 시작했다. 덩치 큰 남학생들은 전부 장작 쌓기에 동원되었다. 물론 덩치 큰 민재와 이한도 그 무리에 끼어 있었다. 민재는 지난 몇 날 며칠 학주의 명령으로 팼던 장작을 수레에 실어 나르며 감회가 새로웠다.

"야, 이거 오늘 잘 타야 할 텐데." 수레를 끌고 가는 민재의 말에 뒤에서 수레를 밀고 가던 이한이 대꾸했다.

"잘 마른 것 같아. 걱정 마."

"너가 보면 알아? 아! 너희 아버지가 목수셨다고 했나?"

"어, 예전에."

"근데 차도진 이 자식은 또 어디로 사라졌냐? 저녁도 먹는 둥 마는 둥 하던데? 살도 한 10킬로는 빠진 것 같더만." 민재가 주변을 두리번대며 말했다. 수돗가와 가까운 쪽 스탠드에 나란히 자리를 잡고 앉아 있는 서현과 윤석이 눈에 들어왔다. 서현은 여전히 부푼 사자 머리를 하고 윤석과 사이좋게 뭔가를 나

뭐 먹는 중이었다.

"그러게. 아까 분명히 도와준다고 우리를 따라왔었는데. 어디로 갔지? 내가 이것만 마치면 가서 찾아올게."

"아니야, 내가 찾을게. 그 자식 요즘 너만 보면 피하는 눈치더라."

"어……."

"야, 이한, 말해봐. 차도진하고 무슨 일 있는 거지?" 민재가 수레를 멈추고 뒤를 돌아보며 물었다.

"아니야. 일은 무슨."

"둘이 싸운 것도 아니면, 도진이 쟤 왜 저러는 거야? 분명 무슨 일이 있는 건데? 단순한 새끼가 이번에 진짜 오래가네."

이한은 아무런 말 없이 수레에서 나무를 내려 장작더미 위에 던져놓기 시작했다.

"설마 도진이가 알게 된 건 아니지?" 어느덧 곁에 다가온 민재가 속삭이듯 물었다.

"그게 사실은……." 이한이 뭔가를 말하려 하는데 그때 학주가 등 뒤에서 소리를 지르는 바람에 대화가 중단되었다.

"야! 너네! 왜 노닥거리고 있어? 이제 곧 해 떨어지기 직전인 거 안 보여!"

"아 넵, 알겠습니다. 분부 받들겠습니다." 민재가 차렷 자세로 경례를 붙이며 답하자 학주가 혀를 차며 말했다.

"이 자식은 한순간도 진지한 적이 없어."

학주가 지나가고 난 뒤 이한이 흘끗 민재를 돌아보며 지나가
듯 물었다.

"그러는 너는 괜찮고?"

"나야 뭐. 그럼 어쩌겠냐, 그냥 사는 거지. 우리같이 힘없는
사람들은 말이다." 민재가 입을 다물고 장작을 건성으로 던져
넣다가 생각난 듯 덧붙였다. "그리고 나는 정의 뭐 이딴 거 잘
모르겠고, 그냥 너희가 다 무사한 게 더 중요해. 안 그러냐?"

그렇지만 이한은 그저 손바닥에 묻은 나무 가루를 털며 말
했다.

"다 했다."

한가운데에 탑처럼 쌓인 장작더미를 두고 전교생이 운동장
에 둘러앉았다. 이제 모든 아이가 숨죽이고 카운트다운을 외치
고 있었다.

"10! 9! 8! 7!"

어느덧 이한과 민재도 땀에 흠뻑 젖은 채 서현과 윤석의 곁
으로 돌아와 스탠드에 자리를 잡고 앉았다.

"아우, 땀 냄새. 저리 비켜." 서현이 민재에게 눈치를 주자 민
재는 더욱 찰싹 서현에게 붙어 앉았다.

"6! 5! 4! 3!"

이한은 전교생이 카운트다운을 외치는 동안에도 계속 주위를 둘러봤다. 아무리 찾아도 도진이 보이지 않았다. '이 자식, 정말 어디에 숨어 있는 거야?'

"2! 1!"

카운트다운이 끝나고 전교생이 숨을 죽인 사이 산 너머로 조금씩 자취를 감추고 있던 태양이 완전히 사라졌다. 그것이 선양 축제의 묘미였다. 아이들은 날마다 반복되었을 그 일몰의 순간을 새삼스럽게 감탄하며 바라봤다. 운동장은 컴컴해졌다. 주변을 두리번대던 이한의 표정이 일그러졌다. 아이들의 얼굴이 모두 어둠 저편으로 사라져버린 느낌이었다. 도진을 더 이상 찾을 수가 없었다.

잠시 뒤 운동장에 휘발유 냄새가 진동을 했다. 학주가 휘발유를 부으며 힘에 겨워 낑낑대는 소리에 몇몇 아이가 웃었다.

"조용히 해! 이것들아!" 학주가 소리를 치자 아이들은 더 크게 웃었다.

"와아!"

운동장에선 얕은 탄성이 터져나왔다. 거대한 불길이 어둠 속에서 춤을 추기 시작했다. 그러자 어둠 속에 사라졌던 아이들의 얼굴이 다시 나타났다. 이한은 이글대는 불길이 비추고 있는 아이들의 얼굴을 훑어나갔다. 그러다 어느 순간 시선을 멈췄다. 찾았다! 도진은 엉뚱하게 1학년들이 주로 모여 앉아 있는 농구 코트 쪽 농구 골대에 기대서 있었다. 마치 난이도 높은 숨은 그림처럼 농구 골대에 찰싹 붙어 있는 도진의 모습은 이제 보니 정말 너무 마른 것 같았다. 원래도 마른 체형이었지만 그날 이후 지나치게 말라가는 것 같았다. 이한이 자리에서 일어나자 민재가 붙잡으며 말했다.

"야, 어디 가? 우리가 팬 장작이 드디어 멋지게 타고 있는데. 구경 안 해?"

"찾았어, 차도진."

"어디? 어디?"

"저기. 농구 골대."

"하, 저 자식 저기에 있었네. 그냥 둬라. 혼자 있고 싶은가본데. 도진이가 사춘기가 왔나보다."

"아니야, 가볼게." 이한은 그렇게 말하고 자리에서 일어났다. 왠지 도진을 더 이상 혼자 놔둬선 안 되겠다는 직감이 들었기 때문이다. 어쩐지 도진이 훌쩍 사라져버릴 것만 같은 이상한 기분이 들었다.

"와아!"

도진은 갑자기 운동장 전체를 울리는 아이들의 환호 소리에 걸음을 멈췄다. 정신을 차리고 보니 패거리로부터 너무 멀리 떨어진 데까지 와 있었다. 여기가 어디지? 주변을 두리번거리자 운동장의 한구석에 자리한 농구 코트였다. 내가 왜 여기까지 와 있지? 요즘 들어 이렇게 정신을 깜박 놓고 낯선 곳까지 와 있는 때가 종종 있었다. 이게 다 약병 때문인 것 같았다. 주머니에 숨겨놓은 약병이 자신을 이상한 곳으로 잡아끄는 기분이 들었다. 이제 나는 어떻게 해야 할까? 도진은 운동장 저 멀리 이글대며 타오르고 있는 불꽃에 눈길이 사로잡혔다. 처음에는 아름답다고 생각하며 그 불빛을 보고 있던 도진의 얼굴에 점점 어두운 그림자가 드리워졌다.

그날 살려달라고 아우성치던 사람들의 목소리가 들려왔다. 침대가 흔들리고 삐걱대던 소리가 귓전에서 떠나지를 않았다. 아버지에게 약병을 돌려받고 도진은 그대로 경찰서로 뛰어갔었다. 그러나 정작 만나러 간 곽철호 형사는 눈 하나 깜박하지 않고 말했다. 수사를 진행했는데 법적으로 아무런 하자가 없다고. 그러니 학생은 쓸데없는 생각 하지 말고 아버지처럼 훌륭한 의사가 되기 위해 공부나 열심히 하라고 말하며 도진의 어깨를 툭툭 짚었다. 도진은 그제야 깨달았다. 결국 경찰도 아버지와 한패인 것이다. 아버지의 말이 옳았다. 아버지를 이길 수는 없었다. 아버지가 사람을 죽이는 살인마인데도……. 그렇다면 이제 자신은 어디로 가야 할까? 이 약병을 들고 어디로……. 그때 누군가 자신을 부르는 목소리에 도진이 고개를 들었다.

"야! 차도진!"

이글대는 불꽃 너머에서 다가오고 있는 이한의 얼굴이 보였다. 이한이 자신을 향해서 머쓱하게 웃고 있었다. 그 웃음을 보니 도진은 새삼스럽게 용기가 솟았다. 어쩌면 자신은 내심 이한이 먼저 다가와주기를 기다리고 있었는지도 모른다. 그래, 이한에게 모든 것을 털어놓자. 이한이라면…… 어쩌면 지금 자신이 어떻게 해야 하는지 알려줄지도 모른다. 어른스럽게 자신의 어깨를 토닥이면서 말해줄 것 같았다. 나는 네가 최선을 다했다는 것을 알아. 지금은 비록 아무것도 할 수 없지만, 우리 나중에 어른이 되어서 다시 선양으로 오자. 그리고 사람들을 구하자. 그때가 되면 우리 힘으로 차요한 원장도 무너뜨릴 수 있을 거야! 그래. 그렇게 하자. 도진은 이한을 향해 마찬가지로 머쓱하게 웃어 보였다. 일렁이는 불꽃이 곁에 놓여 있기 때문일까? 그동안 얼어붙었던 마음이 녹는 듯했다. 그런데 잠시 뒤 도진의 표정이 딱딱하게 굳어버렸다.

"여러분, 오늘 뜻깊은 자리를 빛내주시기 위해 매우 귀한 분이 찾아와주셨습니다. 우리 선양고등학교에 늘 아낌없이 장학금을 지원해주시는 차요한 원장님을 박수로 환영 부탁드립니다."

운동장에 박수와 환호 소리가 터져나왔다. 선생들은 모두 얼굴이 벌게지도록 박수를 쳐대고 있었다. 도진이 보기에 모두가 즐겁고 기뻐 보였다. 그러나 도진은 차요한이라는 이름만 들어도 혐오감으로 속이 뒤틀렸다. 곧 토가 치밀어오를 것만 같았다. 차가운 손의 감촉이 떠올랐다. *잘 봐라, 나약한 짐승은 결국 어떻게 되는지.* 방금 전까지만 해도 따뜻하게 일렁이고 있던 거대한 불꽃의 그림자들이 다시금 아우성치는 사람들로 보였다. 병실에서 봤던 그들이었다. 그들이 사지를 비틀며 괴성을 지르고 있었다.

"여러분, 차요한입니다."

거만한 음성이 선양고등학교 운동장에 울려퍼졌다. 도진은 그의 연설을 도무지 듣고 있을 수가 없었다. 그의 연설로부터 도망치기 위해 돌아섰다. 그 바람에 자신을 향해 다가오고 있던 이한의 존재를 까맣게 잊어버리고 말았다. 이한에게 비밀을 털어놓겠다고 했던 다짐도 잊어버렸다. 다시 혼자가 되었다. 약병의 무게가 이끄는 쪽으로 도진은 달리기 시작했다. 그럼에도 끈질기게 차요한의 목소리가 따라붙었다.

"여러분, 인간은 평등하다고 말합니다. 그러나 그 말에 속지 마십시오. 정상인과 장애인이 평등합니까? 배운 자와 배우지 못한 자가 평등합니까? 아니면 가진 자와 빈자가 같은 삶을 산다고 할 수 있을까요? 평등하다는 것은 나약한 자들이 믿고 싶어 하는 환상일 뿐입니다."

차요한의 목소리가 계속 도진을 따라왔다.

"눈을 돌려 자연을 보십시오. 자연은 냉정하고 냉혹한 곳입
니다. 발이 느리면 사자의 입에 먹히는 곳이 자연입니다. 발이
느려 잡아먹히면서 그 어떤 짐승도 평등하지 않다고 불평하지
않습니다. 여러분, 나태한 자들의 논리에 빠져 인생을 허비하
지 마십시오. 진정 강한 자로 거듭나야만 사자의 입에 먹히지
않고 앞으로 나아갈 수 있는 겁니다. 아니, 그 반대이지요. 앞으
로 나아가는 자만이 사자가 되는 것입니다."

박수 소리가 밤하늘을 뒤흔들었다. 사람들은 모를 것이다.
방금 차요한 원장의 연설이 얼마나 무서운 진실을 내포하고 있
는지를⋯⋯. 도진이 그날 봤던 병실의 사람들, 사지가 비틀려
불구덩이에 버려지던 그 사람들은 모두 약하기 때문에 잡아먹
혔단 말인가?
도진이 그만 역겨움을 견디지 못하고 도망치는데 등 뒤에서
자신을 붙잡는 소리가 들렸다.
"도진아! 같이 가." 이한의 목소리였다. 도진은 깜짝 놀라 뒤
를 돌아봤다. 이한이 덥석 도진의 손을 잡았다. 그러나 도진은
자신도 모르게 그 손을 거칠게 뿌리쳤다.
"도진아, 괜찮아?"

"날 좀 혼자 있게 내버려둬."

도진은 뒤돌아서 달리기 시작했다. 그때 먼 데서 호각 소리가 들려왔다.

"야! 거기 뭐야! 무단이탈하면 너네 다 경고야! 얼른 들어오지 못해? 차요한 원장님 연설하시는데…… 이것들이 어디서 건방지게." 학주의 목소리였다. 그 목소리조차 속을 뒤틀리게 했다. 학주는 막상 지금 후문을 벗어나고 있는 학생이 도진이란 사실을 알면 절절매며 곧장 안면이 바뀔 것이다. 그러곤 다음에도 한 번 더 이러면 경고라고 거짓 윽박을 지르겠지. 그렇지만 그다음에도 경고는 없다는 사실을 도진은 알고 있었다. 어릴 때부터 줄곧 그랬다. 동네 어른들 모두가 도진에게는 억지웃음을 지었다. 아무리 도진이 사고를 쳐도 그들은 그것을 모른 체했다.

도진은 이미 학교 후문을 벗어났다. 흘끗 뒤를 돌아보자 이한이 학주에게 붙잡힌 채 이곳을 돌아보고 있는 모습이 보였다. 그것이 도진이 본 이한의 마지막 모습이었다.

*

이한은 학주에게 끌려 다시 제자리로 돌아가다 말고 있는 힘껏 학주의 손을 뿌리쳤다.

"어어! 이 자식이! 정신이 나갔나." 늘 범생이었던 이한의 돌발 행동에 학주가 놀라 소리를 질렀다. 그 소리에 조용한 클래식 공연을 감상하고 있던 아이들이 힐끗힐끗 뒤를 돌아봤다. 그러나 이한은 지금 그런 것 따위 아무것도 눈에 들어오지 않았다. 이한은 모든 것을 알고 있었다.

며칠 전, 방에서 공부하고 있다가 자기 아버지가 도진을 부르는 소리가 들렸다. 차요한 원장이 도진을 좀 보자고 한다는 거였다. 이한은 슬쩍 방문을 열고 도진을 뒤따라갔었다. 그날 이한은 서재 문 앞에서 모든 것을 듣게 되었다. 도진이 혼자 무슨 일을 벌이고 있었는지. 짐작은 하고 있었지만 차요한은 상상 이상으로 지독한 인간이었다. 이대로 모든 것이 지나갈 거라고 생각했던 것은 자신이 비겁해서였을까?

학교를 벗어나자 정거장에서 막 떠나는 마을버스가 보였다. 창문 너머 맨 앞 좌석에 앉아 있는 도진의 옆모습이 보였다.

'안 돼!' 마지막으로 자신을 뿌리치고 돌아섰던 도진의 얼굴이 지금도 생생했다.

"야! 같이 가!"

이한은 무턱대고 버스를 쫓아 뛰어가다가 그 소리에 뒤를 돌아봤다. 김민재가 자신을 따라오고 있었다. 그 뒤에 줄줄이 따라오고 있는 서현과 윤석도 보였다.

숨을 헐떡이며 다가온 민재가 물었다.

"야, 너 지금 차도진 잡으러 가는 거지? 왜 그래? 좀 내버려 둬. 하루쯤 무단이탈한다고 쟤한테 아무 일도 안 일어나. 모르 냐?"

"안 돼!" 이한이 소리를 질렀다.

"왜 안 되는데? 저 자식 애새끼 아니거든? 차요한 원장 왔다 고 가버린 거 아니야. 왜 그렇게 도진이를 못 잡아먹어 난리냐, 너는?"

이한이 거의 울먹이는 목소리로 그동안 혼자서만 삭여왔던 말을 꺼냈다.

"저 자식…… 그걸 갖고 있다고."

"그거라니?"

어느덧 서현과 윤석도 다가와 있었다. 그럼에도 이한은 더 이상 참지 못하고 절박한 목소리로 말했다.

"차요한 원장이 그걸 도진이한테 줬어."

"그게 뭔데? 똑바로 말을 하라고!" 민재가 이한을 붙잡고 목 소리를 높였다.

"그때 우리가 봤던 그 사람! 그 사람도 약 때문에 그렇게 된 거라고!"

민재의 안색이 변했다.

"그걸 왜 차요한이 도진이한테 줘?"

"모르겠어. 지금 나도 아무것도 모르겠고, 그러니까 얼른……."

민재는 이한의 말이 끝나기도 전에 이미 뛰어가기 시작했다. 이한도 뒤따라 달려가다가 뒤에서 들려오는 소리에 잠시 걸음을 멈췄다

서현이 급히 뛰어오다가 슬리퍼가 벗겨진 채 길에 엎어져 있었다.

"괜찮아?" 이한이 서현에게 도로 뛰어가 손을 내밀자 서현이 소리를 질렀다.

"얼른 도진이나 잡으러 가! 난 신경 쓰지 말고!"

이한이 서현과 윤석을 돌아보며 말했다.

"그럼 내가 민재랑 읍내 다 돌아볼 테니까, 너는 윤석이랑 마을버스 타고 거기 좀 가봐."

"낙원 농장?" 서현이 척하면 척이란 얼굴로 그렇게 물었다. 이한이 고개를 끄덕이며 답했다.

"도진이 보면 꼭 나한테 먼저 연락해." 이한은 그 말을 남기고 다시 뛰어가기 시작했다.

*

도진을 처음 발견한 것은 서현이었다.

"도진아, 너 왜 이래? 괜찮아?"

낙원 농장의 문을 벌컥 열고 들어간 서현이 바닥에 쓰러져

있는 도진을 향해 뛰어들어가며 소리쳤다. 윤석은 겁을 먹고 문가에서 주춤대며 그 모습을 지켜보고 있었다. 도진은 얼굴이 시퍼렇게 질려서 죽은 사람처럼 차가워지고 있었다. 입안에서 길게 뽑혀나온 혀에서 침방울이 흘러내려 옷자락을 적시고 있었다. 손목과 고개가 기이한 방향으로 비틀려 있었다.

"도진이…… 죽은 거야?" 윤석이 떨리는 목소리로 묻자 서현이 목소리를 높였다.

"도진이가 죽긴 왜 죽어! 그딴 말 하지 마, 재수 없으니까! 얼른 이한한테 전화 좀 걸어봐!"

그렇지만 윤석은 충격으로 꼼짝을 못 하고 있었다. 그 모습을 돌아본 서현이 도진을 잠시 바닥에 내려놓고 주머니에서 휴대폰을 꺼냈다. 이한에게 전화를 걸자 이한이 바로 받았다. 거친 숨소리가 들려왔다.

"서현아! 도진이 찾았어?"

"도진이가 이상해."

"그게 무슨 말이야?" 이한이 되묻는데 서현은 마저 답을 하지 못했다.

도진이 갑자기 벌떡 자리에서 일어났다.

"살인자 새끼! 살인자 새끼 죽여버릴 거야!"

그 모습을 보고 얼어붙은 서현은 도진이 오두막을 튀어나가고 나서야 정신이 돌아왔다.

"너도 들었지? 나 도진이 잡으러 가야 해. 조금 이따 다시 연락할게."

"서현아! 잠깐만. 내 말 좀 들어봐. 지금 당장 119에 연락부터 하고……."

그러나 서현은 이미 휴대폰을 바닥에 던지고 뛰어나간 뒤였다. 문가에 얼어붙어 있는 윤석을 날랠 시간조차 없었다. 서현은 직감적으로 도진이 위험하단 사실을 깨달았다. 자기가 구하지 않으면 도진이 죽을지도 모른다는 생각이 들었다.

도진은 평소에 잘 다니지 않던 험한 길로 접어들고 있었다. 마치 나무들 틈새로 빨려들어가는 것처럼 보였다. 전혀 다른 사람처럼 보였다. 그 모습이 무서웠지만 서현은 멈추지 않았다.

*

"차도진! 너 따위가 나를 건드려?"

도진은 등 뒤에서부터 우렁우렁 들려오는 차요한 원장의 목소리에 질겁을 하고 뛰었다. 머리가 찌릿찌릿하고 척추뼈가 아작 날 듯 고통스러웠다. 자신은 약을 삼켰다. 한꺼번에 먹으면 치사량이라고 알고 있었다. 죽으면 차요한으로부터 벗어날 수 있을 거라 생각했다. 그렇지만 눈을 떴을 때 눈앞에서는 다름 아닌 차요한이 자신을 벌건 도깨비 같은 눈동자로 노려보고 있었다. 그가 손에 쥐고 있는 것은 엽총이었다. 그걸로 자신을 쏘려고 하는 것이다. 도진은 무작정 도망치기 시작했다. 자기는 분명 죽으려 했는데 정작 죽임을 당할까봐 뛰고 있는 스스로의 모습이 우스웠다. 흐흐. 입에서 자꾸만 이상한 웃음소리가 새어나왔다.

놀라웠다. 눈앞의 세상이 온통 다채로운 색깔로 이글대고 있었다. 숲속의 나무들이 핑크빛과 녹색의 화염에 휩싸여 있었다. 온통 불바다였다. 학교 운동장에서 캠프파이어를 하던 기억이 났다. 그 불꽃이 여기까지 옮겨붙은 것만 같았다. 그런 가운데 불쑥 눈앞에 뭔가 나타났다. 도진은 그 짐승이 무엇인지 깨달았다. 그것은 어릴적 억지로 끌려나갔던 사냥터에서 자기가 쏘지 못했던 그 사슴이었다. 분명히 머리도 잘리고 가죽도 벗겨졌던 그 사슴이 놀랍게도 되살아나 도진의 눈앞에서 알짱대고 있었다.

'도망쳐!'

도진은 사슴을 향해 절박하게 소리를 질렀지만 목소리는 튀어나오지 않았다. 그렇지만 사슴은 멈춰 서서 도진을 돌아봤다. 도진은 사슴과 눈이 마주치자 소스라치게 놀랐다. 사슴의 눈동자가 텅 비어 있었다. 그곳에선 붉은 핏물이 줄줄 흐르고 있었다.

'미안해. 내가 미안해.'

사슴이 알 수 없는 표정을 지으며 따라오란 듯 도진을 이끌었다. 도진은 사슴을 따라 뛰어갔다. 사슴은 탈출로를 알려주고 있었다. 그곳으로 가면 차요한에게 벗어날 수 있을지도 몰랐다.

그러나 도진은 곧 악 소리와 함께 깊은 벼랑으로 굴러떨어졌다.

날카로운 무언가에 등을 찔려 도진은 눈을 떴다. 그곳엔 버려진 이동식 침대들이 늘어서 있었다. 침대마다 흰 이불로 머리까지 뒤덮여 있는 시신들이 놓여 있었다. 지진이 난 것처럼 침대들이 삐걱대며 흔들리기 시작했다. 그러더니 이불에 휩싸여 있던 시신들이 몸을 비틀기 시작했다. 곧 이불이 흘러내리고 모습을 드러낸 시신들이 자리에서 일어나기 시작했다. 그러곤 피를 흘리는 눈동자로 도진을 바라보며 소리치기 시작했다. 같이 가! 같이 가! 그들은 사지가 비틀린 채 바닥을 기어 도진에게 다가오기 시작했다. 자신을 지옥으로 끌고 가려는 것이다.

도진은 이곳에서 벗어나기 위해 안간힘을 써서 벼랑을 오르기 시작했다. 마침내 벼랑 높은 데까지 다다랐을 때였다. 손 하나가 벼랑에서 나뭇가지처럼 불쑥 솟아나왔다. 그러더니 도진의 머리통을 우악스럽게 짓누르기 시작했다.

차요한이었다. 그가 자신을 지옥의 구렁텅이에 밀어넣고 있었다. 도진은 절벽에서 미끄러지지 않으려고 풀뿌리를 잡고 악을 썼다. 팔에 힘이 떨어지던 찰나 허둥대던 손끝에 돌덩이 하나가 만져졌다. 도진은 그 돌덩이를 가까스로 움켜쥐고 자신을 짓누르고 있는 차요한의 머리를 내리쳤다. 차요한 원장의 손이 고통으로 꿈틀댔다. 이건 마지막 기회다. 차요한의 손아귀에서 벗어날 수 있는 마지막 기회. 도진은 더욱 있는 힘껏 돌을 머리 위로 휘둘렀다.

"악! 차도진! 정신 차려! 제발!"

이상하게도 차요한 원장은 찢어질 듯한 여자애의 비명을 내지르며 엄살을 떨고 있었다.

그러나 도진은 속지 않았다. 더욱 이를 악물고 온 힘을 다해 차요한의 머리를 부술 듯 내리찍었다. 살인자의 머리였다. 사람들을 사지로 내몰고 짓밟고 어떻게든 정당화하기 위해 사악한 말들을 지어내는 역겨운 덩어리였다.

마침내 단단한 뼈가 부서지는 느낌이 손끝으로 생생하게 전해져왔다. 비명이 멎었다. 짜릿한 쾌감에 몸이 떨려왔다. 도진은 그동안 한 번도 느껴보지 못했던 충만한 자신감으로 부풀어 올랐다. 살아났다는 안도감과 함께 벅찬 해방감이 심장에 차올랐다. 흐흐흐. 도진의 입가에서 바람 빠지는 웃음소리가 새어나왔다. 자신의 손으로 차요한을 무너뜨린 것이다.

*

눈을 뜨자 깎아지른 듯한 벼랑이 도진을 비스듬히 내려다보고 있었다. 여기가 어디지? 그리고 난 왜 이런 곳에 처박혀 있는 것일까? 몸을 일으켜 세우려는 순간, 머리가 찌릿하며 등뼈가 아삭 날 것만 같았다. 온몸에 기운이 쭉 빠져 꿈쩍도 할 수가 없었다. 그렇지만 여기서 벗어나고 싶었다. 마비된 것 같은 손끝을 간신히 꿈틀대자 몸에 감각이 서서히 돌아왔다. 땅을 짚고 몸을 일으켜 세웠다. 휘청대는 몸을 가까스로 일으켜 균형을 잡기까지 끙 소리가 절로 목구멍을 비어져나왔다. 다리가 부들부들 떨렸다. 그런데 일단 제 힘으로 일어났다는 안도감도 잠시, 도진은 뭔가를 보고 소스라치게 놀랐다. 손에 피가 흥건히 묻어 있었다.

도진은 그 피 묻은 손을 자기도 모르게 급히 옷에 문질러 닦았다. 그제야 잊고 있던 기억들이 섬광처럼 번뜩이며 떠올랐다. 이한의 손길을 뿌리치고 마을버스를 탔다. 갈 곳은 낙원 농장뿐이었다. 오두막에서 약을 삼켰다. 자기가 죽은 모습을 모두에게 보여주고 싶었다. 특히 차요한 원장. 그 뒤에 두서없이 떠오르는 기억들은 모두 악몽이었나?

손에 묻은 피는 그렇다면…… 누구의 피란 말인가?

도진은 그제야 자신의 주변을 살피며 돌아다녔다. 본능적으로 불안감이 들었다. 의식을 잃은 사이 더 이상 돌이킬 수 없는 엄청난 짓을 벌인 것 같다는 느낌이 들었다. 희미하게 동이 터 오고 어둠이 걷히자 벼랑 밑에서 흔들리는 억새들이 모습을 드러냈다. 그리고 그 억새풀 사이로 두 발이 보였다. 한쪽 발은 운동화가 벗겨진 채 양말에 진흙이 묻어 있었다. 도진은 뭔가에 이끌리듯 그쪽을 향해 조심스럽게 걸음을 옮겼다. 어느 순간 도진은 눈앞에 드러난 충격적인 현실에 비명조차 지를 수가 없었다. 도진은 입을 틀어막고 그 믿기지 않는 모습을 바라보았다. 서현이 고개를 비튼 채 쓰러져 있었다. 온통 피범벅이 된 뺨에 머리칼이 달라붙어 있었다. 도진은 무릎에 힘이 풀려 스르륵 주저앉았다. 무릎걸음으로 서현에게 기다시피 다가갔다.

"서현아, 이서현! 눈 좀 떠봐!"

도진은 덜덜 떨리는 목소리로 서현을 불렀다. 서현의 얼굴은 이미 서현이 아니었다. 한쪽 눈두덩이 당구공처럼 부풀어오른 채 핏물이 고여 있었고 코뼈는 부서져 있었다. 그나마 멀쩡한 다른 쪽 눈동자에는 초점이 없었다. 서현이 곧 욕을 하며 자기를 병원으로 얼른 데려가라고 소리칠 것만 같았다. 그렇지만 서현은 평소와 달리 조용했다.

서현은 죽었다. 자리에서 일어나 자기도 모르게 뒷걸음치던 도진의 발밑에 묵직한 무엇이 밟혔다. 그것은 혈흔이 있는 돌이었다. 도진은 악몽 속에서 차요한 원장의 머리를 돌로 내리찍으며 느꼈던 짜릿한 기분이 떠올랐다. 도진은 다시 한번 두 손을 눈앞에 들고 확인했다. 손에 피가 잔뜩 묻은 채 굳어가고 있었다. 설마…… 설마 그럴 리가 없어. 이것도 악몽일 거야. 계속해서 꿈에서 깨어나지 않고 있는 걸 거야. 이 꿈에서 깨어나면 서현이는 살아 있을 거야. 분명 날 보고 소리를 지르고 욕을 할 거야. 분명히 그럴 거야.

그런데 그때, 벼랑 너머에서 낯선 사람들의 목소리가 들려왔다. 그들이 소리쳐 부르고 있는 것은 자신과 서현이었다. 아마도 119 대원들이 실종된 자신들을 찾으러 다니는 것 같았다. 그 목소리는 이것이 현실이라고, 절대 악몽이 아니라고 말해주고 있었다.

네가 이서현을 죽였어!

사람들이 한목소리로 그렇게 소리치고 있는 것 같았다. 한쪽 눈만 뜬 채 자신을 바라보고 있는 서현의 얼굴도 아까와 달리 자신을 원망하고 있었다. 악몽에서 깨어났지만, 현실은 더더욱 견디기 어려운 악몽이 되어 있었다. 자신이 죽인 것은 차요한 원장이 아니었다. 다름 아닌 서현이었다.

"차도진!"

"이서현!"

벼랑 너머에서 사람들의 목소리가 점점 더 가까이 다가오고 있었다. 이제 나는 어떻게 되는 것일까? 슬픔과 죄의식을 느낄 새도 없이 공포가 숨통을 조여왔다. 자신은 살인범이 되었다. 차요한 원장과 똑같은 살인자가 되었다. 이제부터 남은 평생을 감옥에 갇혀 살게 될 것이다. 도진은 상상조차 하고 싶지 않은 끔찍한 미래를 떠올리며 눈물과 콧물이 뒤범벅된 채 바닥에 꿇어앉았다. 자신 때문에 서현이가 죽었다. 아무리 노력해도 그 사실만큼은 돌이킬 수 없었다. 몸을 웅크린 채 떨고 있던 도진은 누군가 등 뒤로 다가오는 소리를 들었다. 그게 누구든 이제 상관없었다. 자신은 얌전히 수갑을 차고 감옥으로 끌려갈 것이다.

그런데 잠시 뒤 우악스러운 손이 도진의 한쪽 어깨를 끌어당겼다. 그 바람에 도진은 차가운 바닥에서 일으켜 세워졌다. 그런데 그자는 도진에게 수갑을 채우지 않았다. 대신 등 뒤에서 나직이 속삭였다.

"지금부터 조용히 앞만 보고 걸어."

"누구세요?" 도진이 뒤를 돌아보려 하자 그자의 손바닥이 도진의 머리통을 짓눌러 자신을 보지 못하게 만들었다. 담배 냄새가 났다. 순간 도진은 그가 누군지 알아차렸다. 그는 분명 얼마 전 자신이 경찰서에 갔을 때 증거품을 제출했던 그 형사였다. 곽철호 형사.

도진은 그가 누군지 알아차린 순간 걸음을 멈췄다. 그가 떠미는 힘에 저항하며 소리쳤다.

"그렇지만 서현이는요?"

곽철호 형사가 차갑게 말했다.

"어차피 죽었어. 네가 지금 자수한다고 쟤가 살아나진 않아. 그러니까 감옥에 갇히고 싶지 않으면 그냥 조용히 따라오는 게 좋을 거야."

"웃기지 마! 왜 그 약을 다시 우리 아버지한테 갖다 바친 거죠? 그때 제대로 수사만 진행했더라도 서현이는 죽지 않았어요."

"그래? 그럼 나도 네가 살인자라고 말하겠어! 네가 네 친구를 잔인하게 죽였다고 말이야."

"그건 내가 한 게 아니라고요! 약을 먹고 제정신이 아니었다고요!"

"사람들이 그 말을 믿어줄까? 너를 얼마나 원망하겠어? 네가 서현이를 저렇게 만든 것을 알게 되면 네 친구들이 너를 뭐라고 생각할까?"

도진은 겁이 났다. 친구들이 자신을 뭐라고 생각할까? 특히 이한이 자신을 어떻게 바라볼지 상상조차 하고 싶지 않았다. 이한은 자신을 차요한 원장과 똑같은 살인마라고 여길 것이다. *도진아! 결국 너도 너희 아버지와 똑같은 악마였어!* 이한이 자신에게 그렇게 말하는 목소리가 들리는 것만 같았다. 숨고 싶었다. 그런데 그때 정말로 이한의 목소리가 들렸다.

"도진아! 차도진! 이서현!"

이한의 목소리였다. 도진은 그제야 자신이 아까부터 간절하게 기다리고 있던 사람은 이한이란 사실을 깨달았다. 이한이 지금 자신을 여기서 데리고 도망쳐줬으면 싶었다. 그러나 동시에 도진은 이한을 만나는 것이 가장 두려웠다. 이한은 자신을 뭐라고 생각할까? 과연 이한이 자신을 믿어줄까? 자신이 정말 약 때문에 이런 짓을 벌였다고 이해해줄까? 이한은 자신을 용서하지 않을 것이다. 이한의 돌변할 눈빛이 떠올랐다. 도진은 아까와는 다른 새로운 두려움과 공포에 떨었다. 몸이 떨리면서 딸꾹질이 터져나왔다.

곽철호의 담배 냄새가 가깝게 맡아졌다.

"어때? 지금이라도 저 위로 나랑 갈까? 네 친구한테 모든 것을 솔직하게 말하자고. 네가 저 계집애를 저 지경으로 만들었다고 말이야. 어때?" 곽철호는 비아냥대며 도진의 옷자락을 잡아끌었다. "그렇다면 잘난 척하지 말고 얼른 걸어! 네 친구가 널 보기 전에 말이야."

도진은 더 이상 저항하지 않았다. 곽철호 형사의 말이 맞았다. 자신이 자수하고 감옥에 간다고 해서 서현이 되살아나지는 않는다고 애써 되뇌었다. 도진은 어쩔 수 없단 듯 그의 우악스러운 손길에 끌려갔다. 도진은 서현이 더 이상 보이지 않는 거리에 다다랐을 때 마지막으로 서현을 돌아보면서 그렇게 생각했다. 그래, 이건 내 잘못은 아니야. 모두 그 약 때문이야. 내 정신이 아니었어. 내가 죽인 게 아니야. 그러니까 서현 역시 결국엔 차요한 원장이 살해한 거야. 비겁하게도 도진은 그렇게 중얼거렸다. 그래야만 숨을 쉴 수가 있었기 때문이었을까? 아니면 그곳에서 모든 것을 잊고 도망치고 싶었기 때문이었을까?

차도진

똑똑. 방금 들린 그 소리는 뭐였지? 그는 등을 기대고 있던 벽을 돌아봤다. 그 벽을 이한은 종종 그렇게 노크하곤 했었다. 똑똑. 그러나 이제 저 벽 너머에 이한은 없다. 이한이 죽은 것은 아주 오래전의 일이다. 이제는 환청까지 들리는 것일까?

도진이 생명줄처럼 손에 쥐고 있던 휴대폰에 불빛이 깜박였다. 기다리고 있던 박 사무장의 문자였다. 그동안 외면했던 진실이 눈앞에 있는 것이다. 이제는 더 이상 물러날 데가 없다. 도진은 이를 악물고 문자에 첨부된 파일을 열었다.

당시 이한이란 남학생이 범인으로 확정되기까지 의견 충돌이 조금 있었던 모양입니다. 현장에서 발견된 돌에서 이한과 다른 사람의 지문이 동시에 발견되었다고 하더라고요. 이상한 점은 그 다른 사람이 누구였는지에 대한 기록은 남아 있지 않네요. 보통은 그런 기록을 구할 수 있습니다만, 여러모로 알아보았는데도 찾기가 불가능했습니다.

에덴 병원 간호사 최명희와 고등학생 김민재의 증언으로 범인이 특정되었다고 합니다. 최명희 간호사는 현장에서 기절해서 병원에 실려왔던 이한의 몸에 혈흔이 있었고, 술 냄새가 났다고 증언했습니다. 김민재의 증언은 제가 있는 그대로 적어서 보내드려보겠습니다.

― 아니요, 그 친구는 저랑 같이 있었어요.

― ○○○이가 너랑 같이 있었단 게 사실이야?

― 네, ○○○이는 저랑 같이 이한을 찾아다녔어요. 확실해요.

그 이름은 다 삭제되어 있네요. 이한은 복역한 지 3년 만에 죽었습니다. 이한의 부친이 아들의 무죄를 입증하겠다며 자살을 했던 모양입니다. 친족 장례로 특박 휴가를 나왔던 그때 이한도 목숨을 끊은 것 같습니다.

며칠 시간을 더 주시면 삭제된 이름도 찾아보겠습니다. 삭제된 이유도요.

도진은 이제껏 이한이 죽었다는 사실 정도만 알고 있었다.

죽은 듯이 공부만 해서 사법고시에 통과했던 어느 날, 도진은 문득 이한의 안부를 확인했었다. 왜 그랬던 것일까? 어렵게 뭔가를 얻게 되었던 날 동시에 손에 쥔 그것을 잃어버리게 될까 봐 극도로 불안했던 것일까? 아니면 자신이 하필이면 그토록 변호사가 되고자 했던 것이 사실은 오래전 이한의 꿈이 변호사였단 게 어렴풋이 기억났기 때문이었을까? 그날 이한의 행방을 찾던 도진은 이한이 이미 사망했음을 확인했다. 그때 충격과 아울러 묘한 해방감을 느끼지 않았던가? 공소시효가 끝난 듯한 해방감.

그런데 김민재! 김민재는 왜 그때 그런 증언을 한 것일까? 사실이 아닌 증언. 그때 이한을 배신한 것은 자신만이 아니었다. 김민재도 분명 그 배신의 대가로 뭔가를 얻어내지 않았을까? 그러고 보니 김형근이 에덴 병원에서 일자리를 얻은 것도, 운영이 늘 어려웠던 체육관이 사라지고 그 자리에 빌라가 들어와 있는 것도 모두 설명이 되는 것 같았다. 그래놓고 이제와 모든 것을 바로잡기라도 하잔 말인가? 죗값을 치르기 위해 모두 죽자고? 누구 마음대로? 이제 와서? 병신 같은 놈. 어차피 이한은 죽었는데. 이런다고 서현이 살아 돌아오진 않는다고.

똑똑. 사방에서 노크 소리가 들려오는 것만 같았다. 지옥에서 이한과 서현이 자신을 찾고 있는 소리가 아닐까? 똑똑. 아니면 곽철호 서장의 목덜미에 벌어진 깊은 자상에서 규칙적으로 흘러내려 갱도의 바닥에 고이던 핏방울 소리인가?

똑똑. 따라오지 마. 도진은 더 이상 이곳도 안전하지 않다고 느꼈다. 턱 밑까지 숨이 막힐 만큼 공포가 밀려왔다. 이번에 죽어나간 모든 자는 그때 도진의 죄를 은폐하기 위해 공모했던 자들이었다. 김민재가 이제 와서 왜 갑자기 정의의 사도를 자처하고 나섰는지는 모르겠지만, 따지고 보면 김민재 자신도 배신자 아닌가? 이제 마지막은 자신의 차례라는 사실만큼은 분명했다. 도진은 방문을 벌컥 열고 뛰쳐나왔다. 가파른 나무 층계를 오르기 시작했다. 도진이 들어간 곳은 차요한 원장의 서재였다.

다시는 집에 돌아올 생각 하지 말거라. 네가 돌아오는 날에는 내 손에 죽을 것이다.

15년 전, 차요한 원장은 택시에 이민 가방 하나와 도진을 밀어넣으며 그렇게 속삭였었다. 이제 차요한 원장이 늘 앉아 있던 묵직한 원목 책상의 의자는 비어 있었다. 이 방의 주인은 죽고 없다. 도진은 비어 있는 그 의자를 새삼스럽게 바라보고 있다가 자신을 향해 손짓하던 차요한의 모습을 떠올렸다. 먼저 잡아먹어야 잡아먹히지 않는 법이다. 그땐 이해하지 못했던 차요한의 그 논리를 이제는 납득할 수 있을 것 같았다.

도진은 서재의 한 귀퉁이를 수년 동안 짓누르고 있던 묵직한 원목 책상 앞으로 다가갔다. 도진은 신에게 엎드려 제의를 지내는 심정으로 두 손을 공손히 책상 모서리에 모았다. 그러곤 온 힘을 실어 책상을 밀었다. 책상 다리가 바닥에 끌리는 둔탁한 소리가 울렸다. 바닥이 드러나자 도진은 무릎을 꿇고 목재 바닥을 더듬어나갔다. 미세한 틈새가 만져졌다. 여기다. 틈새에 손톱을 박아넣자 긴 바닥재 조각이 뚜껑처럼 열리고 곰팡내가 훅 끼쳤다. 먼지가 풀풀 날리는 그 빈 공간을 들여다보자 목구멍이 바짝 말랐다. 이것이 유일한 동아줄인 것이다.

도진은 틈새로 손을 욱여넣었다. 차가운 바닥이 만져졌다. 도진은 팔을 어깨까지 밀어넣었다. 뺨 한쪽이 바닥에 닿았다. 도진의 손끝에 매끄럽고 단단한 그것이 닿자 이런 절망적인 상황 속에서도 웃음이 나왔다. 그것을 끄집어내자 날렵하고 잘빠진 몸체가 눈앞에 모습을 드러냈다.

정진아, 아비가 이 총을 여기에 감춰놓은 것은 너만 아는 일이다. 물론 나라에 신고를 하고 당당히 소지할 수도 있지. 그렇지만 번거롭지 않겠니. 큰일을 하는 남자라면 비밀 하나쯤은 갖고 있어야 하는 거지. 그러니 이 총은 아비가 혹 갑자기 세상을 뜨게 되면 그때부턴 네가 맡아 관리하거라.

아버지는 그때 자신이 문 틈새로 엿보고 있다는 사실을 눈치채지 못한 채 형에게 은밀히 말하고 있었다. 그때 도진은 아버지의 총을 물려받게 된 형을 질투했던가? 어쩌면 방을 훔쳐보던 그때부터 도진은 이 총을 향한 갈망을 갖고 있었는지 모른다. 총을 손에 쥐자 강해진 느낌이 들었다. 결국 아버지는 죽었고, 이 총은 형이 아닌 자신의 손에 쥐여졌다. 아버지가 형에게 물려준 다른 어떤 것도 탐나지 않았다. 지금 이 순간만큼은 그 무엇도 필요 없었다. 이 총이면 된다.

엽총을 손에 쥐자 더 이상 머릿속을 가득 메웠던 환청이 멎었다. 냉정을 되찾은 기분이었다. 갱도에서 목격했던 곽철호 서장의 목에는 분명 칼자국이 남아 있었다. 오래전 링 위에서 붙었을 때 도진은 한 번도 김민재를 이길 수 없었다. 그러나 이번만큼은 다를 것이다. 김민재에게는 칼이 있지만 자신에게는 총이 있다. 게다가 이 총기는 국가에 신고되지 않은 것이다. 현장에서 경찰이 총탄을 발견하게 되더라도 그것만으로 범인을 추정하긴 어려울 것이다. 완전범죄가 가능한 것이다. 여러모로 운이 좋았다. 어쩌면 김민재는 자신의 무덤을 판 것이 아니었을까? 15년 전 허술하게 처리한 그 일을 이제 자신의 손으로 완전히 매듭지을 것이다. 그리고 난 뒤 휴가에서 돌아온 사람처럼 다시 일에만 몰두할 것이다. 모든 것을 잊고 마치 아무 일 없던 것처럼. 그동안 그렇게 살아왔듯이.

도진은 모자를 깊게 눌러쓴 채 저택을 빠져나왔다. 산악용

배낭엔 엽총과 라텍스 장갑을 챙겼다. 오늘 밤 김민재를 살해할 현장엔 아무런 흔적도 남겨선 안 된다. 차량도 이용하지 않을 것이다. 블랙박스에 기록이 남으면 곤란하다. 김민재가 훗날 그곳에서 사체로 발견된다 하더라도 자신이 용의 선상에 오르는 일은 피해야 한다. 그렇지 않아도 형사들은 자신을 끝없이 의심하고 있을 것이다. 특히 그 여자 형사. 정연우 경위라고 했던가? 도진은 어떤 경로로 낙원 농장에 가야 할지 머리를 굴렸다. 도로에는 감시 카메라가 널려 있다. 게다가 사방엔 경찰들이 돌아다니고 있다. 사람이 지나다니지 않는 길, 아니 애초에 길이 아닌 곳으로 가야 한다.

거대하고 높은 담벼락 앞에 선 도진은 고개를 쳐들었다. 담벼락을 침범한 나뭇가지들 사이로 소리 없이 눈송이가 날리고 있었다. 오래전 이 담벼락을 넘어 집으로 기어들었던 기억이 잠시 머릿속을 스쳤다. 그날, 이서현을 죽인 현장에서 곽철호 형사에게 이끌려 돌아왔을 때였다. 저택의 정문엔 이미 형사들이 와 있었다. 곽철호는 한 다리를 절뚝이는 자신을 죄수처럼 이끌고 저택의 뒤편으로 산길을 가로질렀다. 곽철호가 담벼락 너머를 향해 휘파람을 불자 공중에서 사다리가 내려왔었다. 도진은 그 사다리를 타고 올랐었다. 어차피 이서현은 살아 돌아오지 않아. 그 말을 주술처럼 읊조리면서. 그리고 사다리를 올라 담벼락 위에 매달렸을 때 담 너머에선 차요한 원장이 자신을 기다리고 있었다. 도진은 아버지의 두 팔을 향해 뛰어내렸다. 늘 저주했던 아버지의 품에 자신을 내던졌었다. 그 아버지는 모든 일을 깔끔하게 처리했다. 자신이 의심받는 일은 전혀 없었고, 자신은 선양을 떠나 다시는 돌아오지 않았다.

흐릿한 가로등 불빛 아래 그때의 그 철제 사다리가 여전히 그 자리에 놓여 있었다. 도신은 녹이 슬어 삐걱대는 철제 사다리를 펼쳤다. 담벼락에 기대어놓고 한 걸음씩 사다리를 밟고 올랐다. 담 너머 저택의 반대편 바닥에 착지한 뒤 주변의 어둠을 면밀히 살폈다. 폭설이 내리고 있는 산속엔 나무들이 조용히 눈을 맞고 서 있을 뿐이었다. 그것들은 전부 눈을 감은 짐승들처럼 진실을 외면하고 있었다. 자신이 오늘 밤 새긴 발자국도 깨끗한 눈 속에 완전히 파묻힐 것이다. 그리고 이제 다시는 그것을 아무도 파헤치지 못할 것이다. 김민재는 이제 죽을 테니까. 게다가 사건과 관련된 사람들은 김민재가 모두 처리해주지 않았는가? 이제 모든 것이 깔끔해진다. 지금 내리는 눈이 선양의 모든 추악한 진실을 덮을 것이다.

정연우

오늘 저녁 강원도엔 대설주의보가 내려졌습니다. 도로 곳곳에서 제설 작업이 이루어지고 있지만 설악산 국립공원을 비롯하여 열일곱 개의 탐방로에 출입이 제한되었습니다. 조난 위험이 있으니 각별한 주의를 기울여주셔야겠습니다.

택시 기사는 신경질적으로 라디오를 끄며 말했다.

"오늘 장사는 공쳤네. 그냥 들어가야겠수다."

금산 초입에서부터 연우가 호출해서 타고 온 택시는 선양 경찰서를 앞에 두고 멈춰 섰다.

"여기 있습니다." 연우가 미터기에 찍힌 금액을 내밀자 기사가 대뜸 연우를 돌아보며 목소리를 높였다.

"이잉? 이 시간에 사람을 그런 데로 불러놓고, 이게 뭐여? 따블로 줘야 혀. 기본 상식이여."

"기사님, 제가 바로 저기 보이시는 경찰서에서 근무하고 있는 형사입니다."

"에이, 그냥 해본 소리죠."

택시에서 내리자마자 기사는 차를 돌려 줄행랑치듯 사라졌다. 사건 현장인 금산에서 연우는 상혁과 잠시 갈라섰다. 차도진을 찾으라고 상혁을 먼저 보낸 뒤 연우는 혼자 경찰서로 돌아왔다. 급히 확인할 것이 있었다. 과학수사대 최지애 수사관은 선양 경찰서와 에덴 병원이 한통속일지 모른다고 의심했다. 연우가 뭔가를 눈치챈 것을 알게 되면 그들이 먼저 중요한 증거들을 은폐하려 할 것이다. 그러기 전에 연우가 먼저 파헤쳐야 한다. 모든 형사가 곽철호 서장의 죽음 때문에 자리를 비운 지금이 진실에 다가갈 순간이었다.

강력반 사무실은 대원들이 긴급히 자리를 뜬 흔적이 남아 어수선했다. 연우는 오늘 저녁 사건 브리핑을 마치고 난 뒤 대원들이 아직 정리하지 않은 의자들을 가로질러 자신의 자리로 갔다. 컴퓨터를 켜고 긴장되는 손끝으로 경찰서 인트라넷에 접속했다. 아이디와 비밀번호를 입력한 뒤 검색창에 곽철호 서장을 검색했다. 차도진 변호사를 찾으면 먼저 나에게 데려와주시죠. 장례식장 식당에서는 곽철호 서장이 차도진 변호사를 예전부터 알고 있던 것처럼 느껴졌다. 그땐 몰랐지만 이제는 그것이 중요한 단서였다는 것을 알게 되었다.

곽철호
現) 선양 경찰서 서장 계급 총경
(중략)
2003년~2008년 선양 경찰서 강력반 근무

그렇지! 차도진이 이곳 선양을 갑자기 떠났다던 2008년에 곽철호 서장도 이곳 선양 경찰서 강력반에 있었다는 사실이 확인된 셈이었다. 15년 전 분명 어떤 사건이 벌어진 것이 틀림없다. 그것이 차도진을 선양에서 떠나게 만들었고, 이번 연쇄살인 사건에도 얽히게 만든 것이다. 15년 전 그 사건과 이번 연쇄살인 간에는 분명 강한 연결 고리가 있다. 그때의 사건을 검색하려던 연우는 뭔가를 떠올리고 멈칫했다. 2009년 이전의 사건은 아직 전산화되지 않았다. 그러나 잠시 망설이던 연우는 곧 고민할 필요가 없단 사실을 깨닫고 자리에서 일어났다.

연우는 곧장 지하로 뛰어내려갔지만 지하 자료실의 출입문은 굳게 잠겨 있었다. 당연히 자리를 지키고 있어야 할 관리자는 보이지 않았다. 지금 모든 대원이 범인을 찾기 위해 금산에 있기 때문이었다. 하지만 차라리 잘되었다. 연우가 뭔가를 캐내려하는 것을 알면 그것을 방해하려 들 것이었다. 연우는 홀

굿 뒤를 돌아봤다. 천장에서 이쪽을 향하고 있는 CCTV가 눈에 거슬렸다. 그렇지만 지금 뒷생각을 할 여유가 없었다. 지금이 아니면 누군가 그때의 사건을 은폐할지도 모른다. 이를테면 심재훈 팀장. 연우는 옆에 있던 의자 하나를 집어들고 자료실 출입문 앞으로 다가갔다. 그러곤 그대로 문손잡이를 의자로 내리쳤다. 몇 번 만에 손잡이가 부서지고 문이 열렸다.

지하의 서늘한 기운과 함께 곰팡내가 났다. 연우는 벽을 더듬어 스위치를 올렸다. 곧 천장에 매달린 흐릿한 조명이 지잉 소리를 내며 밝혀졌다. 연우는 2008년도 사건들을 모아놓은 선반 쪽으로 다가섰다. 박스 안의 사건 파일들을 뒤지던 연우는 한 사건을 발견했다. 바로 곽철호 서장이 수사팀장을 맡았던 선양 여고생 살인 사건이었다.

사건 파일을 뒤지던 연우의 얼굴 표정이 일그러졌다. 이미 누군가 손을 댄 흔적이 역력했다. 당시 사건의 유력한 용의자는 둘이었다. 그런데 그 둘 가운데 한 용의자의 이름이 아무도 볼 수 없게끔 훼손되어 있었다. 화가 나서 그 자료를 집어던지려던 연우는 그만 그 자료에 적혀 있는 뜻밖의 이름에 시선이 박혔다. 어디선가 들어본 낯익은 이름이었다. *그 남자, 전과가 있습니다. 사기죄로 1년 복역하고 서울구치소에서 출소한 지 10개월밖에 안 됐습니다.* 그렇다. 민기욱 경사가 말했던 그 남자. 사건 발생 사흘 전부터 연락이 두절되었던 그 남자의 이름이 바로 김민재였다. 연우는 마지막 퍼즐 조각을 찾은 기분이 었다. 그러고 나니 삭제된 게 누구의 이름인지도 알 것 같았다. 분명 차도진일 것이었다.

잠시 뒤 연우는 김민재의 신상 명세를 확인했다. 비로소 그동안 보일 듯 보이지 않던 전체적인 그림을 파악할 수 있었다. 유민희 간호사에게 누명을 씌운 자, 차도진에게 유민희의 변호를 맡긴 자, 차요한 원장의 위세척을 하면서까지 김형근이 보호하려 한 자, 그 모든 공통분모에 김민재가 있었다.

*

연우는 다시 에덴 병원으로 돌아왔다. 사건의 진실에 가까이 있는 인물을 만나야 했기 때문이다. 선양에 내려와 10년은 늙어버린 기분이었다.

"오셨군요. 기다리고 있었습니다." 김형근이 사무실에서 기다리고 있었다.

"제가 왜 만나자고 했는지 아시겠죠."

"글쎄요. 차도진 변호사가 왜 병원에 찾아왔었는지 물어보려 하는 것 아닙니까?"

연우는 준비한 서류 봉투를 소파테이블 위로 조용히 내밀었다. 그러나 김형근은 말을 돌렸다.

"대설주의보가 내렸던데요. 이런 날은 아무리 형사님이어도 조금 쉬어가시는 것이 좋을 겁니다. 녹차를 드릴까요?"

"아니요. 김형근 씨, 지금 시간이 별로 없습니다."

"알겠습니다." 김형근은 허리를 숙여 서류 봉투를 끌어당겼다. 그러곤 그 안에 들어 있던 사본을 확인했는데, 그의 눈빛이 흔들리는 것을 연우는 확인했다.

"이게 뭡니까?" 김형근의 목소리 끝이 떨렸다.

"보시다시피 15년 전 선양에서 발생했던 여고생 살인 사건 기록입니다. 그때 중요한 증언을 했던 김민재 군이 김형근 씨의 자제분이더군요."

"다 지난 일입니다." 김형근이 언짢은 얼굴로 말했다.

"솔직히 말씀해주시죠."

"무엇을 말입니까?"

"김형근 씨, 지난 새벽 차요한 원장님의 몸에 범인이 주입한 소마의 흔적을 경찰에 신고하기 전 지우려고 시도하셨지요? 왜 그랬던 겁니까?"

"아, 그건…… 원장님이 숨을 잘 쉬지 못하시기에……. 저희 나름으로 응급조치를 취했던 것뿐입니다."

"끝까지 솔직하지 못하시군요. 김형근 씨는 처음부터 차요한 원장님을 살해한 것이 아드님인 김민재란 사실을 알고 있던 겁니다. 그것 때문에 증거를 인멸하려 시도한 거고요."

김형근은 더 이상 대꾸하지 않았다. 입을 꾹 다문 채 먼 데를 응시하고 있었다.

"오늘 밤 곽철호 서장과 최명희 간호사가 살해당했습니다."

"그게 사실입니까?"

"범인은 이번에도 소마를 사용했습니다."

김형근은 얼굴을 일그러뜨리며 깊은 신음을 터뜨렸다.

"김형근 씨, 지금 선양에선 연쇄살인이 일어나고 있습니다. 김민재가 더 많은 사람의 목숨을 해치기 전에 여기서 멈추게 해야 합니다."

"우리 민재는 범인이 아닙니다!"

"그렇게 믿고 싶으시겠지만, 모든 정황이 김민재 씨를 지목하고 있습니다. 곽철호 서장과 최명희 간호사, 게다가 차도진 변호사까지 모두 김민재 씨와 연관되어 있습니다! 김형근 씨, 15년 전 그때 이서현을 살해한 것은 차도진 변호사였습니까? 그것을 무마하려고 차요한 원장이 손을 써서⋯⋯."

"그만하시죠!"

"그럴 수 없습니다. 김민재 씨는 그때의 사건에 원한을 품고 있는 것이 틀림없습니다. 그래서 본인이 그때의 일을 단죄하고자 나선 거지요. 그때 죗값을 치르지 않은 차요한 원장을 살해하고, 그 배후자들을 처단한 겁니다. 그러니 이제 남은 것은 차도진 변호사가 아니겠습니까? 말해주시죠. 김민재는 지금 어디에 있습니까? 왜 지금 와서 이런 일을 벌이는 겁니까?"

김형근은 잠시 뒤 무겁게 입을 열었다.

"형사님 추리는 절반은 맞고 절반은 틀립니다. 15년 전 그때 제가 민재를 속였습니다. 이한이 차도진을 막으려다가 자기가 약을 먹고 실수로 이서현을 벼랑으로 밀었다고요. 그걸 말리려던 차도진이 억울하게 누명을 쓰게 되었으니, 일단 도진이라도 구해야 한다고 말했습니다. 처음에는 부정했지만 주변에서 계속 그렇게 말하면 열여덟 살짜리 아이는 그 말을 믿게 되는 거지요."

"역시 그때 이서현을 죽인 것은 이한이 아니라 차도진 변호사였군요."

"아까도 말했지만, 다 지난 일입니다."

"다 지난 일이라고요? 그건 범죄를 저지르고 은폐한 당신들의 논리입니다! 정작 그 사건 때문에 피해 입은 사람들에게도 그렇게 말할 수 있습니까? 그런 논리 때문에 지금 연쇄살인이 일어나는 겁니다! 당신의 아들이 살인범이 된 거라고요. 바로 당신 때문에 말입니다."

그러나 김형근 실장은 여전히 현실을 부정하기에만 급급했다.

"제가 분명히 말씀드릴 수 있는 것은, 우리 민재는 원한을 갖고 있지 않다는 것뿐입니다. 우리 민재는 이번 차요한 원장님 장례식 때 도진이가 내려오면 만날 수 있을지 모른다고 기대했습니다. 우리 민재는 아직도 자신이 속았다는 사실을 모릅니다.”

“아드님의 연기에 속은 겁니다. 지금 일어나는 사건은 오래전부터 치밀하게 계획된 것이 틀림없습니다.”

“잠시만 기다려보시죠.”

김형근은 자리에서 잠시 일어났다. 창가의 책상 앞으로 다가가 서랍을 뒤적여 뭔가를 꺼내 왔다. 그가 내민 것은 낡은 사진 한 장이었다.

“제가 민재 지갑에서 몰래 빼뒀던 겁니다. 민재는 잃어버린 줄 알고 한참 찾았지만 모른 체하고 돌려주지 않았습니다. 이제 그만 그 과거에서 벗어나길 바라서였습니다. 진심입니다. 우리 민재는 아직도 그때를 그리워합니다.”

연우는 그 낡은 사진의 귀퉁이를 집어들었다. 그러곤 아주 오래전 십대였던 그들의 얼굴을 하나씩 확인했다. 차도진, 김민재, 이한, 이서현, 허윤석. 사진을 확인하던 연우의 미간에 깊은 주름이 잡혔다. 연우는 사진 속에서 차도진의 어깨에 팔을 두르고 있는 덩치 큰 남학생을 가리키며 물었다.

“이분이 아드님 맞습니까?”

“네, 그렇습니다. 왜 그러십니까?”

“제가 이 사진을 조금만 더 일찍 보았다면 좋았을 텐데요.” 연우는 진심으로 안타까운 목소리로 말하고 자리에서 일어났다. 더 이상 그곳에 머무를 이유가 없었다.

*

밖으로 뛰쳐나오며 연우는 상혁에게 연락했다. 그러나 몇 번의 신호 끝에 수신이 차단되었다는 안내음만 들려왔다. 병원 정문을 나섰을 때였다. 상혁에게 메시지가 들어왔단 알림 불빛이 깜박였다.

[선배, 저는 지금 차도진을 미행 중입니다.]

그 메시지와 함께 현재 위치를 알리는 지도가 전송되어왔다. 그것을 다급히 확인한 연우의 입에서 나지막한 욕설이 새어나왔다.

"빌어먹을."

지금 차도진이 향하고 있는 곳이 어딘지 알 것 같았다. 범인은 역시 오래전부터 치밀하게 오늘을 계획한 것이 틀림없다. 범행의 마지막 대상은 연우의 예상대로 차도진이다. 그러나 그 곳에 상혁이 아무런 지원군 없이 따라붙고 있다. 위험하다. 연우는 다급히 차에 올라탔다. 그러곤 지도를 따라 눈발을 헤치고 내달리기 시작했다. 이번만큼은 결코 늦어선 안 된다.

차도진

한밤의 눈 내리는 산속은 시간이 멈춘 것 같았다. 도진은 불과 스무 걸음 정도 거리에 들어와 있는 낙원 농장 오두막을 바라보며 숨을 골랐다. 헐벗은 나무들에 가려진 오두막은 스산한 느낌을 풍기고 있었다. 저 문 뒤에서 김민재가 자신을 기다리고 있다고 생각하니 맥박이 빠르게 뛰기 시작했다. 만일에 실패한다면? 금산 갱도에서 목격했던 곽철호 서장의 피범벅이 된 얼굴이 눈앞에 아른댔다. *이젠 네 차례야. 얼른 오지 그래?*

도진은 도망치고 싶었다. 그러나 그럴 순 없다. 이제 폭설이 그치면 형사들은 총인력을 동원해 김민재를 포위할 것이다. 김민재는 다름 아닌 경찰서장을 죽였다. 김민재가 체포되는 것은 시간문제다. 그렇게 되면 김민재는 15년 전 그날의 모든 진실을 사람들에게 폭로할 것이다. 자신이 그동안 죽을힘을 다해 쌓아올린 모든 것이 무너지는 것이다. *이런다고 이서현이, 이한이 살아 돌아오진 않아.* 망령들이 어둠 속에서 속삭였다. 그렇다. 김민재의 헛짓거리 때문에 자신까지 모든 것을 잃을 순 없다. 자신은 이미 지난 15년간 처절한 외로움 속에서 모든 죗값을 치르지 않았던가? 죗값을 치를 사람은 이제 자신이 아니라 김민재다. 그런 비열한 생각이 도진을 잠식했다.

오래전 어른들의 눈을 피해 숨어들었던 패거리들의 은신처. 이제 그곳이 오늘 밤 자신과 김민재, 둘 중 한 사람의 무덤이 될 것이다. 도진은 어깨에 메고 있던 배낭을 내리고, 언 손으로 총을 장전했다.

도진은 숨소리를 죽이고, 오두막에서 들려오는 인기척에 귀를 기울였다. 고요했다. 총을 앞으로 겨눈 채 오두막의 출입문 앞까지 걸음을 옮겼다. 턱 밑에 끼우고 있는 엽총이 거친 호흡을 따라 흔들렸다. 출입문에 달린 격자문의 유리창엔 먼지가 부옇게 내려앉아 있었다.

도진은 손가락을 방아쇠에 얹었다. 김민재가 이 문 너머에서 자신이 들어오기를 기다리고 있을 것이다. 피비린내가 짙게 밴 칼을 쥔 채. 그러나 이번만큼은 네 뜻대로 되지 않아. 도진은 출입문을 발로 밀고 조용히 실내로 스며들었다. 낡은 나무판자들이 삐걱대기 시작했다. 도진은 재빨리 어둠 속을 향해 총을 겨눴다. 그러나 어디에도 김민재는 보이지 않았다. 어디에 숨어 있는 거지? 어둠에 눈이 익자 흐릿하게 사물들이 보이기 시작했다. 응접실에 놓인 가죽 소파, 천장에 매달린 낡은 샌드백, 그리고 벽면에 붙어 있는 낡은 영화 포스터들, 카펫 위에 굴러다니는 찌그러진 맥주 캔까지. 이곳은 15년 전 그날 그대로 박제되어 있는 것 같았다.

그런데 그동안 긴장하고 있어 느끼지 못했던 악취가 갑자기 맡아졌다. 그 악취가 견딜 수 없을 만큼 강하게 얼굴을 강타했을 때였다. 발밑에 물컹한 무엇이 밟혔다. 헉 소리를 삼키며 도진은 뒤로 물러났다. 잠시 뒤 그것의 정체를 확인한 도진은 온몸에 소름이 돋았다. 시체다. 여기에도 시체가 있다. 사지가 비틀린 채 굳어 있는 시체. 이번에도 약물로 살해된 것이다. 자신이 마지막 표적이 아니었단 말인가? 그렇다면 15년 전 그 사건에 연루된 사람이 아직도 남아 있었단 말인가? 그러나 도진은 그 시체의 얼굴을 확인할 수가 없었다. 갱도에서 목격했던 다른 시체들과 달리 얼굴이 검은 봉투로 가려져 있기 때문이었다.

왜일까? 이 시체는 김민재에게 조금 더 특별했던 것일까? 불길한 예감이 도진을 덮쳤다. 망설이던 도진은 뭔가에 강하게 이끌리듯 그 검은 봉투를 향해 손을 뻗었다. 잠시 뒤 부스럭거리는 소리와 함께 비닐이 벗겨졌다. 흐릿한 달빛에 그 얼굴이 비쳤다.

"네…… 네가 왜…… 여기에……?"

도진은 충격으로 뒤로 넘어졌다. 여전히 자신을 빤히 바라보고 있는 그 얼굴은 도진이 너무나도 잘 아는 얼굴이었다. 15년이 지났지만 잊히지 않는 그 얼굴은 부패가 이미 심하게 진행되어 악취를 풍기며 피부가 녹아내리고 있었다. 그래서 마지막 순간에 지었을 경악의 표정마저도 흐물대며 지워지고 있었다. 그는 김민재였다.

그렇다면 오늘 아침 자신에게 협박 편지를 보냈던 그자는 누구란 말인가? 불과 몇 시간 전 곽철호 서장과 최명희 간호사를 살해하고 자신에게 쪽지를 남겼던 그는 누구란 말인가? 그러나 그자를 마지막으로 목격했을 김민재는 더 이상 아무런 말이 없었다. 다만 무력한 얼굴로 자신을 바라보고 있을 뿐이었다.

15년 전 그 사건으로 인해 패거리 가운데 두 명이 죽고 세 명이 살아남았다. 자신을 제외한 김민재와 허윤석. 그 둘 가운데 범인이 있다. 그러나 그 둘 가운데 김민재는 아니다. 대체 범인은 누구란 말인가?

도진은 등 뒤에서 자신을 향해 다가오는 발자국 소리를 들었다. 그 묵직한 무게감에 오두막의 바닥이 삐걱대고 있었다. 그럼에도 도진은 온몸이 가위에 눌린 듯 움직이지 못했다. 온몸이 끈적이는 땀에 젖어들고 있을 뿐이었다.

정연우

'제발, 받아라…… 받아라…… 받아, 제발! 김상혁!'

연우는 차를 몰아 눈길을 뚫고 달리며 계속해서 상혁에게 전화를 걸었다. 그렇지만 수화기 저쪽에선 전화를 받을 수 없으니 음성 메시지를 남기라는 소리만 반복되고 있었다.

연우는 신음에 가까운 욕설을 내뱉으며 휴대폰을 집어던졌다. 차도진을 뒤쫓고 있다는 메시지가 상혁에게 온 마지막 메시지였다. 연우는 상혁이 보낸 구글 맵을 확인했다. 연우의 예상이 맞았다. 지금 상혁이 향하고 있는 곳은 15년 전 이서현 살인 사건이 발생했던 낙원 농장이었다. 순찰차의 무전기로는 각지에 흩어진 대원들로부터 수시로 무전 신호가 들어오고 있었다. 대원들은 모두 용의자 김민재를 수색하는 중이었다. 그러나 대원들은 모두 범인이 만들어낸 허상을 좇고 있을 뿐이었다. 지금 이 사건의 진실을 알고 있는 자는 연우가 유일했다. 아니, 범인까지 도합 둘이라고 해야 하나?

범인은 보통 놈이 아니다. 연우가 그동안 상대했던 살인범들 가운데 지능이 가장 뛰어난 놈임에 틀림없다. 범인은 모든 것을 계획대로 해치웠고, 전혀 꼬리를 밟히지 않았다. 지난 15년간 범인은 이날을 위해 조금씩 모든 것을 치밀하게 준비해온 것이 틀림없다. 사람들 속에 그림자처럼 정체를 숨긴 채, 에덴병원을 관찰하기 좋은 자리에 머무르며 깊은 고독을 견뎠을 것이다. 복수라는 단 하나의 목적을 이루기 위해서.

상혁이 홀로 낙원 농장에 있다. 목구멍으로 쓴 물이 올라왔다. 벼랑을 향해 전속력으로 달리는 기분이 이런 것일까. 연우는 그제야 6개월 전 상혁이 왜 자신을 떠났는지 알 것 같았다. 자신이 상혁을 두고 혼자 현장에 가서 칼을 맞았을 때, 반주검이 되어 돌아왔던 자신을 보는 상혁의 심정도 이랬을까? 연우는 덜덜 떨리는 손을 잠재우고자 핸들을 힘주어 쥐었다. 극한의 두려움이 엄습했다. 강력반 경력 13년 만에 처음으로 느껴보는 공포였다. 곧 범인을 상대해야 한다는 데에서 비롯된 두려움이 아니었다. 오늘 밤 상혁을 잃어버릴지 모른다는 예감 때문이었다.

더 이상 길이 없다는 안내와 동시에 내비게이션이 끊어졌다.

더 이상 차를 몰고 갈 수가 없었다. 연우는 나무들 사이를 무작정 달리기 시작했다. 어둠 속에서 불쑥 나타나 시야를 가로막는 장애물들을 헤치며 뛰는 동안 날카로운 가지 끝이 뺨을 스쳤다. 피가 흐르는 것도 모른 채 한순간도 멈추지 않고 달렸다. 연우는 무작정 농장의 담을 넘어 들어갔지만 농장 안은 생각보다 넓었다. 젠장 어디로 가야 하지? 연우는 휴대폰을 다시 확인했다. 상혁의 위치를 알리는 붉은 점이 깜박이고 있었다. 연우는 왠지 그 깜박이는 한 점이 상혁의 생존을 알리는 맥박처럼 느껴졌다.

'어디야, 어디에 있는 거냐고!'

그 순간 한 발의 총성이 지축을 뒤흔들었다. 어둠 속에서 숨죽이고 있던 새들이 폭죽이 터지듯 흩어졌다. 온 세상이 꺼져 내린 것처럼 눈앞이 캄캄해졌다. 사방의 추위와 어둠이 그 총성을 집어삼키기 전에 연우는 아득해지는 정신을 붙잡았다.

'저곳이다!'

연우의 시선이 멀리 오두막에 꽂혔다. 연우는 그 즉시 눈이 깊게 쌓인 언덕을 헤치고 올랐다. 상혁의 위치가 떠 있는 휴대폰을 꼭 쥔 채였다. 제발…… 총구가 상혁을 향한 것이 아니었기를……. 오두막의 출입구 앞에 도착한 연우는 몸에 간직하고 있던 총을 꺼내 손에 쥐었다. 오늘 새벽 그 총을 흘끗 보며 긴장했던 상혁의 눈빛이 떠올랐다. 그때로 돌아갈 수만 있다면 상혁을 그 자리에 내려두고 올 것이다. 이곳에 끌고 오지 않을 것이다. 그러나 현실은 가혹했다.

연우의 눈앞에서 오두막의 문은 헐겁게 열린 채 바람에 끼익대며 흔들리고 있었다. 내부에선 아무런 소리도 흘러나오지 않았다. 연우는 오두막의 실내로 들어섰다. 어둠에 눈이 익자 앞을 겨누고 있는 총구 끝에서 참혹한 광경이 펼쳐졌다. 응접실의 천장에 매달린 낡은 샌드백이 포물선을 그리며 흔들리고 있었다. 그것이 드리운 그림자가 바닥에 쓰러진 세 사람의 얼굴을 스치며 지나갔다. 연우는 쓰러져 있는 시신들의 얼굴을 확인했다. 발밑에 쓰러져 있는 자는 차도진. 이미 목 깊숙이 칼을 맞은 뒤였다. 그 옆엔 사진 속에서 확인했던 김민재. 이미 부패한 지 오래된 상태였다. 마지막으로…… 김상혁. 연우는 상혁에게로 뛰어갔다.

"김상혁! 김상혁! 일어나!"

연우의 목구멍에선 공허한 외침이 흘러나왔다. 대답 없이 눈을 감고 쓰러져 있는 상혁은 옆구리에 총탄이 박힌 채 핏물에 흥건히 젖어들고 있었다. 연우는 떨리는 손끝으로 상혁의 맥박을 짚었다. 아직 따뜻한 체온이 손끝에 전해져왔지만 맥박은 희미했다. 믿을 수 없었다. 그런데 그때 등 뒤에서 끼익 소리가 들렸다. 연우는 재빨리 뒤돌아 어둠 속에 총을 겨눴다. 그러나 방금 그 소리가 무엇이었는지 깨달았을 땐 이미 늦었다. 열린 창문 틈새로 바람을 타고 뭔가 훅 날아들었다. 순식간이었다. 곧 바닥에 뿌려진 휘발유를 따라 불꽃이 치솟기 시작했다. 범인이다! 증거를 인멸하기 위해 불을 놓은 것이다.

"나가자."

연우는 상혁이 멀쩡한 것처럼, 명령하듯 말했다. 사방을 불꽃이 에워싸기 시작했지만, 그곳에 상혁을 두고 나갈 순 없었다. 상혁의 두 발목을 붙잡고 연우는 사력을 다해 상혁을 끌고 문밖으로 빠져나왔다. 눈앞에서 오두막이 화염에 휩싸이기 시작했다. 하늘에서 쏟아지는 눈송이들은 걷잡을 수 없는 화염에 집어삼켜졌다. 연우는 불길의 그림자가 비치는 상혁의 얼굴을 바라봤다. 그동안 상혁과 함께했던 순간들이 머릿속을 스쳐지나갔다. 흉악범들을 상대하는 와중에도 자신이 인간적인 감정을 잃지 않았던 것은 상혁 덕분이었을 것이다.

"미안하다, 상혁아. 넌 정말 나한테 최고의 동료였어. 널 이렇게 만든 건 나야, 나 때문이야."

"그 말…… 진심이세요?"

"어? 김상혁! 너…… 너." 연우는 놀라서 상혁의 얼굴을 내려다보며 소리쳤다. 상혁이 눈을 가까스로 떴다. 그러곤 스스로의 힘으로 일어나보려고 바닥을 짚고 부들거렸다.

"아니야. 출혈이 심하니까 가만히 있어. 내가 119 부를게. 대체 왜 전화를 안 받고 혼자 와서 이 지경을 당한 거냐고!" 연우는 방금 전 울려던 표정은 온데간데없이 정색을 하며 질책을 쏟아부었다.

"범인을 잡는 게 우선이라고 하지 않으셨습니까?" 상혁이 출혈 부위를 움켜쥐며 힘겹게 대꾸했다.

"누가?"

상혁이 그런 연우를 바라보며 피식 웃었다. 그러다 곧 오두막을 돌아보며 말했다.

"범인은 김민재가 아닙니다. 범인은…….."

"나도 알아. 더 이상 말하지 않아도 돼."

"선배, 그럼 이제 그만 얼른 가보셔야겠습니다!" 상혁이 뭔가를 발견한 듯 한쪽을 가리키며 다급히 말했다.

연우가 그곳을 돌아보자 눈길에 핏자국이 점점이 떨어져 있었다. 그 핏자국은 한 방향을 향해 이어지고 있었다.

"그놈도 저한테 당했습니다. 왼쪽 정강이요. 그 상태론 아직 멀리 못 갔을 겁니다. 119는 제가 부를게요."

"알았어. 조금만 버티고 있어!"

연우는 자리에서 일어났다. 그때부터 핏자국을 따라 눈을 박차고 달리기 시작했다. 발목에 추라도 매단 것처럼 등 뒤에 상혁을 두고 가는 마음이 무거웠다. 그러나 불길의 그림자로부터 멀어질수록, 어둠이 깊어질수록 정신은 또렷해졌다.

핏자국을 따라 가파른 경사지와 비좁은 바위 틈새로 산을 타던 연우는 절벽에 다다랐다. 더 이상 길이 없었다. 발을 디디고 선 곳은 벼랑 끝이었다. 밑을 굽어보자 아찔한 허공이었다. 산길은 끝났고 사방의 어둠 속엔 안개가 자욱했다. 여기가 어디지? 휘몰아치는 습한 바람에서 바다의 비린내가 맡아졌다. 그와 동시에 안개를 뚫고 저 멀리서부터 깜박이는 등대 불빛이 보였다. 그래, 여긴 항구였구나. 범인은 사람들의 발길이 끊어진 산길을 가로질러 항구로 도망친 것이다. 애초에 낙원 농장에서 범행을 계획했을 때부터 이곳을 염두에 뒀을 것이다. 아득한 발밑 어둠 속에서 거대한 파도가 부서지는 소리가 들려왔다.

범인은 어디로 증발했을까? 분명 절벽 위엔 마지막 핏자국이 남아 있었다. 범인도 깊은 부상을 입었다. 설마 이 절벽 아래로 뛰어내렸나? 발밑 어둠을 내려다보던 연우의 시야에 뭔가 흔들리는 것이 보였다. 연우는 무릎을 꿇고 절벽 아래를 굽어봤다. 그제야 그것이 눈에 들어왔다. 깊숙이 박힌 산악용 대못. 거기에 휘감긴 밧줄이 컴컴한 바다를 향해 팽팽하게 잡아당겨진 채 흔들리고 있었다. 범인은 검문을 피하기 위해 이 위험한 경로를 선택한 것이다.

연우는 망설임 없이 그 밧줄에 몸을 맡겼다. 두 손으로 밧줄을 붙잡고 아래를 향해 내려가기 시작했다. 밧줄은 중간중간

매듭이 묶여 있어 발을 디디며 내려갈 수가 있었다. 전문가의 솜씨였다. 밧줄을 내려가던 도중 거센 바람이 불어오자 연우의 몸이 절벽에 부딪쳤다. 위에서 돌가루가 떨어져내렸다. 그동안 범인을 추적할 생각에만 사로잡혀 미처 의식하지 못하고 있던 발밑의 아득한 깊이가 느껴졌다. 아찔했다. 밑을 보지 말자.

연우는 심호흡을 하고 밧줄을 단단히 붙잡았다. 더 이상 다른 길은 없었다. 연우는 다시 침착하게 마음을 다잡고 밧줄을 타고 내려갔다. 마지막 매듭을 딛고 난 뒤 시커먼 바다를 보며 망설이고 있을 때였다. 멀리서 배의 엔진 소리가 들려왔다. 범인이 달아나려 하고 있다. 연우는 지체 없이 밧줄을 놓고 뛰어내렸다. 시린 바닷물이 머리끝을 덮고 짠물이 코와 입속으로 밀려들었다. 허우적대며 바다 위로 머리를 빼낸 연우는 움직이기 시작한 배를 향해 죽을힘을 다해 헤엄치기 시작했다. 가까스로 배의 옆구리에 매달려 있는 고무 타이어를 붙잡은 연우는 그 타이어를 딛고 올라 배 안으로 몸을 던졌다. 미끌대는 바닥을 짚고 몸을 일으켜 세워 뱃머리 쪽을 살폈다. 운전대를 잡고 있는 범인의 뒷모습이 보였다. 거센 파도 소리 때문에 범인은 이 배에 침입자가 있단 사실을 아직 눈치채지 못한 것 같았다.

이제 거의 다 왔다. 연우는 조심스럽게 두 다리에 힘을 싣고 균형을 잡았다. 총을 단단히 쥐고 한 걸음씩 범인과의 거리를 좁혀나가기 시작했다. 이곳은 그동안 범인을 상대했던 육지와는 달랐다. 발밑이 미끌대고, 그물이 발목을 휘감았다. 배가 파도 위에서 크게 휘청일 때마다 연우의 몸도 같이 휘청거렸다. 그러나 범인은 달랐다. 그는 바다에 익숙해 보였다. 수시로 뒤척이는 배 안에서도 범인은 안정감 있게 버티고 서 있었다. 오랜 시간 바다에서 시간을 보낸 것이 틀림없었다. 미친 듯 널뛰는 바다의 움직임에 적응한 것이다. 그러므로 여기서 정면으로 맞붙으면 내가 불리하다. 그런 본능적인 계산이 연우의 머릿속에 섰다. 그 전에 재빨리 범인을 제압하는 수밖에 없다.

잠시 뒤, 범인의 그림자를 밟은 연우는 비틀대는 몸을 겨우 가눈 채 범인의 등에 총을 겨눴다. 방아쇠에 손을 올리고 연우가 소리쳤다.

"이제 모든 것은 끝났습니다. 그만 항복하시죠."

그러나 범인은 운행을 멈추지 않았다. 배는 끝없이 파도를 가르고 있었다.

"마지막 경고입니다! 지금 당장 멈추지 않으면 격발하겠습니다!"

그 말이 끝나자마자 연우는 공포탄을 한 발 쏴 보냈다. 그 순간, 연우가 공포탄을 쏠 때까지 기다리기라도 했던 듯 범인은 돌발적으로 방향키를 꺾었다. 범인은 연우가 경찰이고 첫 발은 공포탄이라는 사실을 사전에 계산하고 있었던 것이다. 범인의 덫에 걸려든 연우는 균형을 잃고 비틀댔다. 그 틈을 비집고 범인이 시커먼 짐승처럼 달려들었다.

충격이 온몸을 강타했다. 연우의 몸이 붕 떠오르더니 옆구리가 배 난간 모서리에 박혔다. 입에서 단말마의 비명이 터져나왔다. 하필이면 칼을 맞았던 자리였다. 비좁은 선박의 바닥에 널브러지자마자 범인의 발등이 쉴 새 없이 하복부를 강타했다. 숨통이 끊어지는 고통에 헐떡이며 연우는 입안 가득 퍼지는 피비린내를 맡았다. 범인의 공격을 온몸으로 받아내며 흐릿해져 가는 의식을 붙잡으려 안간힘을 썼다. 손끝을 힘겹게 움직여 방금 놓친 총을 찾아 바닥을 더듬었다. 가까스로 총신이 손끝에 닿았을 때 범인은 그것을 걷어찼다. 거세게 뒤척이는 바다가 총을 삼켰다.

곧 범인의 칼날이 연우의 목덜미에 닿았다. 시린 공기보다 차가웠다. 이미 예정되어 있었던 결말인가? 연우는 마지막으로 김형근이 보여줬던 낡은 사진첩 속에서 김민재와 어깨동무를 하고 있던 차도진을 떠올렸다. 그 반대편엔 김민재와 엇비슷한 덩치를 갖고 있지만 김민재와는 정반대의 분위기를 풍기는 소년이 있었다. 안경을 착용한 그 소년은 햇볕에 그을린 얼굴에 어색한 웃음을 짓고 있었는데, 카메라를 향한 눈빛이 매우 총명해 보였다. 어린 나이지만 많은 것을 꿰뚫어보고 있는 듯한 눈이었다. 만일에 오늘 새벽 에덴 병원 입구에서 선원들 무리에 섞여 있던 그 남자를 우연히 마주치지 않았다면 연우는 그 사진 속 소년이 이번 사건의 진범이란 사실을 끝까지 눈치채지 못했을 것이다. 어쩌면 범인은 김민재였고, 김민재와 차도진이 서로를 죽였다는 착각 속에 사건을 종결했을 것이다. 아마 그것이 범인의 계획이었을 것이다.

그러나 운이 좋게도 오늘 아침 연우는 범인과 눈을 마주쳤다. 연우가 외국인 선원들 사이에 서 있는 범인을 보고 민기욱 경사에게 물었을 때 범인은 연우를 흘끗 쳐다봤다. 그는 일부러 경찰의 검문이 있기 전에 병원을 빠져나가지 않았을 것이다. 그렇게 하면 의심을 살 테니까. 일부러 대놓고 검문에 걸린 것이다. 그 바람에 눈썰미가 예리하기로 유명한 연우의 눈에 띈 범인은 운이 나빴다. 아니, 결국 이렇게 죽을 상황이 된 것을 보면 운이 나쁜 건 자신이었나?

이대로 죽을 순 없다. 연우는 지금 눈앞에 있는 살인범이 아니라 그 살인범의 과거, 안경 너머 어색한 웃음을 짓고 있던 그 소년을 설득해보기로 했다.

"이한 씨, 이제 그만 살인을 멈추시죠. 더 이상 당신의 살인은 정당화될 수 없습니다."

어둠 속에서 남자의 입가에 옅은 웃음이 번지는 것이 달빛에 비쳐 보였다.

"이렇게 죽기 아까운 형사군요. 죽은 자를 알아보다니."

"15년 전 이서현 살인 사건, 그때 이서현을 죽인 게 당신이 아니라 차도진이란 것을 알고 있습니다. 그것 때문에 당신이 복수를 하고 있단 사실도요. 이해합니다. 그렇지만……."

잠시 느슨해졌던 칼날에 다시 힘이 실렸다.

"이해한다고? 그 입 그만 나불거리시지. 너네 경찰들도 다 똑같은 족속이야."

"그러는 당신은 다릅니까? 복수를 위해 살인했다고요? 그렇지만 15년 전 당신이 불태워 죽인 사람은요? 당신의 자살을 위장하기 위해 다른 사람을 죽였다는 점에서 그들과 뭐가 다릅니까?"

이한의 얼굴이 바짝 다가왔다. 그의 눈동자에서 살기가 번뜩였다.

"상당한 추리력이군요, 형사 양반. 그때 내가 불에 태워 죽인 사람은 어차피 약물중독자였습니다. 내가 죽이지 않았더라도 얼마 못 가서 죽었을 거라고. 그런 인간들 수없이 죽는다고 누가 관심이라도 갖는 줄 아십니까?"

"그게 차요한 원장의 논리였을 겁니다. 어차피 죽을 사람들이니 실험 대상으로 사용하는 게 더 낫다고 생각했겠죠!"

"잘난 척하지 마!"

순간 연우의 목덜미에 겨눠진 칼날 끝에 힘이 실렸다. 연우는 자신도 모르게 눈을 질끈 감고 소리쳤다.

"당신은 복수를 위해 친구들도 모두 짓밟았습니다! 당신도 똑같은 괴물이 된 겁니다!"

"닥쳐! 당신이 뭘 안다고!" 이한은 억박질렀지만, 연우는 이한의 마음이 처음으로 흔들리고 있다는 것을 감지했다.

마침내 연우가 절실히 기다리던 순간이 왔다. 낡은 고깃배가 감당하기엔 지나치게 강한 파도가 배를 부술 듯 뒤흔든 것이다. 칼을 쥔 이한의 몸이 균형을 잃고 휘청였고, 연우는 그 마지막 기회를 놓치지 않고 온 힘을 다해 범인의 머리를 들이받았다. 하늘이 준 이 기회를 놓치면 자신은 고기밥이 되고 말 것이다. 연우는 이를 악물고 범인의 얼굴에 세차게 주먹을 날렸다. 쓰러진 범인의 손목을 비틀어 수갑을 채우려 하는데 배가 또 한 번 거세게 뒤척였다.

이번엔 범인의 주먹이 돌덩이처럼 날아들었다. 찢어진 눈썹 부위에서 피가 흘러내려 연우의 시야를 가렸다. 그렇지만 연우는 정신을 붙잡고 또다시 날아드는 주먹을 피해 재빨리 몸을 일으켜 세웠다. 눈앞에서 이한도 거구의 몸을 일으켜 세웠다. 군살 없이 근육으로 단련된 그의 몸은 흔들리는 바다를 완전히 이해하고 있었다. 그에 비해 연우는 수시로 술에 취한 사람처럼 비틀댔다. 범인은 그런 연우를 가소롭단 듯 지켜보며 다가오기 시작했다.

그놈도 저한테 당했습니다. 왼쪽 정강이요.

연우는 범인이 한쪽 다리를 절뚝이고 있는 것을 눈여겨보았다. 저기에 마지막을 걸자. 연우는 범인이 다가올 때까지 인내하며 기다렸다가 배가 또 한 번 뒤집힐 듯 뒤척이는 순간 범인의 왼쪽 정강이를 온 힘을 다해 걷어찼다. 윽 소리와 함께 범인이 쓰러졌다. 연우는 이한이 몸을 일으켜 세우기 전 재빨리 허리춤에 차고 있던 수갑을 꺼내 범인의 손목에 채웠다.

이한은 너 이상 저항하지 않았다. 마치 죽은 사람처럼 꿈쩍하지 않은 채 허공의 한 점을 응시하고 있었다. 범인의 시커먼 눈동자엔 파도를 향해 뛰어들고 있는 눈송이들이 비칠 뿐이었다.

"빌어먹을."

수갑을 채우고 난 뒤에야 연우는 현실을 깨달았다. 지금 배가 떠 있는 이곳은 좌표조차 알 수 없는 망망대해의 어느 한 지점이었다. 낡은 배는 계속해서 어디론가 미끄러지고 있었다. 그때였다. 휴대폰에서 진동이 느껴졌다. 휴대폰을 꺼내자 상혁이 보낸 문자가 전송되어 있었다.

[선배, 지원팀이 도착했습니다. 지금 어딥니까?]

연우는 구글 맵에서 현재 위치 알림 버튼을 눌러 상혁에게 전송했다. 잠시 뒤 상혁에게서 문자가 왔다.

[대체 여기가 어딥니까?]

　연우는 피식, 어처구니없는 실소가 터져나왔다. 지난 13년간
강력반에서 산전수전 다 겪었지만 이런 적은 처음이었다. 지도
에도 나타나지 않는 바다 한복판에서 길을 잃은 것이었다. 범
인과 수갑을 나란히 찬 채였다.

이한

당신은 복수를 위해 친구들도 모두 짓밟았습니다! 당신도 똑같은 괴물이 된 겁니다.

여자 형사의 말에 한 대 세차게 얻어맞은 것처럼 머리가 얼얼해졌다. 그 말이 아니었다면 이런 형사 하나쯤은 진즉에 해치울 수 있었을 것이다. 이한은 여자 형사가 자신의 손목에 수갑을 채울 때 자신도 모르게 실소가 새어나왔다. 이게 끝이란 말인가? 지난 15년간 복수를 하기 위해 모든 것을 걸었다. 그러나 자신이 그토록 바라던 마음의 평화는 어디에 있는 것일까? 문득 돌아보니 암흑천지에 혼자가 된 기분이 들었다. 무서울 정도로 외로움이 느껴졌다. 자신을 위해 목숨까지 내버린 아버지가 바라던 것이 과연 이런 결말이었을까?

"한아, 애비가 못나서 너를 구하지 못하는구나. 그렇지만 조금만 기다리면 애비가 너를 여기서 나가게 해줄 거야."

"이제 그만하세요."

"아니야. 애비가 좋은 방법을 찾았어."

"그게 무슨 소리세요?"

"여기서 나오면 멀리 가서 잘 살거라. 꼭."

면회소의 철창 너머에서 아버지는 억지웃음을 지어 보였다. 이한은 그 말이 무슨 뜻인지 알지 못했다. 어쩌면 아버지가 억울함 때문에 실성해가는지도 모른다는 생각을 했다. 그로부터 며칠 뒤, 이한은 평소처럼 형무소에서 잠들어 있다가 충격적인 소식을 들었다.

"3467! 아버님이 돌아가셨다. 지금부터 3박 4일간 특박 휴가다!"

형무소에 들어간 지 3년 만에 교도소의 담장을 벗어나게 되었다. 햇빛에 눈동자가 타들어갈 것만 같았다. 함께 동행했던 교도관은 모범수였던 이한에게 친절했던 사람이었다. 이한이 읽고 싶어 하는 책이 있으면 구해다 주기도 했다. 교도관은 영안실에 도착했을 때 이한이 아버지의 시신을 보지 못하게 했다. 그러나 이한은 막무가내로 교도관을 뿌리치고 아버지의 얼굴을 보았다. 그때 처음 알게 되었다. 밧줄에 목을 맨 시신은 눈동자와 혀가 튀어나온다는 사실을. 이한은 아버지가 마지막으로 했던 말이 무엇인지 그제야 깨달았다.

여관에서 이한은 교도관의 빈 잔에 계속 술을 따랐다. 교도
관이 노래를 부르라 하면 노래를 불렀다. 교도관의 값싼 연애
이야기에도 고개를 부지런히 끄덕였다. 교도관이 술에 취해 잠
들사마자 그는 여관에서 뛰쳐나왔다. 밤거리를 맨발로 질주했
다. 누군가 자신을 알아보고 신고할까봐 가슴이 미친 듯이 뛰
었다. 아버지의 목숨과 바꾼 자유였다. 헛되게 내버릴 순 없었
다. 다시 체포된다면 영영 복수의 기회는 오지 않을 것이다. 그
는 이제 자신을 죽여야 했다. 그래야만 영원한 자유와 동시에
복수의 기회를 붙잡을 수 있을 것이었다.

이한은 약물에 중독된 채 노숙하는 사람들 가운데 대상자를
물색했다. 산으로 유인한 뒤 삽으로 사내의 머리를 내리쳐서
죽였다. 첫 살인이었다. 그 시신을 끌고 미리 봐뒀던 폐가로 끌
고 간 뒤 기름을 붓고 불에 태웠다. 그러곤 유서를 남겼다. '친
구를 살해한 죗값을 치르고 아버지의 곁으로 떠난다'라고. 어
차피 시체가 발견되면 그들은 더 이상 자신을 찾지 않을 것이
었다. 자기 잇속에만 혈안이 된 자들이므로 수형자의 탈출과
자살을 파헤치기보단 서둘러 덮으려고 할 것이다. 진실을 밝히
는 것보단 자신들의 목이 날아가지 않는 것이 더 중요한 사람

들이므로. 예상대로 더 이상 그를 추적하는 움직임은 없었다.

이한은 항구로 가서 밀항선에 몸을 실었다. 형무소에는 밀항선을 탔던 자들이 많았다. 그들에게 듣던 것보다 밀항선에서의 나날은 위험했다. 그들은 이한이 돌아갈 곳이 없는 신원 미상자란 사실을 악용했다. 온갖 부당한 일을 감수해야 했지만 그는 묵묵히 버텼다. 복수를 해야만 했다. 위조된 신분증으로 한국에 들어갈 때마다 에덴 병원이 자행한 악한 실험들에 대한 증거들을 수집했다. 마침내 모든 준비를 마친 그는 더 이상 복수를 미룰 수 없단 사실을 깨닫게 되었다. 자신이 살해하려던 차요한 원장의 장례식 날짜가 다가오고 있었다. 호흡기를 떼어내기 전에 반드시 제 손으로 살해해야만 했다.

장례식 날이 다가오자 그는 에덴 병원에 전화를 걸어 허윤석의 병동을 409호로 옮겼다. 3년 전, 이한은 허윤석의 엄마가 더 이상 병원비를 보내지 않아 허윤석이 국가에서 운영하는 보호 시설로 옮기게 되었단 사실을 알게 되었다. 그때부터 그는 허윤석의 먼 친척이라 속이고 병원비를 매달 납입함으로써 허윤석이 계속 에덴 병원에 남아 있을 수 있도록 손을 썼다.

사건 당일 새벽, 이한은 동료 선원의 음식에 미량의 약을 탔다. 동료는 복통을 호소하며 에덴 병원으로 실려갔고, 그는 자연스럽게 병원에 잠입했다. 폐쇄 병동에 들어가 허윤석의 병실인 409호에 숨어드니 허윤석은 약에 취해 잠들어 있었다. 그는 윤석이 그곳에서 날마다 어떤 약을 맞고 있는지 잘 알고 있었다. 그렇지만 윤석을 병원에서 빼내지 않았다. 언젠가 허윤석이 도움이 될 거란 사실을 계산했기 때문이다. 죄의식 따위는 느껴지지 않았다. 그는 이미 살인자였다. 복수를 위해서라면 누구도 죽일 수 있었디. 허윤석을 흔들어 깨우자 윤석은 바로 눈을 떴다. 허윤석은 약속한 대로 비닐을 내밀었다. 그 안엔 김민재의 애인 유민희 간호사의 지문이 묻은 볼펜이 들어 있었다.

"아마 내일 도진이가 너를 찾아올 거야. 그럼 무조건 이렇게 말해. 이서현이 왔었다고."

윤석은 고개를 끄덕였다. 그러나 윤석에게 숨기고 있는 것이 있었다. 윤석은 이한이 차요한 원장과 최명희 간호사 그리고 곽철호 서장만 살해한다고 알고 있었다. 이한이 김민재와 차도진도 살해할 것이란 사실은 미처 모르고 있었다. 윤석에게 그 말을 할 수는 없었다. 그렇게 하면 윤석은 협조하지 않을 거란 사실을 알고 있었기 때문이다.

마지막으로 이한은 윤석의 환자복을 입었다. 그다음 가스 밸브를 타고 위층으로 올라갔다. 509호의 창문은 잠겨 있지 않았다. 설사 잠겨 있었더라도 소리를 내지 않고 창문을 깨는 것은 간단한 일이었다. 그는 장갑을 착용한 두 손으로 차요한의 입에 미리 준비한 약물을 흘려넣었다. 차요한의 몸에 경련이 일고 근육이 경직되며 관절 마디마디가 꺾이기 시작할 무렵, 그는 차요한의 목을 볼펜으로 깊숙이 찔렀다. 차요한은 마지막으로 이한을 향해 소름 끼치는 웃음을 지었다. 이제 곧 유민희가 용의자로 경찰에 검거되는 것은 시간문제였다.

피 묻은 옷은 장례식장의 소각장에 넣고 태워버렸다. 그다음 이한은 아무 일 없단 듯 응급실로 돌아갔다. 일부러 동료들과 함께 경찰들이 도착할 때까지 기다렸다가 붙잡혔다. 그는 의심을 받지 않고 동료들과 무사히 정문 CCTV를 통과했다. 그는 회사 사장이 경찰의 연락을 받지 않을 것이란 사실을 잘 알고 있었다. 그가 소속된 회사는 유령 회사였기 때문이다. 모든 것은 계획대로 돌아갔고, 그렇게 그는 모두를 죽여나갔다.

그러고 마지막으로 차도진을 처리했다. 그는 차도진의 성대에 깊숙이 칼을 찔러넣었다. 모든 것이 끝나고 난 뒤 이한은 도진의 얼굴을 가만히 들여다봤다. 아이러니하게도 지난 15년간 지독히 증오했던 도진을 제 손으로 죽였는데도 조금도 마음이 후련하지 않았다. 그는 죽은 차도진에게 묻고 싶었다. "도진아, 내 복수가 성공한 것이 맞니?" 어쩐지 도진은 눈을 뜨고 오래전 그랬듯이 대수롭지 않게 대꾸할 것 같았다. "미친놈. 넌 미친놈이야." 그는 부릅뜨고 있는 도진의 눈꺼풀을 감겨주었다. 손끝이 왠지 모르게 떨렸다. 그때 남자 형사가 들이닥치지만 않았더라면 김민재와 차도진을 땅에 묻을 계획이었다. 그러나 그

럴 수가 없었다. 그는 계획에 없던 또 다른 살인을 저질러야만
했다. 자신을 체포하려고 덤벼드는 남자 형사를 처리했다. 오
두막을 벗어나는 자신을 향해 김민재가 너스레를 떨며 말할 것
같았다. "저 새끼 완전 괴물이 되었네."

멀리서 사이렌 소리가 울렸다.
잠시 꿈을 꾸듯 그동안의 일들을 떠올리고 있던 이한은 문득
오래전 아버지의 목소리를 들었다.
이한아, 멀리 가서 잘 살거라. 꼭.
아버지가 목숨과 맞바꿔 자신에게 주고자 했던 것은 이런 것
이 아니었을 것이다. 이한은 자신의 손목에 채워진 수갑을 내
려다보며 처음으로 그 사실을 깨달았다. 자신은 멀리 갔어야
했다. 다시는 선양에 돌아오지 말았어야 했다. 모든 것을 잊었
어야 했다. 어쩌면 자신은 감당할 수 없는 현실을 잊기 위해 복
수에 중독되었던 게 아니었을까? 이한은 15년 만에 깨달았다.
자신은 이제 혼자였다.

에필로그

모든 일을 마치고 연우는 오늘 아침 서울로 복귀했다. 그동
안 귀에 익었던 거센 바람 소리가 여전히 이명처럼 들려왔다.
선양의 바람이 얼마나 거셌는지 실감이 났다. 광화문 대로를
활보하는 사람들의 얼굴은 평화로워 보였다. 그들은 지금도 어
딘가에서 숱한 범죄가 발생하고 있단 사실을 조금도 짐작하지
못할 것이다. 아마 그런 일들은 영화나 먼 세상에서 일어나는
일이라고 생각할 것이다.

범인을 검거한 것은 한 달 전이었지만, 바로 서울로 복귀할
수는 없었다. 단순한 살인 사건이 아니었다. 수사를 하면 할수
록 에덴 병원이 지난 수십 년간 은폐했던 온갖 범죄가 수면 위
로 드러났다. 경찰과 에덴 병원 간의 유착 관계는 뿌리 깊었
다. 비리에 연루된 경찰들이 밝혀질 때마다 씁쓸함을 맛봐야

했다. 연우로서는 상상하기도 어려운 액수들이 오고 간 것을 발견했다.

조사 결과 차요한 원장은 애초에 선양에 생체 실험을 목적으로 병원을 건립했다는 사실이 밝혀졌다. 그는 젊은 시절 서울에서 진행했던 신약 개발 연구가 실험 단계를 앞두고 좌초되자 집착을 버리지 못했던 것으로 보였다. 군의관 시절 머물렀던 선양을 차요한은 최적의 장소로 선택했다. 선양에서 진료했던 전직 광부 출신 폐결핵 환자들이 그에게는 실험을 계속할 수 있는 기회로 보였던 것이다. 연우는 끝까지 이해가 가지 않는 것이 있었다. 어째서 그 긴 시간 동안 이어진 불법 실험이 세상에 드러나지 않을 수 있었을까?

그것은 가족도 없는 무연고자만 물색한 차요한의 치밀함 때문이었을까? 아니면 인간들의 욕망이 거미줄처럼 얽혀 더 이상 풀어낼 수 없었기 때문이었을까?

*

경찰청 강력범죄수사과장실 앞에 도착한 연우는 문을 노크했다. 기다리고 있었단 듯 황우식 과장의 걸걸한 목소리가 들려왔다.

"들어오세요!"

문을 열고 들어서자마자 황우식 과장은 환대는커녕 대뜸 소리부터 질렀다.

"징계를 받았다고?"

연우도 질세라 건성으로 거수경례를 마친 뒤 손님용 소파에 앉으며 퉁명스레 대꾸했다.

"네. 덕분에 감봉됐습니다."

"그러니까. 자네가 경찰이야, 아니면 날강도야? CCTV에 아주 잘 찍혔던데?"

오랜만에 은단 냄새가 풍기는 침이 튀자 연우는 고개를 돌리고 손등으로 얼굴을 닦아냈다. 연우는 15년 전 사건의 진상을 파헤치기 위해 지하 자료 서고에 무단출입했다. 연우는 잠겨 있는 문을 뜯기 위해 손잡이를 의자로 내리쳤고 그 모든 정황은 CCTV에 녹화되었다. 그 독단적인 행동 덕분에 무사히 범인을 검거했지만, 동료 형사 상혁이 중상을 입었다. 큰 사건을 해결했지만 승진은커녕 징계가 내려졌다.

"네, 잘못했습니다. 그렇지만 과장님까지 저를 질책하시면 안 됩니다."

"그게 무슨 말이야! 경찰이 그런 독단적인 행동을 하는 게 얼마나 중대한 결함인지 자네는 몰라서 그러나? 그나마도 내가 아니었으면 징계로 끝나지 않을 수도 있었다고."

"그렇지만 그 누구도 믿을 수가 없었습니다. 과장님도 선양 경찰서 강력반을 믿지 못해서 저를 파견했던 것이 아닙니까?"

"그러니까! 그렇게 문을 부술 거면 CCTV라도 좀 가리고 하든가!"

"네?" 연우가 잠시 말뜻을 이해하지 못하고 황 과장을 빤히 바라보자 황 과장이 슬쩍 고개를 돌렸다.

"암튼 열정은 있는데 센스가 좀 떨어져." 황 과장이 혼잣말처럼 중얼거리며 담배를 꺼냈다.

"뭐라고 하셨습니까?"

"신경 꺼."

"아, 실내에선 금연인 것 모르십니까?"

"왜, 벌금이라도 물리려고?"

"그럼요. 선배님이 늘 법 앞에선 누구나 공정하게 대하라고 하지 않으셨습니까?"

"슷!" 황 과장이 그만 기어오르란 듯 선을 그었다. 그렇지만 담배를 다시 내려놓곤 연우가 제출한 사건 경과 보고서를 집어들었다. 한동안 보고서 넘기는 소리만 울렸다.

잠시 뒤 황 과장은 테이블 위에 보고서를 집어던지곤 분통을 터뜨렸다.

"대체 그동안 선양에서 얼마나 많은 희생자가 발생했던 거야. 그게 이제껏 단 한 번도 수면 위에 드러난 적이 없다니, 정말 얼마나 썩었던 거야!"

"사실, 아직 에덴 병원의 약물 실험으로 희생된 피해자가 얼마나 되는지는 그 규모가 다 밝혀지지 않았습니다. 피해자 가운데 신분이 불분명한 사람이 다수 섞여 있던 것으로 추정되어서 정확히 파악하는 데 어려움을 겪고 있습니다."

"그나저나 이 많은 증거자료를 어떻게 그토록 단시간에 찾아낸 건가? 이 정도면 족히 몇 년은 걸렸을 텐데 말이지."

"사실 그 증거자료 대부분은 범인 이한이 지난 10년에 걸쳐 조금씩 수집해놓은 것들입니다."

"뭐라고? 그러니까 방금 내가 본 증거자료들이 범인 이한의 작품이란 말인가?"

"네, 그렇습니다."

"살인자의 누명을 벗기 위해 결국 살인자가 된 꼴이구먼."

"네, 그렇습니다." 연우의 얼굴이 흐려졌다.

한동안 생각에 잠겨 있던 황 과장은 테이블에 던졌던 보고서를 다시 집어들었다. 그러곤 새삼스럽단 눈빛으로 보고서를 넘겨 보더니 무겁게 입을 열었다.

"어찌 보면…… 내가 했어야 할 일을 그자가 했다는 생각이 들어."

연우는 황 과장이 이번 사건에 대해 막중한 책임감을 느끼고 있음이 느껴졌다.

"그래서 말인데요, 애초에 저를 아무런 연고도 없는 선양에 파견 보내신 이유 말입니다. 과장님은 곽철호 서장이 비리에 연루되어 있단 사실을 짐작하고 계셨던 거지요?"

"자네도 알게 되었구먼."

"네. 15년 전 사건을 열람하다가 우연히 보게 되었습니다. 과장님께서도 당시에 선양 경찰서 강력반에 계셨더군요."

"그랬지. 자신은 결백하다고 주장하던 범인의 눈빛이 내내 잊히지를 않더군. 사건에 대해 재조사하고 싶다고 했더니 당시 서장이 나를 그 수사에서 제명했네. 그땐 힘이 없었어. 자네도 알겠지만 지금보다 서열도 엄격했고 말이야."

"지금이라고 그런 일이 아주 일어나지 말란 법은 없습니다. 이번 사건만 해도 또다시 은폐될 뻔했습니다."

황 과장이 실소를 터뜨리곤 쓸쓸한 눈빛으로 말을 이었다.

"난 그때 그 일로 소위 조직에서 왕따가 됐고 얼마 가지 않아 대전으로 발령이 났어. 대전에서 정신없이 뛰어다니다가 그 사실을 접하게 됐지. 결국 선양에서 검거했던 범인이 자살했단 소식을 말이야……. 그런데 그 범인이 결국 살아 있었다니."

"결국 늦어지긴 했지만 이한의 결백은 증명된 셈입니다."

"그럼 뭐 해? 결국 정말로 살인자가 된 것을."

"그 점이 저도 상당히 안타깝습니다. 차라리 이 증거를 저희 경찰 쪽에 제출했다면 좋았을 텐데요."

"경찰을 믿지 못했던 거겠지."

거기에 대해 연우는 할 말이 없었다.

잠시 침묵하고 있던 황 과장이 말했다.

"어쨌든 수고가 많았네. 자네가 내가 그때 못 한 일을 마무리한 거야. 고맙네."

"아닙니다. 기회를 주셔서 저도 이번에 크게 배웠습니다."

"뭘 말인가? 이젠 절대 동료를 혼자 둬선 안 된다는 거?"

"그게 무슨 말씀입니까?"

"상혁이 말이야. 이번에도 자네가 혼자서 설치는 바람에 부상을 입지 않았나?"

연우는 발끈해서 반격했다.

"아닙니다. 이번엔 상혁이가 혼자 설치다가 부상당한 겁니다. 제가 아무리 전화를 걸어도 받지를 않았습니다. 대체 왜 그렇게 무모한 짓을 했는지……."

황 과장이 연우의 말을 자르고 대뜸 소리쳤다.

"쯧쯧. 그게 다 누굴 닮아서 그렇겠나? 선배를 잘못 둬서 그렇게 된 거지."

"제 선배님은 과장님이셨는데요?"

"됐어! 이제 그만 가봐! 자네랑 말하면 혈압만 더 오른다고."

"알겠습니다. 이제 그만 가보겠습니다. 저도 바쁩니다."

"왜? 지금은 맡은 사건이 없을 텐데?"

"이삿짐 풀어야 해서요."

"뭐?"

연우는 피식 웃더니 테이블 가운데로 손을 뻗어 폴로 캔디 몇 개를 슬쩍 집은 뒤 주머니에 넣고 수사과장실을 나왔다. 문을 닫기 전 슬쩍 문 틈새로 돌아보니 황 과장은 그새 어디선가 걸려온 전화를 점잖은 목소리로 받고 있었다. 문득 연우는 그 넓은 곳을 시키고 있는 황 과장이 갇혀 있는 것 같단 느낌을 받았다. 아무리 나이가 들었어도 황 과장에게는 역시 현장이 더 어울린다는 생각이 들었다. 연우는 속세에서 일어나고 있는 여러 범죄 사건으로부터 격리된 듯한 길고 고요한 복도를 걸어가며 폴로 캔디 하나를 입에 넣고 곧바로 씹었다. 청량한 맛이 입 안에 퍼지자 그제야 새해 첫날부터 맡았던 길고 긴 사건이 마무리되었단 느낌이 들었다. 그러나 끝이 아니었다. 악은 끝없이 악을 낳고 있다. 돌고 도는 순환선처럼. 그런 이상 연우의 일도 끝나지 않을 것이다. ■

작가의 말

이 소설을 처음 시작했던 날 저는 백지에 이름을 짓고 있었습니다. 정의로운 강력반 여자 형사 정연우. 연우와 콤비로 붙어 다니는 껑다리 김상혁. 그리고 사건의 중심에 서 있는 차도진. 이제껏 써보지 않았던 아주 긴 이야기가 될 것이란 예감이 들었습니다. 처음엔 두려움이 앞섰습니다. 이렇게 많은 인물이 등장하는 소설을 과연 잘 완성할 수 있을까? 그럼에도 끝까지 이야기를 쓸 수 있었던 것은 소설 속 인물들 덕분이었습니다. 강력반 형사 정연우는 범인을 잡기 위해 모든 것을 던집니다. 도진은 과거의 비밀을 어떻게든 지키려고 목숨을 겁니다. 어느덧 소설 속 인물들이 저마다 지키고 싶은 것들을 위해 절박하게 움직였고, 그들 스스로 이야기를 써나가기 시작했습니다.

그때부터 저는 홀린 듯 다음 이야기를 쓰기 위해 카페로 달려가곤 했습니다. 늘 카페 테라스 자리에 앉아 글을 썼는데, 어느 순간엔 너무 몰입한 나머지 노트북 화면에 맺힌 빗방울을 보고 나서야 비가 오는 것을 깨달은 적도 있었습니다. 그렇게 몰입한 지 3년이 되었고 저는 선양이 실제 세상이라고 생각했나봅니다. 이 소설의 결론을 써야 하는 날을 한없이 미뤘던 기억이 납니다. 결론을 내리기가 어렵다는 것은 변명이었습니다. 사실 저는 3년 동안 살았던 선양에서 떠나기 싫었던 것입니다. 미운 정 고운 정이 들어버려서, 선양에서 발이 떨어지지 않았던 것입니다. 선양은 너무 무서운 곳인데 정감이 느껴지는 것은 도진이 갖고 있는 과거 추억 때문일까요?

이 소설이 곧 출간된다는 소식을 들었습니다. 저는 숨죽이고 이 소설과 작별할 준비를 하고 있습니다. 이제는 정말 이 소설을 독자분들께 내어드려야 할 때가 되었습니다. 부족한 제 소설을 부디 여러분도 사랑해주시기를 간절히 기도해봅니다. 박서련 작가님께서 써주신 추천사의 구절을 빌려 여러분이 서사의 미로에서 진실을 쥐고 탈출할 수 있기를 바라고 있겠습니다.

이 소설을 쓰는 동안 저는 폐광산과 도시에서 멀리 떨어져 있는 정신병동을 수시로 찾아다녔습니다. 꽁꽁 얼어붙어 있는 그 세상에서 살아남기 위해 애썼고, 또한 지금도 애쓰고 있는 분들을 이 지면을 빌려 다시 기억하겠습니다. 그리고 아직 이 야기에 확신이 들지 않았을 때, 재밌다고 어서 쓰라고 등 떠밀 어준 소중한 벗들에게 감사 인사를 드립니다. 그리고 나의 꼬 마 제자들과 조카 재련, 재희. "책을 많이 읽고 멋진 꿈을 이루 렴." 마지막으로 저의 첫 책부터 이번 책《낙원은 창백한 손으 로》까지, 저의 부족한 소설을 책으로 엮느라 늘 애쓰시는 은행 나무출판사에 감사하다고 말하고 싶습니다. 책 한 권이 만들어 지기까지 편집팀, 디자인팀 그리고 홍보팀까지 너무 많은 분의 노고가 들어간다는 사실을 저는 이제 압니다. 김서해 편집자님 께서 보내주신 원고 교정지에 붙어 있던 포스트잇들, 제 마음 에 붙여두었습니다. 언제나 따뜻하고 진심 어린 격려의 말씀을 해주시는 이진희 이사님, 주연선 대표님께도 처음으로 지면을 빌려 감사 인사 전합니다. 마지막으로 영원히 작별하고 싶지 않은 정연우 형사와 소설 속 다섯 친구들에게 고맙다고 말하고 싶습니다. 낙원 농장은 주인공 도진이 세상의 풍파를 만나기 전 친구들과 행복한 한때를 보냈던 곳이기도 합니다. 이 소설 을 읽는 동안 독자 여러분이 그 아지트에 있는 기분을 만끽하 시기를 바랍니다. 물론 스릴러의 넘치는 긴장감 또한 즐겨주시 기를 바랍니다. 그럼 친구에게 인사하듯 마지막 인사를 전하겠 습니다.

'안녕. 또 만나요.'

여름의 끝자락에서

영 올림

참고 문헌

오후,《우리는 마약을 모른다》, 동아시아, 2023.

피터 괴체,《위험한 제약회사》, 윤소하 옮김, 공존, 2017.

김세건,《베팅하는 한국사회》, 지식산업사, 2008.

강신몽,《모든 죽음에는 이유가 있다》, 이다북스, 2019.

오치 케이타,《범죄수사 심리학》, 이미정 옮김, 학지사, 2017.

박지선,《범죄심리학》, 그린, 2019.

조 내버로,《FBI 관찰의 기술》, 김수민 옮김, 리더스북, 2019.

신민영,《왜 나는 그들을 변호하는가》, 한겨레출판, 2016.

이대우,《다시 태어나도 경찰》, 위즈덤하우스, 2020.

김복준,《연쇄범죄란 무엇인가》, 우물이있는집, 2020.

낙원은 창백한 손으로

1판 1쇄 발행　2023년 8월 28일
1판 4쇄 발행　2024년 4월 8일

지은이 · 박영
펴낸이 · 주연선

(주)은행나무
04035 서울특별시 마포구 양화로11길 54
전화 · 02)3143-0651~3 ｜ 팩스 · 02)3143-0654
신고번호 · 제 1997—000168호(1997. 12. 12)
www.ehbook.co.kr
ehbook@ehbook.co.kr

ISBN 979-11-6737-344-1 03810

• 이 책의 판권은 지은이와 은행나무에 있습니다. 이 책 내용의 일부
또는 전부를 재사용하려면 반드시 양측의 서면 동의를 받아야 합니다.

• 잘못된 책은 구입처에서 바꿔드립니다.